詩のザインとゾルレン　7
村野四郎の詩「鹿」をめぐって　18
村野四郎の俳句　25
孔雀の飢え――村野四郎論のために――　34
二人の詩論から　41
詩的想像力についての覚書　48

＊＊

古代の発見――詩とモラルについて――　55
風の訪れ――喩と叙景　67
明恵覚書　75
千々にくだきて――芭蕉と実朝　89
漢詩の和文訳のこと――蕪村に触れて　94
雙脚等閒に伸ばす――晩年の良寛　102
人生の舞台――天地一大戯場　110
子規の絶筆三句について　114
修羅の精神――詩「小岩井農場」に触れて　119
賢治の「青ひとのながれ」に触れて　133

茂吉と白秋――子規非詩人説をめぐって　138
昼の螢――茂吉・白秋・芭蕉　154
明恵・文覚・茂吉　159
浪漫の詩人――杉田久女頌――　180

＊　＊

短歌の調べ　俳句のリズム――五七調と七五調について　195
短歌・俳句のリズムについて――四拍子・二拍子説批判　204

＊　＊

原型からの視点――星野徹詩論集『詩の原型』について――　223
山口ひとよ詩集『復活祭まえに』を読んで　230
下山嘉一郎詩集『はにわの歌』と抒情　240
もう一人の芭蕉――詩集『芭蕉四十一篇』に寄せて　247
晴と褻と――星野徹詩集『今様雑歌』に寄せて　254
日常の幻像《まぼろし》――中崎一夫詩集『幻化その他』を読む　261
嗜虐と被虐――『鏡と街』粕谷栄市の世界　268
甦る失われた日々――小島俊明著『シャルトルの翡翠』に触れて　274

＊　＊

思い出すままに――村野四郎先生を偲んで――　278
「詩人村野四郎記念館」を訪ねて　285
詩の縁――田村隆一さんのこと　289
北山泰斗さんのこと　293
井本農一先生を偲んで　297
勝原士郎さんと歩んで――句集『薔薇は太陽』を読む　302
詩人囲碁会のこと　309
ありしながらの――母を送るの記――　312
あとがき　320

詩歌往還　遠ざかる戦後

詩のザインとゾルレン

堀口大学が、『思考の表裏』と題して、ヴァリレイの『文学』とブルトン、エリュアルの『ポエジイに関するノオト』を上段と下段に対照させて訳した本を出している。二つの原文は全く別個に発表されたもので、訳者が文脈《コンテキスト》を同じくするそれぞれのアフォリズム風の短文を編集したものであるが、ブルトン、エリュアルはヴァレリイの『文学』を明らかに意識して『ノート』を書いたに違いなく、文脈が同じでありながら、肝腎な言葉がすべて反対概念を表わす対語になっているのである。これは逆も真なりといった遊戯的興味で書かれたものでなく、ブルトン一派が自己の立場を鮮明に打ち出すために周到な配慮のもとに書いた文章であるということが内容をみれば明らかになる。

ヴァレリイは、いうまでもなく今世紀の文学の一方の頂点を形成した詩人であり詩論家であり叡知の人であったが、その美しい思索の体系がいくばくもなくして全く逆転の浮目をみたということはどういうことであろうか。

ヴァレリイの詩論は、「創作の言語と慣用の言語とをはっきり区別する」ことによってポエジーを純粋に詩に形象化する態度で貫かれている。ブルトン等の超現実主義にしても、日常的現実を超えたところの超現実に詩の所在をみたのである。ヴァレリイが、詩の言語と日常の言語を区別した所以はその詩法からきており、ブルトン等の場合は現実認識からきた日常的現実の顚覆である。そういう相違は認められるが、両者が詩のなかに或る絶対的現実を求めながら、こうも相反撥する詩論を書かねばならなかったということは何を意味するのであろうか。

このことを考えるために、二、三『思考の表裏』から引用してみよう。

上段（『文学』以下同じ）／一篇のポエムは「知性」の祝祭であるはずだ。それはそれ以外のものではあり得ない。

下段（『ポエジイに関するノート』以下同じ）／一篇のポエムは、「知性」の瓦解であるはずだ。それは、それ以外のものではあり得ない。

上段／「完成《ペルヘクション》」それは推敲である。

下段／「完成《ペルヘクション》」それは懶惰である。

上段／一つの作品の完成といふことは、それが吾等の気に入るといふことだけを条件としてそれが完成されたと認める判断にしか過ぎぬのであって、事実一つの作品は何時になっても完成されることのないものである。

下段／一つの作品の完成といふことは、それが吾等の気に入るといふことだけを条件としてそれが完成されたと認める判断なのであって、事実一つの作品は常にかならず完成してゐるのである。

これだけ挙げても、両者の基本的な相違点はかなり明瞭になると思う。ヴァレリイは、詩以外のものを含まない詩はあり得ないと述べ、純粋詩の世界を想定しながら、完成ということは断念しているが、常に知性によって完成に近付き得ると確信している。超現実主義は、ブルトンが一時マルキシズムに接近したように、たんに芸術運動というだけでなく人間解放をも意図する主張であるが、芸術上からみると新しい美学の導入があったのであり、それは新しい人間像の発見があったことだと私は思う。芸術的感動ほど人間の真実に照明を与えてくれるものはないからである。彼等は驚愕の美というようなものを創り出したが、そういうショック療法によらなければ現代人の真実を暴露することはできないとみたわけである。

一つの美学が確立しているということは、規範があるということであり、規範があるということは知的な判断を成立させるということである。ヴァレリイの純粋詩の概念は、一つの美的規範を想定した上で抽象されたものである。ヴァレリイが知性に絶対の信頼を抱いたということは、この秩序を想定したからである。ブルトン等の運動は、この見事に構築された既成の秩序に対する真向からの否定があるわけで、そこに徹底した反知性の態度が生じたのであった。

私は、ポエジイが先験的な数学のような秩序に収斂するとは思わないし、また人間的真実が理性から覆われた潜在意識下にのみ埋没しているとも思わないが、詩作法における両極端の徹底に少なからず興味を覚える。詩は推敲の果に定着されるものなのか、或いは天啓のように直感的に把握されるものなのか、ということは私自身にとっても大きな関心事でもあるからだ。

＊　＊

『去来抄』に次の有名な記述がある。

下京や雪つむぅへの夜の雨　　凡兆

此句初に冠なく、先師をはじめ、いろいろと置侍りて、此冠に極め給ふ。凡兆、あと答て、いまだ落着ず。先師曰く、兆、汝手がらに此冠を置べし。若まさるものあらば、我二たび俳諧をいふべからずとなり。

私は最初これを読んだ時、芭蕉の断定の強さに少なからず驚かされた。このことについて堀葦男氏と話した時、京都を知っている者には当り前のことです、とあっさりいわれたことがあるが、確かにそうなのであろう。しかし私はなおかつ、芭蕉が上五を「下京や」にまさるものはないと断定したその態度の強さに引っ掛かるのである。この場合、もはや属目とか、虚構などという問題とは全く無縁であって、飽くまで、中七・下五の十二文字に対して上五に最も相応しい言葉は何か、ということが問題なのである。何故「下京や」という言葉が他の如何なる言葉にもまさって詩を完成させるのだろうか。

「古池や蛙飛こむ水のをと」という句も、初めに中七・下五が得られて上五が詮議の種になったらしい。其角が「山吹や」と置くことを提案したのに対し、「古池や」に定まったという挿話も伝えられている。現代でも古池を嫌い山吹をとる人がいるくらいだから、其角は古池に不満だったかもしれない。何故芭蕉にとってそれが山吹でなく古池でなければならなかったか、が問題である。

そういうところに、私は芭蕉における規範であり、ゾルレン（当為）であるものをみる。メタフィジックに対する確信がなければこういう断定は起こり得ないからだ。これは表面的にみれば、美趣に対するパターンといってもよいであろう。例えば、連歌の式目にみられる細かな規定は、すべて美のパターン化、規範化からもたらされたものである。

芭蕉の発句には、完成までに厳しい推敲を加えたあとが歴然としている作品が幾つかある。例えば、

閑さや岩にしみ入蝉の声

という句では、

山寺や石にしみつく蟬の声

さびしさや岩にしみ込蟬のこゑ

という二つの未定案がみえる。同じく『奥の細道』に出るものとして、

あらたふと青葉若葉の日の光

に対する

あなたふと木の下暗も日の光

あらたふと木の下闇も日の光

たふとさや青葉若葉の日の光

また、

さみだれを集てはやし最上川

に対する

五月雨を集て涼し最上川

のごときである。

これらの初案から終案までの作品をみると、終案に私達がなじみ過ぎているということを割引しても、練るごとに作品が動かし難い完成の状態に近付いていることを否定できない。芭蕉が一つの作品にどれだけ厳しい態度で推敲を重ねていったか、その執念の深さは驚くほどである。凡人なら一応の形ができたところで手放すところだろうが、芭蕉には不満足のまま放棄することはできなかった。ここでも芭蕉は作品のあるべき姿について実に厳格なイメージを抱いていたことがわかる。手を加えるごとに作品の質が向上するということは、当り前なことのようでいて、実は詩においては容易なことではないのである。

ある意味でこれは芸の問題として捉えることも可能であろう。芸とは、パターンに精通することであり、言葉を変えていえば、読みの深さということである。芸の度合に応じて、作品の良否を判断するレベルが異なってくる。仮に五のレベルにある人間は、五をもって最上であると判断し、五以上の作品については弁別の判断が停止してしまう。七のレベルにある人間は、七迄の序列を判断することができる。これが芸のレベルというものだと思う。もちろん、美を標準とした価値の基準が変わればより美なるものの序列も当然くつがえされるであろう。

俳諧連歌の世界は、ルールに満ちた芸を競合する世界であったと思うが、芭蕉は俳諧師として抜群の技倆を持っていたわけで、芸の面からみても最高のレベルに達していたわけである。しかし芸術という面からみると、たんにルールに精通し、パターンを会得するだけではアルチザンに過ぎなく、やはり人間にとって真実なものの表現が加わらなければ駄目であろう。「風雅の誠」という言葉で表わされた永遠であるものに対する痛切な思いは、芭蕉の真実であり、ザイン（存在）に他ならなかった。中世的な規範をザインとして受けとめることができたということが、芭蕉を真の詩人としたのである。芭蕉が経験の本質を追求することより、虚実を超えたところに詩を定着し得たということも、ゾルレンであるメタフィジックの確信をザインとして受けとめ得たからなのである。つまり何を表現すべきかという責めるべき何ものかがあったのであり、それを経験によって肉化することができたのである。

＊　＊

西脇順三郎は、詩集『近代の寓話』の前書で、「私の考えでは一つの作品は与えられた瞬間に於ては唯一の形容をもっているが、それは常に変化して行くべきところを知らないのであって、決して定まるところが無いのだと思う。私の詩などは現代の画家と同じく永久に訂正しつづけるのであって、それは画人も詩人も同じことだ」と述べている。この言葉は、西脇順三郎の詩論を読めば納得できることで、詩を一種の偶然性ともいえる天啓に求める態度から出た一貫した詩論に基づいて発言された言葉である。この言葉は、先に挙げたブルトン、エリュアルの、「一つの作品は常に必ず完成しているのである」という言葉と照応している。意識の流れともいえる一回性に真実をみる立場を潔癖に進めていけば、作品は人間の意識が流動して止まらないように変化し続けるというのである。規範は予期しないような意識の流れそのものであって、自然とか堅固な美学はそこにはない。

現代詩のような定型を全く持たない詩では、手を加えることがかえつて改悪に結びつく例がしばしばみられる。定型詩は世界的に崩壊してきているが、それは韻文による音楽性の美がウェイトを失ってきたという理由の外に、感情の自由な表現が詩に要請されてきているためである。詩人に課せられた一切の規範が外されると、詩人のよりどころは感情の流れに忠実になる外はない。詩の改作が、場合によって改悪になり易いということは、多分経験が再生不可能のものであり、時機を失しては色褪せてしまう結果であるかもしれぬ。「あるべきもの」を責めるのではなく、現に「あるもの」を汲み出すことによってしか人間的真実を表現に結晶させることができないのである。こういう立場は、クラシックな「あるべき世界」を整然と構築するようなこれまでの態度と鋭く対立しているようにみえる。

ヴァレリイは、「自分の芸術を会得した一人のロマンチック作家は古典作家《クラシック》となる」と自らも述べているように、定型詩を擁護し、それを極めることによって古典主義的立場にたつことになった。ヴァレリイは、自由詩では各個人の恣意的な尺度だけで形が決まってしまうという基準の不安定性を怖れたのである。

エリオットは、ヒュームの新古典主義の流れを汲んでおり、ヴァレリイとは違った意味で詩作における批評的要素を重視した詩人である。エリオットの場合、批評の規範となるものは伝統であり、その背後にカソリシズムという絶対の権威をおいたのである。現代芸術の両極にある知的なものと反知的なものとの分け方に従えば知的な側に属するとみてよい。

詩の定型性は、詩を外側から規制するゾルレンであり、規範である。そこでは、定型詩のある一つを選択することは可能であっても、一旦それを選んだ以上、表現しようとする内容の如何にかかわらず、用いようとする言葉の如何にかかわらず、音節《シラブル》や韻《フット》は制約されてしまう。ギリシャ時代では、医学や科学のような詩でないものでも韻文で書かれたようであるから、韻文そのものは詩というより、詩の容器であり、衣裳であろう。韻文の持つ効果を純粋に詩のためにのみ用いようとした最後の一人がヴァレリイであったと言えようか。

詩の定型が複雑になればなるほど思考は限定され、知的な要素が強くなる。つまり精神は内容よりも形式によってより多く規定される。そして、詩が音楽的純粋さに近付けば近付くほど逆に形式が要求される。それは純粋抽象ともいえる音楽が、厳格な音階に支配されていることをみればよくわかる。

詩は知性の祝祭であるはずだ、とまでいったヴァレリイの立場は、定型詩の擁護者という観点から理解できるのである。すぐれた定型詩論ともいえる『「アドエス」に就いて』においてヴァレリイは、「或る損失を損失の外観に変ずることは、まさに賢者の務めである」といみじくもいっている。定型詩を守ることによって、計り知れない損失、無限の可能性の放棄が考えられるかもしれないが、それは定型詩を極めることによって始めて語られるべきではないか、それが賢者のすることだ、といっているのである。しかし、この言葉には、すぐあとに続く自由詩の氾濫を予測させるようなニュアンスが含まれていることも注目される。

『古典と正統』の巻頭の文章、終章省く。'63年9月刊

村野四郎の詩「鹿」をめぐって

村野四郎に「鹿」というよく知られた詩がある。それはこんな小品である。

鹿

鹿は　森のはずれの
夕日の中に　じっと立っていた
鹿は知っていた
小さい額が狙われているのを
けれども　彼に
どうすることが出来ただろう
彼は　すんなり立って

村の方を見ていた
生きる時間が黄金のように光る
彼の棲家である
大きい森の夜を背景にして

これは第九詩集『亡羊記』に収められており、四郎はこの詩集によって読売文学賞を受けている。この「鹿」は、伊藤信吉の優れた鑑賞もあって高校の教科書にも載り、名作として定着した。また何回か英訳もされているという。この詩の成立について子息村野晃一氏は『飢えた孔雀　父村野四郎』で面白い証言をしていた。晃一氏は「母が友人と外出中、あやうく災難にあうところすんでのこと災難が、むこうから避けるかのようにそれて、無事だったことがありました。その報告を聞いた父は、すぐ書斎に入り、間もなく原稿を持って出てきて「今ので一ついいのが書けたよ」と、その場で母に読んで聞かせたということを、私は母から聞きました。」と記している。この話は、私には四郎の家庭人としての姿が彷彿として感慨深い。幾度か訪れた折の、控え目ににこやかに応対する夫人の面影が偲ばれる。

この詩の引き金となった事実は確かに右のようなものであったかもしれない。しかし、このテーマは四郎の中に長い間醸成されつつあったものに違いないと思う。それが妻のことが契機となって一気に形をなしたのであろう。それでなければ現実の事柄と詩の内容とのあまりの隔たりの説明がつかない。

この「鹿」について扶川茂氏は「村野四郎とリンゲルナッツ」（「戯」15）で、リンゲルナッツの次の詩、

公園にて

小さな小さな鹿が、 小さな小さな木のそばに
じっと夢のように冴えかえって立っていた
それが夜の十一時二分だった
僕はそれから朝の四時に
もういちど傍を通りすぎた
その時もまだ鹿は相変わらず夢みていた
そこで僕はそーっと――僕は殆んど息もつかなかった――
風下からその木に忍びより
鹿に小さな一突きをくれた
そしたら、 それは石膏だった

との親近性を指摘していた。扶川氏は四郎の愛読していたシュペル・ヴィエルの「仔鹿」という詩もあげている。扶川氏は晩年の四郎に親近師事しており、四郎の未発表の自伝などを収めた『わたしの詩的遍歴』も氏の編集によって出版されている。

西欧には鹿を歌った詩は多いからその影響関係は見逃せないと思う。私はリルケの『果樹園』のなかの次の詩をあげたい。

牡鹿

おお、あの牡鹿、――昔の森のなんという美しい内部が
おまえの目にいっぱいにたたえられていることだろう。
なんと大きなつぶらな信頼が
なんと大きな恐怖とまざりあっていることだろう。
それがみんな、おまえの跳躍の
生気にみちたほそやかさにはこばれて。
だがなにごとも決して起こりはしないのだ。
おまえのひたいの
無所有のその無智には。

リルケの「なんと大きなつぶらな信頼」は四郎の黄金のように生きる時間と対応するし、「大きな恐怖とまざりあっている」は、小さな額が狙われていると対応する。しかし、その鹿は一瞬のうちに死が生をかき消してしまうことまで知りえようか。その時まで鹿は立ち尽くす他はない。それに対してリルケの鹿は生気に満ちた跳躍で立ち去る。村野の詩はスリリングな結末を暗示して見事だと思う。それに対してリルケの詩は思索に奥行きがあって引き込まれる。締めくくりは異なっても、鹿へ寄せる思いは両者に共通している。

四郎はリルケにかなり傾倒しており、「永い詩作生活においていつも私を支えてきたのはリルケであって、私は詩的思考の上で自己閉鎖に陥ると必ずリルケに救いをもとめた。」（「私におけるリルケ」）と書き、リルケを読むたびに自分の卑小性を痛烈に感じさせられると同時に、人間の創造の可能性について限りなく勇気づけられると書いている。「鹿」はもっともリルケに近いところで書かれた詩に違いないと思う。

それでは村野の「鹿」に日本の詩歌の影響はないであろうか。そのことに触れるには日本の詩歌で鹿がどのように詠まれてきたか眺めておく必要があろう。『堀河院御時百首和歌』通称堀河百首は、十六人の歌人に百の題で一首ずつ詠ませた歌集で、その後の題詠百首和歌の基本となったものであるが、この秋の題二十のうちの一つに鹿がある。この鹿の題で詠まれた内容はすべて妻恋う鹿の鳴き声を詠んでいる。「百人一首」の、

おくやまに紅葉踏分けなく鹿の声きくときぞあきは悲しき

以来、鹿といえば鳴く声であったといってよい。それは芭蕉の、

ぴいと啼く尻声悲し夜ルの鹿

へと続いている。俳諧になって鹿が秋の季題として受け継がれたのは、この妻恋う鹿の鳴き声を本意とした故である。

堀河百首には、夏の季題として「照射」があって、これは鹿を狩るため焚く火を指すが、ここでは夜であるため狩人の心細さを詠んだものが殆どで、まして鹿の瞳まで詠んだものは見当たらない。

日本で鹿の声がもっぱら詠まれていることは西欧の詩歌と比較して際立った特色とみてよい。西欧では蝉も蛙もその声は雑音以外ではないらしい。虫でもそうであるが、それら生き物の声に風雅を覚えるところは日本人独自の感覚なのである。

このような先入観もあって、四郎の「鹿」に日本の詩歌との接点を見出せないでいたのであるが、偶々『拾遺和歌集』を読んでいて次の歌と出会うことが出来た。

あらちをのかる矢の先にたつ鹿もいと我ばかり物は思はじ

これは人麿歌集に出る歌で、『国歌大観』では、四句目が「いとわがごとに」となっている。この歌は猟男の矢に狙われている鹿の、無心に立っているさまを詠んでいると思う。「我ばかり」では意味がとりにくく、「わがごとに」ではっきりする。上三句を序詞とする読み方をしているのだろうか。猟夫と向きあっている鹿はまさに村野の鹿と同じ瞬間を立っている。村野の鹿は時代を遥かにこえて人麿の鹿と共鳴しあっているのである。歌集の歌を私は人麿作と信じたい。

俳句では鹿を季語として受け継いでいるから、鳴き声を詠んだものがほとんどであるが、現代俳句には次のような異色作があることを付け加えておきたい。

雄鹿の前吾もあらあらしき息す　多佳子

青年鹿を愛せり嵐の斜面にて　兜太

詩誌「岩礁」'08年3月号

村野四郎の俳句

戦後詩の展開の上で村野四郎が果たしてきた役割の大きさは今更述べるまでもないことであろう。二十四年には北川冬彦等と現代詩人会（現在の日本現代詩人会）の設立に関わり、副幹事長を務めているし、平沢貞次郎氏の提言を受けてH氏賞を創設したのも村野四郎であった。この会では幹事長を二期、会長を二期務めている。二十三年から二年半ほど「詩学」の研究会作品の選を担当しているが、この欄から谷川俊太郎、山本太郎、金井直等多くの俊秀が巣立っている。

村野四郎は十四年、新即物主義の華麗な実践である『体操特集』を出し、モダニストとして華々しい出発を遂げたが、戦後はその造型性に実存主義的な陰影を加え『実在の岸辺』『抽象の城』などの優れた詩集を出し、三十四年の『亡羊記』では読売文学賞を受賞している。

一方で、戦後の俳句第二芸術論や臼井吉見の「短歌への決別」というような伝統詩型否定の風潮の中で、戦後詩をリードしてきた村野四郎も短歌や俳句に対してかなり手厳しい意見を吐いたことも事実である。短歌をホッテントット的思考と呼び、俳句をハニワ的形式の中の纏足の風習と決め付けたりした。戦略的意味が大きかったといえ、今から思うと多分に勇み足があったと言えそうである。

このように現代詩の先端を颯爽と歩み続けた村野四郎も、出発が俳句であったことは意外に知られていない。知られていても、詩人自身の言及も少なく、期間も短かったことからその内容にまでは全くといってよいほど触れられていないと思う。晩年は俳句とのかかわりも出てきて、俳句に関する書物も残している。そんなことから、これまで光の当たらなかった村野四郎の俳句とのかかわりについてこの機会にできるだけ紹介して見たいと思う。

村野四郎は明治三十四年、多摩の商家に生まれているが、父は寒翠と号して俳句を嗜んでいたようで、そのせいか四郎をはじめ子供達の早熟ぶりは目を見張るばかりである。大正三年、四郎が十三歳の時、七つ上の兄次郎は早稲田に在学していたが、次郎、三郎、四郎の三人で「藻塩草」という家庭回覧雑誌を何号か出したという。四郎が十五歳で府立二中に入学する頃、次郎はすでに白秋の「地上巡礼」に短歌を発表していた。三郎も間もなく「文章倶楽部」の西条八十選の詩欄の常連となり、やがて八十の詩誌「白孔雀」の同人となって派手な象徴詩を書き始めている。

四郎は十九歳の時「文章倶楽部」の内藤鳴雪選の俳句欄に投稿を始めた。何故俳句だったのかということについて、「生いたちの記」(『鶏肋断想』所収)は、次兄次郎の短歌の良さに、とてもかなわぬというコンプレックスを感じて、仕方なしに俳句を作ったと記している。『わたしの詩的遍歴』にも、次郎の整った短歌や三兄三郎の複雑で典雅な象徴詩形式の表現力にはかなわぬことを自覚して、いちばん簡単な文学形式をさがして俳句を作ったと書いている。

大正九年、四郎は一年浪人をするが、この頃、五歳年上の姉ケイに宛てた手紙が三郎の子矢ケ崎千枝氏（加倉井秋を門の俳人）によって紹介されている。（『わたしの詩的遍歴』）当時ケイは芝の仙石子爵家へ見習奉公に上っていた。この手紙には夕歌と署名した短歌を盛んに書き送っており、現代新進歌人夕歌と書いていたり、白秋、晶子、哀果、牧水、夕暮、啄木などの歌を書き並べて感想や批評を書いている。四郎は当初短歌に熱中していたようであるから、仕方なしに俳句を作ったとあるのは本音であろう。おそらく短歌を投稿した時期もあったのではなかろうか。

鳴雪選では、哀醒子という名前で「秋晴れの屋根に立ちたる男かな」のような句が選外佳作となった。大正の初め頃から日本の詩史の上の最大の変革といわれる口語自由詩の革命が始まっており、北原白秋、川路柳虹、高村光太郎、萩原朔太郎、室生犀星等がキラ星のように登場し始めていた。これらの影響を強く受けていた四郎は、伝統的な俳句では飽き足らず、自由律の新傾向俳句に惹かれたようである。四郎は荻原井泉水が選をしていた「中央文学」の俳句欄への投句も始めるが、直ぐ入選を果たし、二回目は「病人夢の話する朝の白い布団」の句で一等に入選し、その感覚の鋭敏さを井泉水から激賞されたという。「層雲」への投句も始まっ

ていたらしく、九年十二月号の一句欄に村野四郎の名前で、

母上つぎ給ふ布の赤くて夜は更け

という句が見える。「層雲」にはその後、十一年一月号までその名前を見ないが、四郎は十年四月、慶応義塾大学予科に入学しているから、そんな生活の変化も影響しているかもしれない。

「層雲」での目覚ましい活躍が見られるのは十一年に入ってからで、先ず一月号に村野哀醒子名で六句とられ、三席を占めている。その後は村野四郎に戻り、常に上位を占めて十二月号からはやばやと同人となった。百名をはるかに超える投句者のなかで上位を占めるだけでも大変なのに、一年足らずで同人となっているのだ。井泉水の四郎への期待の大きさが分かろうというものである。十二月号の同人作品には、

山越えくればま昼の淋しい生徒らに逢ひし山里

赤子ぬくとく抱いて日曜の墓地をあるく

というような句が見える。

興味深いことに「層雲」は扉に井泉水の詩ともいえる巻頭言を載せる他、自由詩を必ず載せていることである。東大言語科を出てエッケルマンの「ゲーテとの対話」を訳したりしていた井泉水はまだ三十代の英知に輝く姿だったという。井泉水にとって自由詩は自由律俳句の精神に通じるものと考えていたに違いない。四郎は俳句と同時に詩も投稿したようで、七月号に「疑惑」八月号に「追憶」九月号に「掌の果実」「夕明り」十一月号には詩のみ三編が載せられている。おそらくこれらの詩は村野四郎の最初の活字になった詩ではなかろうか。十二月号にも二編の詩が見える。

十二年に入ると同人欄への旺盛な発表が見られるようになり、百句以上の発表が見られる。いくつかあげてみよう。

病人目ざめこりこりと夜更の梨たべている　1月

少年ゐて口笛吹いてゐる冬木の淋しい枯れよう　3月

山陰の古い思出からとんとん初午の明るい太鼓　4月

きりぎりす青う鳴かせて細々と病人が啜るもの　11月

古びた提灯で母が土蔵から出てくる月夜　〃

田舎はわびしい秋雨の厠にて本を見てゐる　12月

これらの発想は十七字定型からはるかにはみ出しているが、井泉水の自由律俳句の精神を自家薬籠中のものとしていて、沈潜した抒情の味わいが深く、しかも一貫している。井泉水が嘱望したのもよく分かる気がする。しかし、これが四郎の俳句の束の間の輝きであった。この年、四郎は並行して旺盛な詩作を誌面に披露している。これまで7ポの詩の欄に載った四郎の詩が、四月号では10ポの活字で七編が二頁にわたって掲載されたのである。詩はさらに五月三編、六月四編、七月四編、十二月二編と発表されている。

十三年に入ると同人欄の俳句は三月十五句、八月十六句、十一月十七句という数になり、「層雲」での四郎の俳句はこれで消えることになった。それに引き替え、詩の方はこの年合計三十四編が派手な扱いを受けて紙面を飾っている。

十四年に入ると、二月、三月、七月、十月と詩のみが十三編発表されており、十一月号には五編の詩がもとの7ポの活字で一頁に収められている、これが「層雲」に村野四郎の作品を見る最後である。この十一月号の扱いを見ると、井泉水の気持が分かるように思う。井泉水は村野四郎に嘱望し、自由律俳人の旗手を期待していたのに、意に反して自由詩人村野四郎を育ててしまったのである。肝腎の俳句を袖にされてしまったのである。

これだけ優遇された「層雲」の自由律俳句から村野四郎は何故離れたのだろうか。それは「層雲」でも示されたように、自由詩の方に心は完全に移っていた故としかいいようがない。四郎は十二年には予科のドイツ語教授藤森秀夫と詩誌「地霊」を出している。十四年には川路柳虹を訪れ、翌年には柳虹を中心とした詩誌「炬火」を創刊した。そして、その年には処女詩集『罠』を刊行しているのだ。『罠』の後記には一九二四年から一九二六年にかけての六十編を収めたこと、それは未発表十数編と、炬火、日本詩人、詩神、詩編時代、詩歌時代、読売新聞等に発表したものであることが書かれている。発表の場の多かったことに驚くが、不思議なことに『罠』には「層雲」に発表した作品は見えない。四郎は朔太郎の『青猫』に熱中していたようであるが、「層雲」の詩はたしかに朔太郎の世界をなぞったものが多い。そんな未熟さを嫌ったのであろうか。『罠』の序で柳虹は「新鮮溌剌俎上に躍る生魚を思わす」と記している。

私は村野四郎はその後俳句を作っていないと思っていたが、那珂太郎氏から昭和十年代に「風流陣」に俳句を発表していたことを教えられた。「風流陣」は岩佐東一郎の編集発刊で、十年十月に創刊されている。創刊号には「在来の枯渇した俳句に新生命を吹き込むと云う大野心のもとに創刊したものであります」と書かれ、室生犀星、田中冬二など十三人の詩人が俳句を発表している。四郎は二冊から顔を見せ、

修善寺の厠に見たる桜かな

雑魚笊にまじれる蟹の明けやすき

など二回目からは定型俳句を発表している。十六冊から兄三郎が代わって登場しているが、十九年まで六十六冊出たその後は見る機会はなく、その後出しているか確認できなかった。おそらくそんな風流に遊ぶ余裕はなかったろうし、二足の草鞋を履く気持もなかったろう。村野四郎がそのことを一切語らなかったのもそれを恥部のごとき遊びと見た故であろう。

戦後の村野四郎の俳句との関わりは「東京タイムズ」の「今日のうた」欄の担当が機縁となった。それまで川路柳虹が担当していたが、柳虹の死によって四郎が引き継ぐことになったのである。もっとも柳虹が病床についてからは四郎が代わって筆をとっていたようである。これは俳句と短歌のどちらかを取り上げて、百八十字くらいで観賞したコラムである。この欄は七年くらい続き、それを選んで愛育出版から『愛育新書　秀句鑑賞十二ヶ月』(昭和四十一年)『愛育新書　秀歌鑑賞十二ヶ月』(四十二年)として出版されている。俳句の場合、掲載分から千句抄出しており表紙のカバーには山本健吉、中付草田男、楠本憲吉が推薦文を寄せている。二十句以上選ばれている作家は草田男の四十句を筆頭に、楸邨、波郷、三鬼、誓子、万太郎の六名である。秋櫻子と風生は十五句、虚子は十四句とやや少ない。自由律では井泉水十一句、放哉六句、一石路六、山頭火二句ととられている。そういえば大正九年一月号の「層雲」には山頭火の十四句が見えたし、十四年一月号には放哉の五十六句があった。楠本憲吉は十句と優遇されているが、金子兜太の九句は当時としては異色であろう。鑑賞の内容についてはふれる余裕はないが、詩人のユニークで多彩な目が光っていて興味深い。

この時期になると俳句に対する理解も深く、かつ好意的になってきていて、その存在意義を充分認めるようになっていたと思う。芭蕉に傾倒するようになり、「心の旅路——日本の風土に寄せる詩曲」という「おくのほそ道」を題材としたＮＨＫのための創作邦楽も書いている。

「丘の風」'00年10号

孔雀の飢え——村野四郎論のために——

『定本村野四郎全詩集』の巻頭の一頁は、「わが孔雀は永遠に飢えたり」というアフォリズムで占められている。私はずっしりと重いこの全詩集を前にして、詩人を飽くことなき詩作へと駆りたてた永遠の飢えとは一体何であったかを考え、この飢えのもたらした追求の貪婪さに圧倒される思いをするのである。詩人自身が日頃愛したこの言葉ほど村野四郎の詩的営為を端的に語るものはないであろう。如何にも村野四郎らしい華麗さと不毛を背中合わせにした詩的イメージではないであろうか。村野四郎は最後の詩集である『芸術』の「あとがき」で、「わたしは今でもまた、たえず飢えた美食の単独者であることを、無上の栄誉と考えているものです。」と述べている。この晩年の発言は、芸術は窮極のところ美の追求に行きつくのであり、自分は飢えた一美食家であることに誇りをもつと、あえて開き直っているように私には受け取れる。村野四郎の詩には人生に相渉ることのない審美的格闘があるだけである、というような批判を踏まえた発言であることは疑いない。すでに『予感』の「小序」で詩人は、「もはや現世に信じるべき何ものもないことをおしえた。たった一つの拠るべき対象をのぞいては——。」と書いている。この「たった一つの拠るべき対象」は自己自身に外ならないが、それはまた詩と読みかえてもよいように思う。村野四郎にとって自己の意味とは詩的営為として追求されることによって満たされる外はなかったからである。絢爛たる孔雀はまた鋭敏な味覚の持主であった美食家村野四郎の伴侶たるに相応しい。伴侶というよりも詩人自身のメタモルフォーシスそのものではないであろうか。

『体操詩集』で、「今日ではもう、詩人が本質としてヒステリーでなければならないという理由は何処にもない。」と書いた時、村野四郎は情念とはもっとも遠い辺境にフォルムとしての美を拡張する仕事に従事した。後年この詩集について、「詩人の生涯として、いちばん知性と感性とのバランスのとれた時代の作品である。」(『今日の詩論』)と書いているが、そこには世界を新鮮に再構成した颯爽たる前衛であったことへの自負がみられよう。それと同時にこの言葉は、村野四郎に深くかかわっているシニカルでニヒルな暗い情念を払拭し得た時期があったことへの郷愁ではないであろうか。詩誌『指紋』に紹介された村野四郎の十代の書簡をみると、白秋、牧水、哀果、夕暮、勇、茂吉、啄木などの歌を書き抜いて、それに対して実に鋭い感性を示す批評を記していて、その早熟ぶりに驚かされる。戦後、村野四郎は『今日の詩論』にまとめられているように、現代詩を推進するプロパガンディストであり、新しい試みや新人に対する積極的な理解者としてかけがえのない役割を果たした。そこに示される適確な審美眼や新しい美に対する感受性が生得のものであったことに改めて瞠目させられる。そこには包みきれない才能に羽をばたつかせている覇気に満ちた詩人の息吹がある。しかし、白秋から入った村野四郎の出発に、萩原朔太郎が大きな影を落としていることは充分注意しておいてよいことだと思われる。詩人は後年、『青猫』熱に取り憑かれた学生時代の影響の深刻さを語るとともに、晩年の『氷島』への歩みに共感を寄せている。大正十一年といえばまだ学生時代であるが、当時俳誌『層雲』の同人として抜擢され、井泉水の期待を一身に集めていた。『層雲』には自由詩も掲載され、村野四郎の自由詩も毎号のように載せられている。そこには、「私の心は、いつか／ぼうぼうと、伸びほゝけた草に埋もれてゐた。／そして、寂しい風が渡る毎に／草は泣き崩れる様に／よろめき、ぞよめくのであった。」とか、「私の、うらぶれた心の中を／夕暮の電車が、高く軋み乍ら／曲って行った―」というような朔太郎を思わせる詩行がみられる。戦後のニヒルで戦慄的な美学の完成の基底には、このような憂愁が出発時から流れていたのである。

戦後の村野四郎を語る場合、実存主義を抜きにして考えることはできない。私はすでにニヒルで戦慄的な美学について触れてきたが、このニヒリズムを哲学的裏付けにおいて詩作に反映することができたのは実存主義との出会によってである。『抽象の城』の「あとがき」で、この題名の、「『抽象の城』とは、言うまでもなく私が棲む私の Ego。または私のポエジイの陰惨な住家のことである。」と述べている。この陰惨なポエジーは既成の価値の崩壊した戦後の荒廃した風土を抜きにしては考えられないが、その風土はまた実存主義的思索を導いたのである。サルトルは邦題『実存主義とは何か』を、「実存主義とはヒューマニズムである」というタイトルのもとに書いている。ハイデッガーはフランス人の質問に対して回答するという形をとった『ヒューマニズムについて』という小冊子で、サルトルの「実存は本質に先行する」という形而上的命題のたてかたそのものに批判を加えている。村野四郎におけるハイデッガーの影響はこの小冊子に多くの部分を見出すことができる。「おのれは、おのれ自身がその根拠をおいたのでは無い、どこからという由来の知れぬ、むしろ投げ出された無根拠の深淵を、背後に控え、そうした被投的な、おのれの既存在の偶然を、おのれに引き受けることによってしか、おのれへと生成することができない。」（渡辺二郎「ニヒリズム」）というように、好むと好まないとにかかわらず人間は理由もなく在らしめられている存在である。実存主義はニヒリズムと同じレベルで結びつく主義ではないが、実存的思索が不安と結びついた生の無意味さに直面しなければならないことは真実である。『亡羊記』の、「それは誰の顔だか／まったくわからない／たとえば水中のような／べつの世界につきだされている」（「詩人の彫像」）とか、「地球はそこから／深あく齠けているのだ」（「塀のむこう」）というような虚無と欠落感を伴った村野詩の特徴的パターンを示す詩行は、実存主義的思索の形象化として理解することができる。それは価値を裏返すような戦慄的な美学に巧みに縫合されたのである。村野四郎は『現代詩のこころ』で、「懐疑と衝撃だけが作品の発祥に関与します。」と述べているが、この言葉には村野詩の美学と実存との接点が語られていて興味深い。一見平和で秩序だってみえる事物の裏側にわれわれに衝撃を与えずにはおかない暗い奈落が覗くのである。村野四郎の多くの作品は、神なき虚無の深淵に開かれた実存の状況そのものの詩的形象化による呈示なのである。

高野喜久雄氏のように村野四郎の実存へのかかわりに美学的逃走をみて、その不徹底さに苛立ちを表明する論者もいる。しかし、人間存在の直面せざるを得ない本質としてあるニヒリズムを牢固とした詩的イメージのなかに結晶させたいくつかの作品、たとえば「さんたんたる鮟鱇」とか、「青春の魚」というような作品にみられる完璧さは思索と美学の希有の合体であり、現代詩の達成として妖しく冷めたい光芒を放っていることは否定し得ないであろう。

人間が本質としてニヒリズムの深淵に立たされた存在であるとしても、われわれはそこから眼をそらすか、(いわゆる存在忘却の夜に紛れこむか) 生きていくこと自身において存在に意味を見出していかねばならない。そこにはより大いなる存在である神に自らを仮托するとか、芸術行為のなかに意味を産出していくとか、あるいは形而上学的世界観を樹立するとかというさまざまな選択がある。ハイデッガーはこの神の痕跡しかない乏しき時代に、父なる神の声の代弁者たろうとする使命感を熱烈に歌ったヘルダーリンの良き理解者であったし、リルケはオルフォイス的使命感をもって神に浸された事物を語り讃える詩を精力的に歌った。村野四郎にはすでに痕跡でしかない西欧的な神に深くかかわった形跡はない。ニーチェによれば神の信仰によってニヒリズムから逃れることは「できそこないの者たち」のすることであるということになるが、村野四郎にとってニヒリズムの克服は、精神の全き自由の成就である詩作において、むしろ積極的にニヒリズムを受け容れることであった。詩は神の不在の奈落である虚無に開かれた飢えを直視することによって生産される。詩作においてニヒリズムが克服されねばならないとすれば、詩作のためにたえず飢えがみつめられていなければならないという逆説が成り立つ。詩人はそれ故永遠に飢えの状態に直面している外はないのだ。

このように述べたからといって、村野四郎の詩が実存主義的なニヒリズムの美学的形象化にとどまっていたのでないことはもとよりである。村野四郎の詩は生活者としてそうであったように、弱音を吐かず、取り乱すこともない理知的美学的相貌をとることが多いけれど、むしろ実存そのものの肉声に焦がれていたのではないかと思う。そういうところにこぼれでる肉声に永遠なもの、郷愁のごときものが垣間見られるのだ。

『亡羊記』の「後書」は、詩人の思考の成熟を窺わせる重要な詩論であるが、そこには、「今日になって、あの萩原朔太郎の晩年の精神が、なぜこのようにぼくの心を震撼するのかがわかってきたような気がするのだ。」と書いている。『現代詩のこころ』の「ニヒリズムの克服」の項にも朔太郎に大きく頁を割き、「強固な飢えを内蔵しているために絶間なく沸騰している」その詩にニヒリズムの克服をみようとしている。理知的冷静さを失わなかった村野四郎が出発時から晩年へと、あの激越悲壮な灼熱する魂朔太郎に惹かれ続けたということは村野四郎の詩への熱い共感が自らの詩論や詩作の枠をはみだしたところにあったことを暗示しているといえないだろうか。村野四郎の晩年は一方では道元のいう「無一物中無尽蔵」という言葉の示す東洋的無への傾斜がみられ、芭蕉の世界に脱我的実存の郷愁をみたり、人間を自然の一与件とみる虚子の俳句に惹かれている。『芸術』の最後の二篇が京都の「峯定寺」と「落柿舎」を詠んだものであることも興味深い。しかし、私はそういう回帰よりも、朔太郎への共感の方に現代詩の前衛を生きた村野四郎の真価をみたいのである。

「方舟」'82年10月30号

二人の詩論から

ロジエ・カイヨワの『詩法』の引用から始めたい。

「私は曖昧さのなかで苦労しながら明晰を求めました。」

「私は、人間が盲目的にただ感じている感情や、意味を正確に把握できないでいる感情を、明確に示しました。人は私の詩句を読むとき、そうした感情をはっきりと理解し、そしてまた、その感情に今までとは違った親しみをいだくのです。人は私の詩句を読んで、自分が新たな内奥にまで入っているのを感じます。そして魂がいっそう安らぎ、いつも自分からこぼれ落ちていたものをしっかりと捉えるのです。」

私はカイヨワの詩について知るところがない。しかし、たまたま読んだこの言葉は、私なりに日頃考えていた詩に対する一つの願望を明確に代辯してくれているようで眼から鱗が落ちる思いであった。詩を読む喜びは魂を未知の深みへと高揚させてくれるような作品はもとよりであるが、自分達が日頃経験していながらそれに形を与えることもせずなんとなく葬ってしまっていた感情を鋭く突きつけられた時に一層親しいものとなる。現代はとりわけ自らに盲目になりつつある時代であり、自らの病について無自覚な時代なのである。カイヨワが明晰を求め、感情の正確な把握を志したということは、正確なカルテがない限り適切な処方箋が望めないことを思えばその限りで全く正しい。

現在の日本は貧困や飢えからくるストレスから遠ざかり、性の抑圧もむしろ放恣に置きかえられつつある。しかし、限りない選別を強いられる階梯を歩みつつ、巨大化する組織の意志に組み込まれ、強いられた文化的生活のなかに演技し続けなければならないわれわれは巨大な抑圧と拘束のなかで大方は人間性のみじめな歪曲を強いられているのである。身動きのとれない、抗いようのない、見えない暴力にしめつけられて醜く歪んでしまった魂をそのままの状態で正確に写しとること、そこにわれわれは現代という時代の意味するところのものを否応なく読みとるであろう。詩人は現代の忠実な証言に生きなければならないのである。

私はカイヨワの言葉を私流に敷衍してみたのであるが、カイヨワの言葉にはもう一つ先の方法論が示されていない。詩に手を染めた経験を持つ人なら誰しも直ちに、詩語にとって明晰さとか正確さとかははたして詩的美と両立し得るであろうかといった疑問が投じられるであろう。むしろ詩の美のなかには曖昧さがもたらす美学にこそ詩の大きな魅力があるとする立場がある。詩的経験は常に一回性の新しさに突出していなければならないにもかかわらず、言葉は概念や意味一般を負っている。言葉自体が持つ感情の領域はしれたものである。言葉のさまざまな内包、陰翳を求めて言葉の新しい関係を創り出すことによってしか、新しい感情は表現されないであろう。したがって、正確さとは正確さに限りなく近づくことに外ならず、言語経験を反芻しながら詩人自身が見極める外はないであろう。詩が散文で書かれる機会が増えてきていることは、精密さが求められれば求められるほど寓話的世界に近づかざるを得ない事情を語っている。明晰さとは曖昧さを含めた詩的言語の世界と感情とが限りなく等価に近づくことに外ならない。

カイヨワの詩法は病める魂を病めるものとしてそのまま掬いとるところに意味がある。しかし一方で、蔽われ歪曲された自己を救出し、本来の自己を取り出すことに詩への果敢な挑戦の意味を主張する立場があることも当然であろう。オクタビオ・パスの『弓と竪琴』は、詩の積極的な役割を鋭い洞察と情熱をこめて説きあかした、めくるめくアフォリズムに溢れた大部の詩論である。引用すればきりがないのであるが、その目覚しい主張の一端を引いてみよう。

「ポエジーは認識、救済、力、放棄である。世界を変えうる作用としての詩的行為は、本質的に革命的なものであり、また、精神的運動なるが故に、内的解放の一方法でもある。

「詩は文学形式ではなくてポエジーと人間の出会いの場である。詩はポエジーを包含し、それを刺戟する、あるいは発射する、言語の有機体である。

「ついに解放されたことばは、熟した果実のように、あるいは空中で爆発する花火のように、その内部のすべてを、そのあらゆる意味や暗示をさらけ出す。

「詩は純粋な時間に近づく道であり、存在の始源の海への投入だからである。

「詩は人間が自らを超越して、さらに深い、本然的な自己を見出すための数少ない手段のひとつであり続けよう。

「詩的創造は言語に対する暴力として始まる。この行為の最初の操作はことばを根こそぎすることである。

「詩はわれわれに、われわれが真に在るところを明らかにし、われわれを本来のわれわれへと誘う。

「詩人のことばは、彼の存在自体と渾然一体となる。詩人は自らのことばである。創造の瞬間、われわれ自身の最も秘めた部分が意識の表《おもて》に現れ出る。創造とは、われわれの存在と不可分のある種のことばを明るみに出すことである。

こういう断片的な引用によってはパスのコスモポリタン的な思想と教養の全貌を伝えることは無理であるし、誤解も生じ易いであろう。たとえば、「ことばを根こそぎする」という表現は、シュールリアリズムの洗礼を受けたいかにもパスらしい言い廻しであるが、そのあとでパスは、

「第二の操作はことばの復帰である」といい、意味とのバランスをも考える。パスが詩的言語に要求される始源的状態としてあげているのは、第一に音響的価値であり、第二に情緒的価値であり、最後に意味的価値である。パスは意味の一方的な破壊をのみ主張するのではないのである。パスの視野はマラルメから孔子、芭蕉にも及び、連歌の試みを発表するなど、これらを併呑する知性は尖鋭かつ柔軟で論旨は快い説得力を持っている。しかし、私の引用からパスの詩に傾倒する情熱の所在はかなり鮮明に伝わってくるはずだ。パスは共産主義の理念は捨てきれないと述べているように、最終的には抑圧からの解放は制度の打破、革命というところに求められている。パスにとって詩は何よりも人間を人間本来の姿に取り戻す武器としてあるのであって、そこにかれの詩論が激しく戦闘的である所以があるのである。

パスにとって詩は「本然的な自己を見出すための数少ない手段のひとつ」であり続けねばならない。パスのようにラテンの血を持つ情熱的な詩人にとってそれは「空中で爆発する花火」のような強烈なイメージによって語られるのである。パスにはメキシコのフィエスタの熱狂がいつもどこかに疼いているに違いない。

パスはまたユダヤ・キリスト教的概念である人格神を否定し、むしろ詩の役割を宗教と等価なところに位置づける。宗教が求める「他者性」への希求と詩的啓示を同じ次元の体験であるとするのである。そして、「性は激しい力を伴って、聖なるものの体験の中に発現され、また聖なるものはエロチックな生において発現されるのである。」というように、他者との和合という至福の状態を愛の体験に垣間見ようとするのである。「人間は驚くことのできる存在であり、驚きに満たされた時、詩化し、愛し、神聖化する。」という言葉には、シュールリアリズムの美学の彼方に聖なるものへの合体を願うパスの詩観がよく表れていよう。パスはユダヤ・キリスト教的な人格神は否定しても、神の声の代辯者であるところに詩人の使命をみようとしてきた西欧の詩の伝統に深くかかわっているのである。

ふりかえって、われわれの詩作にパスの詩論を投影しようとする時、パスの明快さが一筋縄ではいかない不透明さをもったものであることを思い知らされる。本然的な自己とは自己の全き解放が果たされた時自ら顕現してくる魂の自由を表していよう。しかし、われわれの存在は時間の表層をかき乱しては流れ去り、幾重にも歪められた無感動な皮膚を堆積させているだけである。自己が限りなく滑り落ちていってしまう日常のなかで固定観念でしかない正義や誇張された欲望が本然的なものと錯覚されているに過ぎない。

私にとって自己に深く降り立つためには、幾重もの挫折や断念や絶望が必要のようにみえる。人間存在は魂と肉体との危うい均衡の上に立った不条理性を本質としており、自我の本質は矛盾に満ちた懸崖の上にさらされている。自己に深く降り立った時人間は自らの本質に真向かう。それは同時に挫折や断念や絶望を伴う経験でもあるのだ。おそらくそこから先の自己救済こそが過去のすぐれた芸術の達成としてあるのだろう。挫折や断念や絶望を経た歓びのうちにこそ魂の浄化を併うカタルシスがある。詩は絶叫でもなければ瞬時のオルガスムスでもない。パスの聖なるものの体験もそのようなカタルシスに通じている。

日本や中国の詩の伝統には、聖なるものとの合体を願う詩や、神を頌め讃えるような詩はごく細い流れとしてあるだけである。大いなる造化である自然の運行のなかにその微小な部分として組みこまれ融和することに救いをみてきたのが東洋である。人間の内部に正邪の対立を見、原罪を刻印する西欧の神と如何に隔たった世界であろう。いずれにしても、私はまだ自己に降り立つ門口に立っているに過ぎない。

カイヨワとパスの詩論は大まかな分け方でいえば存在と理想、写実主義と浪漫主義の系列につながるといえるであろう。しかし、現実に深く降り立つ彼方には疑いなく本質が望見される筈である。冷静さと熱気という対照的な二人の詩論も同じ真実への異なったアプローチとして捉えられるであろう。

「方舟」'84年9月34号

詩的想像力についての覚書

T・E・ヒュームは、『ヒュマニスムと芸術の哲学』の中の「ロマン主義と古典主義」という文章を、「私は主張したい。ロマン主義百年の後、われわれは古典復興に対してもはや抜きさしならぬ立場にいると、そして、その新しき古典精神に特有の武器は、詩において、構想力《ファンシィ》であるであろうと。」という言葉で始めている。そのあとでさらに、「私は二つのことを証明しなければならぬだろう——第一に、古典復興がおとずれつつあるということを、そして第二に、ほかでもない、こういう目的のためには、構想力《ファンシィ》の方が想像《イマジネーション》より優っているであろうということを。」というように述べる。ヒュームが、imagination に対して fancy を優位におこうとしたのはいうまでもなく、イギリスロマン派のコウルリッジの想像力説を踏まえていっているのである。コウルリッジが想像力を想像《イマジネーション》と空想《ファンシィ》とに分け、固定したものや限定されたものを観念連合で組み合わせるだけの表現を空想と定義し、たんに時間空間の範疇から自由な記憶の一様態に過ぎない空想を詩から排除しようとしたことはよく知られている。簡単にいえば眼に見えるものを再現するだけの表現は詩ではなくて、眼に見えないものを想像力によって表現するのが詩であるということである。コウルリッジは想像力をさらに一次と二次の二つに分け、一次は神における永遠の創造行為が人間の精神に反覆されたものであり、二次的想像力はそこに理念化し統一化しようとする力が働いたものであるとする。このような発想はコウルリッジが学んだカントの想像力の三段階の区分、再生産的想像力、生産的想像力、審美的想像力から導かれているのであろう。空想は再生産的想像力にあたるわけである。

眼に見えないものを表現するといっても、そこにはコウルリッジが区分したように、「超自然的なあるいはロマンチックな人物や事物を捉える」ものと、ワーズワスのように、「日常的事物に新奇な魅力を与え、そこに超自然と相通じる感情を喚起することをめざす」という二様のいき方があって、『抒情民謡集』で二人は分担してこの二つの方向を作詩に試みたのであった。ヒュームの主張がこのロマン派に本質的ともいえる想像力への真向からの挑戦であったことはいうまでもない。ヒュームの主張はたんに美学的な面からなされたものではなく、人間的相対的世界の上に非連続な宗教的な絶対の世界を想定する哲学上の主張から導かれたもので、自我の放恣な膨張を断罪する反ヒューマニズム的立場で貫かれている。古典主義は寛容な領域を許す概念であって、ロマン主義と全円的に対照されるのかどうか、想像力の面からはロマン主義はむしろ写実主義と対照されるのではないか、古典主義をヴォリンガーのいう空間畏怖的な宗教的世界とだけ結びつけるのは適切ではないのではないかといった疑問が提出されるのであるが、ヒュームは惜しくも三十四歳で戦場に散ってしまった。しかし、ヒュームの予言者的言説が二十世紀文学に深刻なくさびを打ち込んだことは疑いないところであろう。

ヒュームはじめじめした情緒の表現以外の何ものでもないロマン主義の伝統に対して、dryで hardness な詩を主張する。「大目標は正確《アキュレイト》・精密《プレサイス》・明確《デフィニット》ということである。」という主張はパウンドの作家の作品は正確であればあるほど有用であり、明確さによってのみ人を感動させるという『文学の読み方』の主張へとそのまま引き継がれている。ヒュームにとってロマン主義に共通する個性的なもの、理想、想像力、自然の主観的把握、感情の重視というような情緒を伴う曖昧さへとむかう美学は許せないものであった。ヒュームにとって、無限とか神秘とか理想といったものには真の詩の卓越性を成り立たせる本質的なものはないのであって、明確で堅固なイメージにこそ古典的、永続的な美があるとみるのである。そして、宗教的態度が有限な事物の観照に示現されたものが構想力《ファンシィ》に外ならない。

ヒュームの主張はロンドンのサロンに集まった若い仲間達に強烈な影響を与え、フリントやパウンド等によってイマジスムへと発展する。パウンドが始めてイマジストという名称を使った一九一二年の詩集『当意即妙』にはヒュームの全詩作と題して五編が付録として収められている。イマジストの綱領といえるものが一九一三年フリントによって書かれているが、それはよく知られているように、第一は主観的であろうと客観的であろうと事物を直接に扱うこと、第二は物事の提示に貢献しない言葉は一切使わないこと、第三にリズムは定形詩的でなく語句の音楽的な配列によるべきことの三つであった。一九一五年のイマジストのアンソロジーではその主張が六つの項目に増え詳しく敷衍されている。第一は、日常の言語を正確に用い、たんなる装飾的な語句は排除する、第二は新しい理念に相応しい新しい韻律を創出する、自由詩によってのみ個性は発揮され得る、第三は主題に関してはいかなる制限も設けない、第四はイメージを提示する、（そこがイマジスムたる所以）曖昧な一般性でなく個別の正確さを表現しなければならない、第五はぼんやりしたものでなく堅固なもの、不明確でなく明確なものを造る、第六は集中こそ詩の精髄である、簡略に述べると以上のような内容となっている。イメージを主張するところのウエイトが弱まり、韻律の自由とか主題の自由といった主張が現代の詩と直結していて注目される。しかし明確さ、堅固さの主張にはヒュームの思想がしっかりと引き継がれていることが読みとれよう。

イマジスムは一九一七年以降表立った動きを止め、パウンドも渦巻主義《ヴォーティズム》を主張したりしてイマジスムから離れてしまう。イマジスムは何故急速にしぼんでしまったのだろうか。それはおそらく詩的イメージに対する解釈に曖昧さがつきまとったということにも原因するであろうし、ロマン主義の一つの変種ともいえるフランス象徴主義の影響が強過ぎたということもあるであろう。象徴主義はごく粗雑にいえば抽象的な思想や感情を表現するのに具体的な心象を用いる方法であるといえるが、そこではイメージはメタフォアとしてのみあり、曖昧さをむしろ求めるのである。それに対してイマジストは詩的イメージは手段ではなくて詩のすべてだという。暗示ではなくて直接性そのものだという。しかしパウンドが、「イメージとは知的なものと情緒的なものとの複合物を瞬間的に現前させるものである。」（「イマジスムべからず集」）という時、象徴主義の定義と重ならないであろうか。イマジストは詩人の経験の正確な等価物をリズムとイメージによってもたらすことを目指したが、情緒的なものを含む経験をイメージとして提出することには何かしらメタフォアを許容せざるを得ない面があろう。

イマジストが具象的な日本の俳句から多くを学んだことはよく知られている。パウンドはフランスの俳諧の鼻祖クーシューの「落花技にかへると見れば胡蝶かな　守武」の仏訳からフリントが英訳した俳句を学ぶことによって有名な「地下鉄」の詩を作ったと語っている。イマジスムが去った後、第二次大戦後になって俳句が世界的な流行となってきていることはある意味では葬られてしまったイマジスムの真の意義の復活といえるのではないか。

私が専門でもない英米の詩論を取り上げてみたくなったのはヒュームの反ロマン派的な構想力説が無視し得ない大きな問題を投げかけたまま忘れられようとしているが故であった。自然物をありのままに写すことが何故詩となるかという素朴な疑問を抱きながら、われわれ日本人は写生的な短歌や俳句に親しんでいる。子規から虚子に引き継がれた「一木一草も私することを許さない」といった立場には、「流れ行く大根の葉の早さかな　虚子」というような俳句がある。茂吉の、「家いでてわれは来しとき渋谷川《しぶやがわ》に卵のからが流れ居にけり」という歌の卵の殻にメタフォアを読みとらなければならないであろうか。音楽に意味はよみとらないように、絵画もそれ自身が存在の刻印であり、美そのものであってそこに意味を読みとらねば美しさがわからないといったものではない。詩にあってもイメージがイメージ自身としてわれわれに美的インパクトを与えるのである。経験としての存在の刻印が強烈であればあるほどイメージは堅固さ明確さを増すであろう。私はヒュームのファンシーを主張しようとも思わないし、イマジストの主張を蒸し返したいとも思わない。ただ、これらの主張が、イメージやリズムが意味をもつことによって美となるのではなくて、イメージそのものリズムそのものが美だという認識を根底に持っていたということの意義を反芻したいのである。

イメージが自然の事物の再現に過ぎないか、非現実の相貌を帯びるかは経験の質によることなのであろう。ロマン派は多かれ少なかれ理想と現実の乖離、断絶を発想の根拠としている。はるかな高みを焦がれ、あえかなる美、はてしない夢想を歌いあげ、一方では現実の悲惨を歌う。しかし、生の現場に密着しない経験はもはやわれわれを強く打つことはないであろう。天国より地獄をこそみつめるべきなのだ。そこにいかなるヴィジョンがあらわれるか、その詩人の見るヴィジョンは客観的真実といささかも関係がないことだけは確かである。イメージは存在の刻印としての心象としてしかあらわれないのである。

コウルリッジの想像力説を検討した後、エリオットは「想像と空想のちがいが実際にはよい詩とわるい詩のちがい以上に出ない」（『詩の効用と批評の効用』）というのがどうやら正しい結論だと述べている。想像と空想の違いを論ずるよりも自分にとって良い詩とはなにかをみきわめることの方がはるかに詩人にとって大切なことなのであろう。

(註) fancyは普通「空想」と訳されるが「構想力」と訳した苦心もわかるのでここでは長谷川鑛平氏の訳をそのまま引いた。

『ヒュマニスムと芸術の哲学』T・E・ヒューム

「方舟」'89年12月44号

古代の発見——詩とモラルについて——

この四月に仕事のことで偶々奈良に行く機会があったので、時間を割いて大急ぎで唐招提寺、薬師寺、東大寺などを廻ってみた。「天平の甍」で名高い鑑真開基の唐招提寺は是非みたかった寺の一つだが、この寺は私にはむしろ

蟇ないて唐招提寺春いづこ　秋桜子

蛇消えて唐招提寺裏秋暗し　不死男

という俳句によって印象づけられた寺である。私はどちらかといえば仏像にあまり興味を持てない。岡本太郎が、「日本の伝統」という文章で、かつて仏像は「べっとりと黄金をかぶり、ナマナマしい赤と緑で縦横無尽に隈どられていた」にもかかわらず、現在は剥げおちて灰色に

すがれ、風化して橋げたのように無慚な様相を呈している。そういう仏像を有り難がっている人達を痛烈に揶揄していたこの文章の痛快さが私の仏像に対する関心に水をさしたことも一つの原因である。仏壇の奥に煤けている仏像を一生懸命に拝むことが少年の私には偶像崇拝に過ぎないと反撥を覚えたものだった。インド古代美術展をみて、ギリシヤ彫刻の影響でできた仏像が、イメージにおいて日本の仏像と殆んど同趣好であることに少なからず驚かされ、日本のそれが独創的なフォルムでなく、同一のパターンの継承であることにいささか失望したことも一つの理由となっている。もちろん、些細にみれば、国により、時代により、作者によってはっきり様式が区別されるだろうが、小道具や微妙な表情でなしに、発想のパターンが決まってしまっていることに不満があったのである。

そんなわけで、唐招提寺にある沢山の仏像をみながら、私は科学博物館にある剥製の動物達をみている時のような奇妙な錯覚を覚えた。いきいきとした偶像としてのかっての生命感はとうの昔に失われ、形だけが死の不気味な静謐のなかに保存され、幽閉されているように思えたのである。しかし、朽ちた木彫りの菩薩をじっとみていると、残香のように大慈大悲の温容がたちこめてくるようにも思えた。たしかに、薬師寺の月光菩薩の雰囲気は、

菊の香や奈良には古き仏達

という芭蕉の句の上手さを改めて噛みしめる気持にもなったのである。それでも私の気持は芭蕉の句を上廻ることはできなかった。私が仏像に対して魅せられているのは、仏像に魅せられている芭蕉に対する共感に過ぎなかったのかもしれなかった。

仏像のことに係わってきてしまったが、私が書こうとしていることは仏像のことではない。実は私は、この古寺巡りで私を歓喜させた薬師寺の仏足石歌のことに触れたかったのである。それは現代の表記に直すと次のように記される。

御足跡《みあと》作る　石の響きは　天《あめ》に到り
地《つち》さへ揺すれ　父母《ちちはは》がために　諸人《もろびと》のために

（『日本古典文学大系』3による）

説明によると、まだ仏像が作られない頃は、仏陀の足跡を信仰の対象としたとのことである。薬師寺にある仏足石は、日本最古（七五二年）のもので支那に行った僧が向うの足跡を写してきて日本で刻みこんだものだという。その仏足石は草履のように巾広の大きく素朴な形をしている。その仏足石に「美阿止都久留……」という真がなで右の歌が刻みこまれてあった。

四月といっても初夏を思わせる強い日指しの満ちる明るさのなかで、解説をたよりに文字を判読しながら、私は石を刻む鑿の響きが耳に反響してくるような錯覚を覚えた。あたりのざわめきも停止し、古代そのままの静謐な空気をふるわせてその響きは伝わってくる。それは清澄な青空をふるわせ、大地に木霊する。「天に到り　地さへ揺すれ」という大胆な表現のなかに、私は古代人の信仰告白の大きさと清澄な情熱を感ずる。天平勝宝年間という恰も大仏の開眼と鑑真の来朝という未曾有の仏教開花の時であった。

与謝野晶子に

劫初よりつくりいとなむ殿堂にわれも黄金の釘一つ打つ

という歌があったが、この歌も古代の空間に槌の反響を木霊させてくれたことで印象に残った作品である。これは人間性の謳歌であり、観念の世界を詩的に具象化したものであるが、劫初という言葉が巧みに古代的清潔さに溢れる愛の世界を表現している。狡猾で利害に長け、疑い深いわれわれ現代人が、古代に惹かれる所以も、こういう心の一途な清潔さであろう。

東大寺の大仏の途方もないエネルギーに面していると、神を前にした人間の自己犠牲のもたらす力に驚愕する。さまざまな宗教的なモニュメントが示す想像を絶したエネルギーも、動機はともあれ人間の卑少さに対する自覚とそこから生まれる献身という宗教的心情を理解することなしにその意味を汲むことはできないであろう。仏像は純粋に造型作品としてみてもすぐれているかもしれない。しかしそれを作った人達の精神に触れるのでなければ片手落ちの筈であり、すぐれたものは必ずそれを喚起させてくれるものなのである。

二十前後の私は、聖書の記録するさまざまな奇蹟に一つ一つ反撥を覚えたものであった。われわれにとって奇蹟はあり得べからざるものであり、その非科学性は笑止で滑稽なものに映る。こういう精神では、偶像崇拝の対象として作られた仏像とも無縁なのかもしれない。私も最近はだんだん奇蹟も偶像崇拝も素直に受け容れられるようになった。ものをあるがままに信ずることができる心の謙譲さを肯ずるようになった。仏足石歌は、仏像を作った古代人の心に直かに触れさせてくれたのである。

この六月に、また機会があって私は平泉の中尊寺を訪れる機会を得た。生憎、金色堂は解体されていて、覆堂だけが移築されてあった。経蔵も、当初は二階造りであったものが、上が焼失し、現在のものは平家である。寺搭四十余、禅坊三百余という当時の絢爛豪華な偉容は偲ぶべくもなかった。金色堂を見下ろす位置にある芭蕉の「五月雨の降り残してや光堂」の句碑も、すでに三百年の歳月にひっそりと朽ちて黒ずみ、文字もようやく判読できた。

最近建てられた宝物殿には、一字金輪仏（通称人肌の大日如来）や絵曼荼羅、三代の棺からでた副葬品などが収められていたが、私か一番惹かれたのは経蔵に陳列されてあった写経の一部である。清衡発願の紺紙金銀交書一切経五千三百余巻、秀衡発願の紺紙金字一切経三千三百余巻の、それぞれ一部である。濃紺に染めあげられた和紙に金銀交互に一行毎に書いたものが金銀交書であり、金泥のみで書いたものが金字一切経である。丹念に仕上げられた端正な諸書をじっとみていると、私は自分が筆を持って真向かっているような粛然とした気持に襲われた。心のこもった一字一字の運筆から、写経にたずさわった人の清潔でひたむきな心情が直かに伝わってくるようであった。そして、それが一万余巻に及ぶ厖大な量にのぼったことを想像し、改めてその壮大なエネルギーに茫然としたのである。

鑿持って石に向かった人、筆を持って紺紙に向かった人は、一体何を見詰めていたのであろうか。畏怖に満ちた彼等の前に立ちはだかっていたものは何だったのだろうか。

人間は、死に面し、逆境に面した時、本当に生きることの意味を考えさせられるのかもしれない。同様に、人間は神の前にあって、自らの矮少さを自覚した時が、真に自己の存在を生きている時なのかもしれぬ。宗教的な畏怖は、魂を暗闇の凝縮された状態に沈潜させる。心の浄化はこの暗闇を冴え冴えと照らす月光だ。そこには魂の起伏がまざまざと望見されるのだ。われわれの日々は、眼先の官感の解放に身を任せてしまっている魂の飛散している状態ではないか。それがわれわれをしばしば不安に直面させ、自虐へと駆るように思える。私は宗教の復活を言おうとしているのではない。失われた情熱について語ろうとしているのだ。

謡曲『羽衣』のなかのシテ（天人）の台詞に、「いや疑ひは人間にあり、天に偽りなきものを」という一節がある。ワキ（漁夫）が松に天人の衣のかかっているのをみて、家へ持ち帰ろうとする。天人が返してくれと呼び掛けるのに、漁夫は持ち返えって国の宝とすべきだといって衣を隠してしまう。衣がなくて天に帰ることもできない天人の悲しみ衰える姿をみて、不憫を覚えた漁夫は衣を返そうとする。喜んだ天人は、人間界への形見の舞を舞って差上げたいが衣がなくては叶わないので衣を返してくれという。その時、衣を返したら舞を舞わずに天に帰ってしまうのではないかと、漁火が天人を疑うのである。この時の天人の返す言葉が、前述の台詞である。そのあと漁夫の「あら恥かしやさればとて。羽衣を返し与ふれば」という言葉が続く。天人はここで舞を舞いながら天に還っていく。これが有名な『羽衣』の大凡の筋である。

『羽衣』のクライマックスともいうべき天人のこの言葉を読んだ時私はその簡潔な美しさに感動した。肺腑をえぐるようなこの言葉に対して、世阿弥が漁夫をして「あら恥ずかしや」といわしめたように、私心急所を突かれたようにはっとしたのである。それにしても世阿弥の作劇法の心憎い見事さはどうであろう。この魂のドラマそのものである美しい言葉に、私は新鮮な詩を感ずる。詩の永遠ということも魂のドラマの永遠の新鮮さではないか。

エズラ・パウンドは、『羽衣』を含めたいくつかの謡曲の翻訳を試みているが、彼の『カントウズ』八十には、次のような『羽衣』の引用で始まる一節がある。

「われわれには偽りはない」と
汚れなき月の精が言った。

「わたしの羽衣を返しておくれ」

（深瀬基寛外訳『西洋文学の日本発見』より）

パウンドは、天人のイメージから、ダイアナやキュテラのヴィナスなど、さまざまな世界文学的視野からの連想へと入っていくのだが、私にはその辺の面白さは充分理解できない。しかし、パウンドが天人の言葉をそっくり引いているところが私を喜ばせる。大変な碩学であり、審美家であるパウンドを、『羽衣』が感動させたことに興味を覚える。世阿弥が能の見せ場への序奏として配したこの言葉は、深く人間のドラマと結びついた新鮮さを持っているのだ。西欧人が抵抗なく入れることも、われわれ現代人がどきりとさせられることも、この点に係っているからだと思う。

天人は、天という大きな存在を代弁しているが、それは神というように置き代えてもよい。神はその全き正しさにおいて人間を映す鏡である。人間は天という超越的な存在にすべてを照らし出されている。常に人間はその醜さをも含めて見られ照らし出されているという意識が宗教的畏怖へと導くのだ。東洋では超越者が、天であり自然であるという点は西洋の場合と異なる点で、注目される。

『羽衣』は、駿河・近江・丹後などの羽衣伝説に取材したものでそれぞれの風土記逸文に収められている。駿河国の話は、三保の松原のもので、羽衣を漁人が与えないところ迄は同じであるが、ここで神女（天人にあたる）は止むを得ず漁人の妻となり、暫らく夫婦生活を送る。その後、ある日女は羽衣をとって雲に乗って去り、漁人もまた登仙するということになっている。近江国のものは、伊香の小江に天の八女《やをとめ》が白鳥となって降る。伊香刀美《いかとみ》というものが、白鳥が神人《かみ》であることを知り、犬をやって一人の天の衣を盗みとらせるのである。衣を盗られた天女は、地民《くにびと》となり伊香刀美と夫婦になって一児をもうける。後、母は天羽衣《あまつはごろも》を捜して天に昇り去り、伊香刀美は独り空しく悲嘆にくれるというものである。

丹後の話はやや複雑である。比治山の頂にある井に天女八人が降りてきて水に浴していた。老夫婦がいて、竊《ひそか》に一人の衣を取り蔵《かく》してしまったので、衣をとられた天女は羞しさから水に身を隠す。その時老夫《おきな》は、自分達には子供がないから自分の児になってくれという。天女はもはや独り人間の世に残されてしまったのだから、この上は従わないことがあろうか、どうか衣を返してくれと頼む。ここで老夫は欺《あざむ》く気持があるのではないかと疑うのだが、天女にこの時次のように答える。「凡《すべ》て天人の志《こころばへ》は、信《まこと》を以ちて本と為す。何ぞ疑心《うたがひ》多くして、衣裳を許さざる」老夫は、「疑多く信なきは率土《ひとのよ》の常なり。故《かれ》、此の心を以ちて許さじと為《おも》ひしのみ」と答え、衣を与えて、相たずさえて家へ帰るのである。天女は十年余、老夫婦と住むのだが、万病に効く酒をよく醸ることができたので、老夫婦は豊かな富を得る。そして、天女を追い出してしまう。天女は、もはや人間界に沈むこと久しく、天に還ることができなくて哭慟《なげ》き、哀吟《かな》しみ、涙を拭って嗟嘆する。この時天を仰いで歌った歌が、「天の原ふりさけ見れば霞立ち家路まどひて行方知らずも」であり、これは謡曲『羽衣』にそっくり取り入れられている。天女は遂に家を出て、荒塩の村から、哭木の村へ、更に奈具の村に至って心も凪ぎ留まったという。

こうやって並べてみると、三つの物語は何れも天人の衣を扱いながらそれぞれ結末が違っていて面白い。発想は略奪婚の名残をとどめながら、美しい女性に対するロマネスクの表現である。結末は、私には三様の真理と、三様の人間に対する批評のように思える。世阿弥が、これらの物語を巧みにつきまぜて『羽衣』を書いたことは明白である。彼は、ストーリイをこれらの伝説に取材しながら、文章のなかには和歌をふんだんに取り入れていて、その教養の豊かさは驚くべきものがある。パロデイという面からみるとエリオットの『荒地』に匹敵するかもしれない。それは伝統という面からも興味ある課題であるが、ここでは触れる必要はないだろう。

私は古代人（中尊寺の場合は平安末期であり、世阿弥はもはや室町時代の人間ではあるが）の宗教的心情の一途な美しさに触れてきたのであるが、それは偏った観方であるかもしれない。丹後の物語にある人間の醜さ、人間に対する辛辣な解釈はどうであろうか。古代人の畏怖や宗教的エネルギーは、これとどう係るのか。しかし、別な観方をすると、宗教的エネルギーそのものが人間の醜さや傲慢さの証しではないか。それは自然の暴威に対する人間の無力感からくることもあろうが、私にはやはり人間は救われるべき存在であるという人間の本質からくるように思う。それ故にこそ、われわれは古代人の心を新鮮な感動をもって受け止めるのではないか。それは人間の本質に根差した永遠のドラマといってもよい。『詩篇』の新しさも、神への祈りを通じて、狂おしいまでに色彩られた魂のドラマがあるからだ。東洋の場合は造化随順の自己放棄があるが、西洋の場合は神とのドラマに満ちた激しい葛藤がある。

世阿弥は、宗教的信条を吐露したわけではなく、面白く珍しい劇を作ることを心掛けたに過ぎない。しかし、人間の内面にある信の美しさを劇の進行に配することによってそれを詩に高めたのである。世阿弥が素朴な伝説を如何に純化したかをみると、彼が劇であり詩であるものをどのように把握したかが分かる筈である。詩は信と同じでないかもしれないが、信は純化されることによって詩に達する。私のいいたい点は、詩と信、詩とモラルの問題なのである。

中世には、仏の教えを歌の形にして説いた釈教歌といわれるものが沢山ある。仏足石歌二十一首の大部分はそういう種類の歌である。その中には、

この御足《みあと》跡廻りまつれば足跡主《あとぬし》の玉の装《よそ》ほひ思ほゆるかも見る如《ごと》もあるか

という信仰の美しさを表現した佳歌もあるが、やはり先に挙げた第一首目がよい。詩は道徳でもないし、教訓でもあり得ない。モラルも実存として、存在そのものの表出として自ずと篭められたものでなければ、詩であることはできない。それは詩を手段としたに過ぎないのであり、詩はモラルに奉仕させられるだけである。

坪内逍遙の『小説神髄』から子規の革新へ続く道は、文学の自律性、一義性を確認するとこ

ろにあったのであり、それが近代文学の出発となった。文学は、当然のことながらモラルや教訓から峻別されねばならない。私のいいたい点は、それにもかかわらず真にすぐれた文学はどこかでモラルと結びついているのではないかということである。

「暖流」'64年39／9月号

風の訪れ——喩と叙景

『古事記』の中つ巻に、

狭井河よ　雲立ち渡り　畝傍山　木の葉さやぎぬ　風吹かむとす

という歌と並んで、

畝傍山　昼は雲とゐ　夕されば　風吹かむとぞ　木の葉さやげる

という歌が出てくる。この歌について『古事記』は、神武天皇がお隠れになって、異母兄のたぎしみみの命が、皇后のいすけより姫と結婚した時、たぎしみみが三人の弟たちを殺そうとしたので、母のいすけより姫が心配して、この事を知らせようとして歌ったものと説明している。

折口信夫はこの二首について、「疑いなく景色を詠んだ歌であります。畝傍山付近の、小さな範囲の自然を歌った、いはゆる叙景詩というものであります。」（「歌の話」）と述べ、畝傍山・さゐ川がいすけより姫のお家があったところから、この歌を歴史上の事実と結びつけたのであろうと述べている。

折口によれば、「称《とな》へ言《ごと》」のうちのある部分が諺となり、ものがたりの肝腎な部分が歌となったという。叙景は歌にはなかったもので、純粋な叙景歌が作られるようになるのは奈良朝になってのことであり、その先駆けとして、

いそのさき漕《こ》ぎ廻《た》み行けばあふみの海八十《やそ》のみなとにたづさはに鳴く　（高市黒人）

和歌の浦に潮みち来れば潟《かた》をなみ葦べをさして鶴《たづ》鳴きわたる　（山部赤人）

という歌を折口は挙げている。折口は景色の歌が発生したのは、日本人が旅行を多くしたからだと述べるが、そこには日本の自然の四季の美しさが関わっていることはいうまでもなかろう。歌は思いやことがらを表現し、ものがたるものが発生の姿であろうから、単に自然を写すことが歌となるためには時間を要したことは確かであろう。

叙景歌の発生は興味深い問題であるが、私がここで取り上げたいのは、叙景以前の、風を歌っ

た詩歌の幾つかである。

『万葉集』巻四に、

額田王《ぬかたのおほきみ》、近江天皇《あふみのすめらみこと》を思《しの》びて作れる歌一首

君待つとわが恋ひをればわが屋戸《やど》のすだれ動かし秋の風吹く　（四八八）

鏡王女《かがみのおほきみのむすめ》の作れる歌一首

風をだに恋ふるはともし風をだに来《こ》むとし待たば何か嘆かむ　（四八九）

という歌が並んでいる。一首目は、すだれを動かす風を恋人の訪れでもあるかのように感じて心ときめく様子を詠んでいる。二首目は、風でさえも恋人の訪れのように思えて風を待てるのなら、恋にこれほど嘆くこともなかろう、そんな人が羨ましいと詠んでいる。二首が微妙に照応し合っているところが面白い。西洋では、霊魂のスピリットはもともとラテン語のスプリトウスで、最初は風を意味し、次に息吹を、また霊魂を指すようになったという。風に人の魂を感ずる感覚は東西共通しているようで興味深い。冒頭の歌は、風が不吉な事件を予告する天上の声として訪れるのに対して、万葉の二首は、魂であっても身近な人のそれである。『万葉集』の次の旋頭歌では趣がかなり違っている。

玉垂《たれ》の小簾《をす》の隙《すけき》に入り通ひ来《こ》ねたらちねの母が問はさば風と申《まを》さむ　（二三六四）

恋人に対して、すだれの隙間からこっそり入ってきなさい。母が気づいたら、風だと答えますと詠んでいる。ここでは、現実の男の訪れを風にかこつけようとしているところが面白い。この歌を引き継いだ形の歌が、『伊勢物語』六十四に見える。

吹く風にわが身をなさば玉簾《すだれ》ひま求めつつ入るべきものを

返し

とりとめぬ風にはありとも玉簾たがゆるさばかひま求むべき

長く会うこともなくなった女性への歌である。女は、とりとめない風であっても、誰の許しで入るのでしょうか、と応じる。王朝の恋の駆け引きは絶妙である。

比較の意味で、このような風の訪れを外国の詩に拾ってみよう。李白の「春思」は、出征した夫を懐う詩である。

燕草《えんそう》　碧糸《へきし》の如《ごと》く
秦桑《しんそう》　緑枝《りょくし》を低《た》る
君《きみ》が帰《かえ》るを懐《おも》うの日《ひ》に当《あ》たりては
是《こ》れ妾《しょう》が断腸《だんちょう》の時《とき》
春風《しゅんぷう》　相《あ》い識《し》らず
何事《なにごと》ぞ　羅帷《らい》に入る

（松浦友久訳）

顔見知りでもないのに、春風は勝手に私の羅の帷《とばり》の中に入り込んで来る、なんとしたことだろうと詠んでいる。風の擬人化が悲しみの思いを伝えて巧みである。

『玉台新詠集』に出る柳惲《うん》の「起夜来」も女が夫を待つ詩である。鈴木虎雄の訳を引く。

城南に　車騎《シャキ》断え
閣道《カクダウ》　清埃《セイアイ》に覆はる
露華《ロクワ》　翠網《スヰマウ》に光り
月影　蘭台《ランダイ》に入る
洞房《ドウバウ》　且《しばら》く　掩ふこと莫《なか》れ

応門《オウモン》　或は復《また》　開かれん
颯颯として　秋桂《シュウケイ》響く
君が　起きて夜来《きた》れるに非《あら》ざらんや

桂の枝を颯々と響かせる風に、ふと夫が帰ってきたのではないかといぶかる。何れも風の訪れに心ときめかす女を詠んでいる。額田王の歌と共通した内容、情趣であるところが興味深い。風でもリルケの詩ではかなり趣が異なっている。

いま窓のあたりに
いま窓のあたりに
吹きこんだ一陣の風は
ただ自然が盲目に起上り
そして身を伏せたのだろうか
それともひそかにひとりの死者が
このような姿態とともに
無感覚な大地から　感じ易い

家の中に忍んできたのだろうか
多くの場合　それはただ夜に眠っている男が
寝返りをうつ　そのそよぎのようなものにすぎない
だが突然　それはあの世からの言葉にみたされて
訝る私をあわてさす　　　　　　　　　（富士川英郎訳）
（以下略）

ここでは風は死者の霊魂そのものなのである。風に霊魂（スピリット）をみる思想は現代にも生きているのである。

＊　＊

叙景歌の発生と共に風は自然現象の一つとして歌われるようになるが、終りにその節目の歌に少し触れておきたい。
『万葉集』の終わりの方に、

わが屋戸《やど》のいささ群竹《むらたけ》ふく風の音のかそけきこの夕《ゆうべ》かも　　　　（四二九一）

という歌が見えるが、ここでは純粋に風と、風のもたらすさびしさが詠まれている。さまざまに変容する風はまた四季の季節の演出者としても登場するようになる。それを象徴的に示す歌が、『古今和歌集』「秋の歌」巻頭の、

秋来ぬと目にはさやかに見えねども風の音にぞ驚かれぬる

である。ここから多くの秋風の歌が生み出されてゆくことになった。

『新古今和歌集』になると、自然のもたらす情趣が言葉の象徴機能と結びついて、洗練された美の世界を生み出してゆく。俳諧に至ると風はおびただしい季語を供給するようになり、本来の喩としての詩の世界が見事に払拭されて行くのである。蛇笏の、

なきがらや秋風かよふ鼻の穴

は、まさに風以外の何ものでもない。俳句のこのような達成を単純に進歩と呼ぶことには、私はどうしても躊躇《ためら》いを覚える。

「こだま」'06年5月号

明恵覚書

明恵上人にこんな言葉がある。

乞食・癩病なりとも、我を侮《あなづ》るなんど思はれんことは、心うき恥なり。

また「人の非ある事を聞き、或は見て謗すること、穴賢《あなかしこ》あるべからず。」という言葉もある。

明恵はまた言う。

物をよく知れば驕慢《けうまん》起ると云う事、心得ず。
物を能く知れば、驕慢こそ起らね、驕慢の起らんは、能く知らぬにこそと云々。

このような言葉は、自らの卑小さや驕慢の心に対する深刻な認識を経た者でないとどうてい発することの出来ない清澄で暖かい響きを持っている。自らを知れば知るほど、自らが至らなく、恥多き存在であることが見えてくるはずなのである。我々の心には知らず知らずのうちに、人を侮ったり、驕り高ぶったりする気持が棲みついてしまっている。明恵の言葉はそんな心に痛切に突き刺さってくる。

明恵についてはその仏教思想や伝記ばかりでなしに、歌人としての面や、河合隼雄氏の本のようにその「夢の記」の研究までがなされている。なかでも白洲正子氏の『明恵上人』は、仔細に資料にあたり、遺品などをこまやかに紹介していて、明恵を知る上の名著と言ってよい。私などはこれに加える何物もあるわけではないが、私にとっての明恵について書いておきたい気持を抑えることができない。

明恵は「我は師をば儲けたし。弟子はほしからず。」と言った。現実に明恵は、勧進も布教もせず、ひたすら心の清浄を願って独り修行に励んだ。明恵が恋い慕ってやまなかったのは他ならぬ釈迦その人であった。自らを釈迦の遺子と言い、弟子の阿難に自らを擬することもあった。そして、天竺へ行くことを真剣に願って、天竺里程記まで書いたことでも知られている。

明恵の有名な歌に、

紀州の浦に鷹島と申す島あり。かの島の石を取りて、常に文机のほとりに置き給ひしに書き付けられし

われ去りてのちにしのばむ人なくは　飛びて帰りね鷹島の石

というのがある。『明恵上人』によると、明恵の若い頃籠もった紀州白上の峰からは、西方に海が広がり、苅藻島、鷹島、黒島などが点々と浮かんでいるのが見えるという。そして、日が落ちる時の海の眺望は普陀落信仰とか西方浄土の思想が納得できる荘厳さだったという。明恵は「月ト共ニ船ヲ出テ風ニ任テ嶋ニワタル」（「行状記」）とあるように島に渡り、はるかな天竺に思いを馳せながら美しい石を拾ったのであろう。刈藻（磨）嶋でも美しい石を拾っているが、嶋を取り巻く海はそのまま天竺に通じているから、天竺蘇婆河の遺跡に因んでこの石を蘇婆石と名付けて身から放つことはなかったという。西方釈迦の地への恋慕の凝縮したのが明恵の愛した小石だったのである。

明恵はこの刈藻（磨）嶋を毘盧遮那仏自体と見なして、この嶋あてに「嶋殿へ」という手紙を書いたこともよくしられている。

明恵は八歳で父母を亡くし、九歳で叔父の上覚を頼って高雄に入山し、文覚の弟子となっている。上覚は神護寺を継いだ文覚に忠実に仕えた弟子であったが、『和歌色葉』の著書もある歌人としても知られる。このような幼さで修行の道に入り、禁欲的な生活をするためには様々な葛藤があったに違いない。二十四歳の時、自らの耳を仏壇に縛りつけて剃刀で切ってしまったというような凄惨な行為からもそのことは窺うことが出来る。如来の本意に背く自らを恥じ、形をやつして人間を辞し、如来の跡を踏もうと願うが、眼をくじれば経典が読めない、鼻を切れば洟《はな》が垂れて経典を汚す、手を切れば印を結べない、耳なら切っても聞くことは出来るということで、耳を切ったという。それほどまでに克己と自虐を課した明恵にして始めて冒頭の言葉の発せられた境地が私には分かってくるように思う。考えようによっては、明恵の志したような清浄無垢な人間になることは、ある意味で人間性を否定する不自然さを持つことであるかもしれない。しかし、そのような清浄な鏡に照らされるという自覚によって、人間は真の謙譲さに達することが出来るのかもしれない。

エリオットの詩句で私の記憶に強く焼きついているものに、『四つの四重奏』の「謙譲さには終わりがない」という言葉がある。神の前で人間は繰り返し、繰り返し驕りを捨てなければならぬと言っている。明恵の「人は常に、浄玻璃《じょうはり》の鏡に日夜の振舞ひのうつる事を思ふべし。是は陰《かく》れたる所なれば、是は心中に窃《ひそか》に思へば、人知らじと思ふべからず。曇り陰れなく彼《か》の鏡にうつる、恥がましき事なり。」(「遺訓」)という言葉は真の宗教者に普遍する認識である。コーランには、どんなに隠しても神の前にすべては見透かされているのだということが、繰り返し説かれている。明恵の認識も全く同じところにある。

明恵の信仰の美しさは、粗暴で直情径行で知られた師の荒法師文覚にも一目置かせるものがあった。その事は「文覚上人、常に人に逢ひて仰せられけるは、「在世の舎利弗《しゃりほつ》・目蓮《もくれん》等は証果の聖者なれば、三昧解説戒、定恵の徳はさる事にて、心の仏法におきて潔くけだかく優しき事は、明恵房の心緒《こころばへ》に過ぎては、いかに御坐《おはしま》しけんとも覚えず」云々」（「伝記」）という言葉からも知ることが出来る。文覚上人の怪僧ぶりは『平家物語』に活写されている。神護寺再興の勧進のため訪れた後白河院の法住寺で狼藉を働き、伊豆へ流されるが、そこでは頼朝に挙兵を勧める僧として登場する。文覚は義朝の髑髏と福原院宣を持って八日で京都を往復したことになっている。終わりには、平家の最後に残った正嫡六代の身柄を引き受けて、平家が断絶するのを引き延ばす役割を演じている。この性格の強さは信仰の面でも際立っていたようで、神護寺を立派に再興している。文覚のこの行動力や政治への指向は明恵にはないものであったが、信仰の強さにおいては両者に共通するものがあったに違いない。明恵は「文覚上人遠忌の日読み侍りける　高弁上人」として、

九めぐり春はむかしにかはりきて面影かすむけふの夕暮

という歌を残している。

明恵は神護寺の僧団の俗世と変わらぬ闘諍的な雰囲気での修行には堪えられなかったようで、

山寺の法師くさくはゐたからず　心きよくはくそくふなりと

という歌を残し、二十三歳の時、故郷の紀州白上に籠もっている。文覚に呼び戻された後、三十四歳の時、後鳥羽院から高雄のさらに奥の栂尾にあった別院を賜り、そこに移った。その後も紀州へは幾たびか帰っている。

明恵は師は欲しくとも弟子はいらないと言っていたが、栂尾に移った時、伴の僧二人だけであったのが次の年の春にはどうしてもと懇切に望むものがいて四人となった。そのうちに七人になってしまい、さらに断食したり、庭前の泥裏に三、四日も立って動かない入門希望者がいて、三年のうちに十八人になり、十年のうちに五十余人になってしまったという。

承久の乱では、京都側の人たちが栂尾の地に逃れきて明恵が保護するようなことがあった。秋田城介義景は明恵を捉えて将軍泰時の元へ引き立ててくる。日頃明恵に畏敬の念を抱いていた泰時は仰天して明恵を上座に据え、明恵の言い分を聞く。明恵はかくまったことを堂々と話し、それが政道にもとるなら直ちに首を刎ねるべしと言う。この明恵の言葉に、泰時は恐懼の体で、輿を用意して送り返したという。泰時は六波羅探題として乱の処理に当たり、義時死後は執権となっているが、その後は明恵に一途に帰依している。秋田城介はその後遁世して大蓮房覚知（智）と号し、栂尾に住むことになった。

承久の乱では肉親を失い出家を志す女人も多かったようである。刑死した中御門宗行の夫人が夫の菩提をとぶらおうとして建てた尼寺善妙寺にもそのような尼が多かった。善妙寺は高山寺の別院として明恵が面倒を見ている。明恵は一生不犯で知られている。武士の出で、美男子であったと言われる明恵には誘惑の機会も多かったに違いないが、その事を明恵は「幼少の時より貴き僧に成らんと恋願《こいねが》ひしかば、一生不犯《ふぼん》にて清浄《しやうじゆう》ならん事を思ひき。然るに、何《いか》なる魔の託するにか有りけん、度々《どど》に既に婬事を犯さんとする便り有りしに、不思議の妨げありて、打ちさまし打ちさましして終《つい》に志を遂げざりき。」と奥床しく語っている。仏教史家の辻善之助が師の三上参次から、日本歴史の著名な高僧のうちで、真に一生不犯の清僧はだれか、と問われたのに対し、明恵をあげたというのは歴史家の間でよく知られたことだという。（戸頃重基『鎌倉仏教』）明恵は決して一生不犯を鼻にかけているのではなく、婬事を犯そうとしたのに不思議な妨げがあって志が遂げられなかったと謙虚に語っている。

明恵の修行は、一人ひたすら座禅を組むことであった。栂尾では「すべて此の山の中に、面《おもて》一尺ともある石に我が坐せぬはよもあらじ」というような日常であった。有名な国宝「明恵上人樹上座禅像」は、明恵が松の樹上に縄で床を作り、そこで座禅する姿が描かれている。この松は縄床樹《じょうしょうじゅ》と呼ばれていた。このような修行は、小乗的な個の悟りを旨とする立場とも言えるが、道元の只管打座の禅宗にも通じている。唐から帰朝した栄西は、明恵と親しむようになり、禅宗を継がせようとしたが、明恵は断ったという。宋から茶を伝えたのは栄西であるが、明恵は栄西から苗を分けてもらい、栂尾に移し植えて、修行に役立つとして茶を広めたようである。

高山寺にはまだ茶園が残っており、後の宇治茶の基になっている。

神護寺に育った明恵には、古代仏教の牙城である東大寺の華厳宗の再興が期待されていた。北条泰時ばかりでなく、摂政西園寺公経や九条道家なども帰依していたことは、二人との和歌の贈答からも知られる。後鳥羽院も「上人の徳を貴び給ひて、常に御請じ有りて、御受戒法文なんど聞食《きこしめ》しけり。」というように深く帰依している。古代仏教は受戒や加持祈祷によって為政者と深く結びついている。華厳密教に通じていた明恵は一人修行にのみ明け暮れることは許されなくなっていたのである。

「栂尾明恵上人遺訓」の冒頭には「あるべきやうわ」という言葉が置かれている。「人は阿留辺幾夜宇和《あるべきやうわ》と云ふ七文字を持《たも》つべきなり。僧は僧のあるべき様、俗は俗のあるべき様なり。乃至、帝王は帝王のあるべき様、臣下は臣下のあるべき様なり。此のあるべき様を背く故に、一切悪きなり。」というように述べられている。この明恵の教えは政治の中枢にある人たちが帰依するようになってからのものであろうか。俗に染まった在家遁世者たちへの非難の意味もあったようであるが、帝王のあり方を説くところにも、そのことは窺える。古代仏教は鎮護国家、政権護持の役割が強く、権力との結びつきが強かった。現状を肯定し、あるべき秩序を維持してゆかねばならない。「あるべきやうわ」は現状の階層的秩序を維持しようとする保守的意味合いが強い。大衆の中に入って教えを説き、救いを説く、大乗仏教的な強さがそこにないことも確かである。しかし、「あるべきやうわ」は、老子の「知足安分」とか、宋学の「万物静観物皆自得」というような、東洋的智恵を蔵した言葉に通じている。

どんな小さな生物であっても、仏性を持つ尊い存在であるとして憐れみをもって接し、闘諍的なことは好まなかった明恵であるが、念仏を説いた法然の「選択集」にだけは「摧邪輪」を著してはげしく論難した。九条兼実など法然に帰依する人も多く、高徳の僧として明恵も尊敬していたようである。それが法然の死後「選択集」が公にされ、専修念仏によって誰でも極楽に往生できるという教えを知る。いわば他力の易行道であり、明恵の自力の難行道とはっきりと異なる教えである。田中久夫氏の『明恵』によると、明恵の批判の中心は、法然が一向専修の称名念仏を説いて菩提心を不要とした点と、念仏宗以外の聖道門を群賊に喩えて非難している点にあった。明恵は悟りに近付くために、戒律を守り、厳しい修行を自らに課した。明恵はまた、「我は後世《ごせ》をたすからんと云ふ者にあらず。」(「遺訓」)と述べ、死後極楽に往生するという考えにはなじまなかった。念仏を唱えさえすれば極楽に往生出来るという教えに明恵が反発したのは当然のように思える。日蓮も「念仏は無間地獄の業」として猛烈に批判したことはよく知られている。法然は念仏宗以外を聖道門として区別したが、聖道門を群賊に喩えたのは、既成の教団が僧兵までも擁して権力の場と化したことへの批判であったろう。

仏教には、戒・定・慧の三つが基本にある。戒はいうまでもなく戒律であり、定は禅定、いわば修行であり、慧は般若の智慧であり、悟りへ至る教学である。この三つを最も忠実に実践した傑僧が明恵であった。梅原猛氏は法然の弟子である親鸞において、日本仏教における戒律の思想がほぼ完全に無視されるに至ったと述べている。浄土宗が法然から親鸞へ、さらに一遍へと猛烈な勢いで民衆の間に浸透していったことを思うと時代は確実に移りつつあったのである。救いを必要とするのは圧倒的多数の貧困に喘ぐ民衆であったはずだ。出家者だけに許される小乗的な救いではもはや立ち行かなくなっていたのである。

日蓮や親鸞や道元に始まる鎌倉新仏教はそれぞれ教えや修行態度に違いのあるものの、共通する点は権力と手を切ったり、安易に妥協しようとしなかった態度にあったと思う。明恵が鎌倉仏教から一線を画されている所以は、権力との関わりの違いに求めてよいのかもしれない。新仏教は「あるべきやう」を破壊するエネルギーに溢れていたのである。

＊　＊

明恵は「遺心和歌集」という歌集を自選していて、そのうちの六十首が残っており、弟子の高信がその他のものをも集めて、『明恵上人歌集』一五五首を編んでいる。明恵の歌は勅撰集にも十数首入集しており、定家の『新勅撰和歌集』の他、『玉葉和歌集』には十数首がとられている。明恵は、「我先師の命に依りて、十八歳まで詩賦を稽古して風月に蕭《うそぶ》きしに、其の興味深くして他事を忘るる程なりき。然る間、自ら非を知りて比の道を打ち捨ててき。然れども雪月の節に引かれて時々胸に浮かべども、取り合せて一首を作る事稀なりき。」と語っているが、この先師は叔父の上覚上人であろう。上覚は先に触れたように、『和歌色葉』を著した歌人でもあった。西行は晩年、神護寺を訪れることがあったようで、喜海は明恵の伝記の中で、「西行法師常に来りて物語して云はく、」として有名な「我又此の虚空の如くなる心の上において、種々の風情を色どると云へども、更に蹤跡なし。此の歌即ち是如来の真の形躰也。去れば一首読み出でては一躰の仏像を造る思ひをなし、一句を思ひ続けては秘密の真言を唱ふるに同じ。」という言葉を伝えている。西行は明恵の十八歳の時に亡くなっているから、十八で歌を打ち捨てたということは、西行の死と関係しているに違いない。

明恵の歌といえば、

あかあかやあかあかあかやあかあかやあかあかあかやあかあかや月

がよく知られているが、

雲を出でて我にともなふ冬の月風や身にしむ雪やつめたき

くまもなく澄める心のかがやけばわが光とや月思ふらむ

山のはにわれも入りなむ月も入れよなよなごとにまた友とせむ

というような歌は西行と深く通い合うものを感じる。まさに月と一心同体であり、明恵の澄んだ心は月と一つなのである。二首目には「この暁、禅堂の中に入る。禅観のひまに眼を開けば、有明のつきの光、窓の前にさしたり。わが身は暗き所にて見やりたれば、澄める心、月の光にまぎるる心地すれば」という長い詞書がある。こういう境地は、明恵のごとき真の修行者でなければ味わえない悦びであろう。三首目の月を友とする思いは、西行の松を友とした歌を思い浮かばせる。

贈答歌を幾つか見てみよう。

思ひやる心は常にかよふとも　しらずや君がことつてもなき　　北条泰時

人知れず思ふ心のかよふこそ　いふにまされるしるべなるらめ　　明恵

これは泰時が消息のついでに送った歌と、それに対する明恵の返歌である。

契《ちぎ》りおきし言の葉だにもかきたえて　法《のり》の水こそ心ぼそけれ　　西園寺公経

たたへおく法の水上うるほさば　契りし言の葉もさかえなむ　　明恵

これは太政大臣公経が、ひさしく洛中に出ることのなかった明恵に送った歌と、明恵の返歌である。頼経が将軍になる前年である。

思ふともつひには添はじおなじくは　生まれず死なで友とならばや　　明恵

この世にて契りし末のたがはずは　また逢ふことも君にまかせむ　　九条道家

これは道家からしきりに召しがあったことへの返事で、明恵は婉曲に断っている。

これらの歌をみると、時の権力者から消息なり、上洛をしきりに求められていたこと、それに対して明恵がやわらかく断っていたことが見えてくる。明恵は和歌の道は断ったと言っていたけれども、こういう時にはその教養は大いに役立ったのである。このやり取りに見られる床しさは如何にも明恵らしい。

明恵がもし西行のように歌を続けていたならば、おそらく優れた歌人となっていたのではなかろうか。それは道元にも言えることで、「文筆師歌其の詮なき事なれば捨べき道理なり。」と言った道元は「傘松道詠」に五三首ほどを残したに過ぎない。『正法眼蔵』に示された言語表現力の異能さを見れば思い半ばに過ぎるものがある。道元は、

山すみの友とはならじ峰の月かれも浮世をめぐる身なれば

と歌っている。道元にとっては月さえも離れなければならない浮世のしがらみであった。私は明恵についてあれこれと言葉を連ねてきたが、明恵に何故それほどに惹かれるのであろうか。明恵はどこまでも自己に対して厳しい人であった。そして自己の至らなさへの思いが他者に対する優しさとなって表れていた。信仰における毅然とした強さを見せる一方で明恵はどこまでも優しさに包まれている。そんなところに明恵に惹かれる所以があるのであろう。明恵にとってすべての生物は仏性を持つ尊い存在なのであった。

「こだま」'04年11月、12月号

千々にくだきて——芭蕉と実朝

芭蕉は「おくのほそ道」に、松島での発句を記さず、代わりに曾良の句、

松島や鶴に身お借れほととぎす

を書き残した。『三冊子』で土芳は、「絶景にむかふ時はうばはれて不叶《かなはず》。ものをみて取《とる》所を心に留《とめ》て不消《けさず》、書写《かきうつ》して静かに句すべし。うばはれぬ心得も有事《ある》也。」という師の言葉をあげ、「師、まつ嶋に句なし、大切の事也。」と書いている。そのことから、芭蕉は松島で句を作らなかったように思うむきもあったが、芭蕉は、

嶋〴〵や千々にくだきて夏の海　（け）

という句を残している。中七が「千々にくだけて」という異稿もある。芭蕉は松島のくだりを筆を尽くして画き上げ、さらに「造化《ざうくわ》の天工《てんこう》いづれの人か筆をふるい詞《ことば》を尽さむ。」と書き添えているから、この句を添える必要を認めなかったのであろう。

名所には心をうばわれるが、「うばはれぬ心得」もあると言っているのは、曾良の「松嶋や」の句を指すのだろうか。或いは自らの「嶋〴〵や」の句をも指しているかもしれない。曾良の句は、眼前の景から一歩離れたところが面白い。

「くだきて」と「くだけて」では、一方が嶋々を擬人化して夏の海に立ち向かう感じが出て強いものになるが、写実的な「くだけて」も捨て難い。私がこの句を取り上げたのは、そういう解釈の問題ではなくて、この句が源実朝の名歌、

荒磯に波のよるを見てよめる
大海《おほうみ》の磯もとどろに寄する波われて砕けてさけて散るかも

を即座に連想させたからに他ならない。この歌は、万葉調ということで子規や茂吉を虜にした実朝の代表歌である。実朝は二十一歳の時、藤原定家から私本万葉集を与えられ、万葉集を熱心に学んでいる。この歌はとりわけ万葉集の強い影響を窺わせる。

伊勢の海の磯《いそ》もとどろに寄する波恐《かしこ》き人に恋ひわたるかな　（六〇〇）
大海の磯もとゆすり立つ波の寄らむと思《も》へる浜の浄《きよ》けく　（一一三九）
聞きしより物を思へばわが胸の破《わ》れて摧《くだ》けて利心《とごころ》もなし　（二八九四）

実朝はこれらの歌を巧みに取って、力強い直線的な一句に仕上げている。実朝の言葉といえば「さけて散るかも」だけであるが、純粋な叙景歌とすることで緊密な一句となった。実朝は鎌倉に育ったから、こういう状景は身近なものであったはずである。叙景歌といっても、「さけて散るかも」と畳み掛けたところが、実朝の胸中を象徴するように突き刺さってくる。

実朝の歌が万葉に直結するのに対して、芭蕉句には同じ状景を写しながら万葉と結びつく言葉は見当たらない。「千々に」という言葉は万葉集に用例がない。この言葉はいうまでもなく、

月みれば千々に物こそ悲しけれ我身ひとつの秋にはあらねど

という、百人一首に取られて有名な大江千里の歌から取られたのであろう。しかし、千々に砕くと即物的にした所が芭蕉の手柄である。そこが実朝と結びつく要となっている。『三冊子』に、

芭蕉が本歌取について触れた教えが記されているが、八代集、十代集は出てきても、万葉集について触れた言葉は見当たらない。芭蕉には万葉集の影響はないといってよいと思う。私は『斎藤茂吉論』で、万葉、実朝、子規、茂吉という古代神道的な系譜と、西行、芭蕉というような中世的な精神史の流れを対照させたが、時代を遡る実朝にあれほどの万葉の影響が見られるのに対して、芭蕉に万葉がほとんど無縁だったことは実に興味深い。それは当然、和歌から俳諧への延長線上に芭蕉が存在したことと関係するであろうが、それだけでは説明できない精神史の流れも無視できないのである。

実朝の歌では、

箱根路をわが越えくれば伊豆の海や沖の小島に波の寄る見ゆ

もよく知られている。これは箱根権現参拝を終わって伊豆山権現に至る鞍掛山からの吟詠で、沖の小島は初島のことであると指摘されているが、箱根を越えたものには実景が直ぐ浮かぶほどなじみ深い状景であるから、ありのままを詠んだものであろう。しかしこの歌にも賀茂真渕は、万葉集の、

相坂《あふさか》をうち出でて見れば淡海《あふみ》の海白木綿花《しらゆふはな》に波立ち渡る　（三二三八）

という歌の影響を指摘しているが、この場合は叙法程度とみてよいと思う。実朝の歌は、「伊豆の海や」のやの字余り一つで詠嘆が重く厚みを増して迫ってくる。字余りということでは、

時によりすぐれば民のなげきなり八大竜王雨やめたまえ

の歌の下句、八・七がよく知られている。

「四・四・四・三」の結びの強さは、子規や茂吉を感歎させたのであった。リズムから外れることが、時には独自な力強いリズムを生むのである。

実朝は定家を師としたから、古今から新古今までの八代集を多く学んでおり、それらの歌調や歌語をも多く取り入れている。定家が『新勅撰和歌集』にとっている歌の大方も、新古今調の温和な調べを持っている。それにもかかわらず、実朝が幾首かの万葉調の秀歌を残したことは驚くべきことに映る。

私は芭蕉句から実朝に深入りしてしまったが、芭蕉が万葉を学んでいなかったからといってその句の強さの有無とそれとは無関係なことである。「嶋ぐや」の句はそのことをよく示していると思う。

「こだま」'06年6月号

漢詩の和文訳のこと——蕪村に触れて

蕪村の柳女宛の書簡に、中唐の詩人賈島の詩を引いたものがあり、その詩にはルビの形で訳文が添えられている。この訳は所謂書き下し文とは全く異なった和文であるところが実に興味深い。七言絶句で、ルビは読みにくいので分けて引いてみる。

三月正当三十日
風光別我苦吟身
勧君今夜不須睡
未到暁鐘猶是春

ケフハ三月ツゴモリヂャ
春ガ我ヲステ、行ゾウラメシイコトヂャ
ソレデイヅレニモ申スコンヤハネサシャルナ

明六ツヲゴントツカヌ中ハヤッパリ春ヂャゾ

蕪村には「北寿老仙をいたむ」のような現代詩のさきがけとなるよく知られた詩があるが、この詩は漢文訓読調の書下し文に近い。それに比べるとこの賈島詩の訳は完全な口語調であるところが新鮮に映る。蕪村の洒脱な詩心が伝わってきて快い。

この蕪村の漢詩訳を見て思い出すのは、『今昔物語』の、「天神、御製の詩の読みを人の夢に示し給ひし語」の記事である。昔、天神が作った、

東行西行雲眇々　二月三月日遅々

という詩があって、後代の人がこれをもてあそび詠じたものの、其の読みを心得る人はいなかった。北野の宝前でこの詩を読んだ人がその夜こんな夢を見た。やんごとなき人がきて、「汝、此の詩をばいかに読むべきとか心得たる。」と問われ、知らないと答えると、「とざまに行き、かうざまに行き、雲はる〲。きさらぎやよひ、ひうら〲。と読むべきなり。」と言われ夢が醒めたという。

この詩句など当時の知識人などすらすらと読めたと思うが、こういう挿話を『今昔物語』が書き留めたということに私は興味を覚える。『今昔物語』は一一二〇年以後の成立と考えられ

ているが、『倭漢朗詠集』は九八七年の成立である。そこでは例えば、

池凍東頭風度解　窓梅北面雪封寒。

に対して、「イケノコホリハカゼワタテトク、マドノムメホクメンハユキホウジテサムシ」という訓が与えられている。訓は写本によって相違があるようであるが、ここでは岩波文庫本によった。このように漢詩は訓読によって盛んに朗詠されていたのである。しかし、当時の庶民にとって漢詩は近づきがたいものであったろう。今昔の訳は庶民にもすんなり分かったに違いない。『今昔物語』の挿話は当時の知識人と庶民との間の教養の落差を伝えて興味深い。

漢詩はこのように訓読によって親しまれてきたが、和文に置き換える試みがなかったわけではない。藤原定家はこれを和歌の形で和文脈に移し代える試みにも挑戦している。例えば、

夕殿蛍飛思悄然
秋燈挑尽未能眠

に対して、

暮ると明くと胸のあたりも燃え尽きぬ夕の蛍夜半のともしび

また、

秋風満袂涙
泉下故人多

に対して、

老らくのあはれわが世も白露の消え行く玉となみだ落ちつつ

と詠んでいる。こうなると更に高等な詞芸の世界に入ってしまって、庶民からは遠ざかるばかりであろう。

漢詩訓読が日本語に独自な緊張をもたらしたことは『方丈記』などにもはっきりと窺える。『方丈記』の原本が片仮名表記であることも参考になる。蕪村の「北寿老仙をいたむ」ではもはや日本語としても洗練され尽くしている感じがある。

このような伝統があるので漢詩を口語調に訳して書下し文の緊密な文体を超えることは不可

能に近いことだったろう。蕪村がそれを女弟子への私信の中でさらりとやっているのだから驚く。この漢詩口語訳の稀な成功例として名高いのが、井伏鱒二の『厄除け詩集』に載る次の干武陵の「勧酒」である。

勧君金屈巵
満酌不須辞
花発多風雨
人生足別離
コノサカヅキヲ受ケテクレ
ドウゾナミナミツガシテオクレ
ハナニアラシノタトヘモアルゾ
「サヨナラ」ダケガ人生ダ

後半の二聯は箴言的な重さをもって心に響く。ここまで来れば原詩と対等に向かい合う日本の詩になりきっている。井伏の力量を思わないわけにはいかない。

井伏はこの詩集に十七篇の漢詩訳を載せているが、すべてが成功しているとは思えない。李白の有名な「静夜詩」を引いてみる。

牀前看月光
疑是地上霜
挙頭望山月
低頭思故郷

ネマノウチカラフト気ガツケバ
霜カトオモフイイ月アカリ
ノキバノ月ヲミルニツケ
ザイショノコトガ気ニカカル

漢詩の凝縮した表現に比べて軽くなった感じでいささか見劣りがする。参考までにこの詩の吉川幸次郎・三好達治による現代文逐語訳（『新唐詩選』）を引いてみよう。

牀前に月光を見る
疑うらくは是れ地上の霜かと
頭を挙げて山月を望み
頭を低れて故郷を思う

このような漢語をそのまま生かした訳がやはり親しみ易い。漢詩はやはり日本語そのものを豊かにしてきているのである。

もう一つ管見に入った興味深い漢詩訳を取り上げてみたい。日夏耿之介訳の白居易である。

緑醴新醅酒
紅泥小火炉
晩来天欲雪
能飲一杯無

新しくかもした醴と
紅泥の小さい囲炉裏ぢゃ
たそがれてのこの雪もよひ
一杯やらんかい

井伏の詩もこの日夏の詩も酒を讃えた詩であるところが興味深い。青木正児の『中華飲酒詩選』には夥しい飲酒に因んだ詩があって、詩人と酒の結びつきに国境がないことを思わせる。両国の酒徒の息の合ったところが楽しい。『中華飲酒詩選』では書下し文に現代文の読みを添えている。この訳は意訳とは異なるものの、かなりくだけた文章になっている。井伏、日夏両氏にこの書の影響があったことを思わせる。
漢詩の和文訳では佐藤春夫も手がけており、『車塵集』は知られている。ここでは『殉情詩集』から「同心草」を取り上げてみたい。

風花日将老
佳期猶渺渺
不結同心人
空結同心草

薛濤

しづこころなくちるはなに
なげきぞながきわがたもと
なさけをつくすきみをなみ
つむやうれひのつくづくし

さすがに詩人らしい流麗さで独自な世界を織り成している。ここまでくると春夫の詩に成りきっている感じがする。同じことを詠んでも言葉の相違を思わないわけにはいかない。

「こだま」'07年3月4月号

雙脚等閒に伸ばす——晩年の良寛

良寛の詩は仏道修行時代の面影を伝える宗教色の強いものから、行脚時代の孤独辛酸を伝えるものまでどちらかといえば悲愁の気で満たされたものが多い。しかし、故郷に草庵生活を送るようになってからはようやく天真悟達の境地が詩にも窺えるようになる。そんな詩の中で私がとりわけ惹かれるのが次の詩である。

生涯身を立つるに懶《ものう》く
騰々《トウ〱》天真に任す。
嚢中《ナウチウ》三升の米
爐辺《ロヘン》一束《ソク》の薪《たきぎ》。
誰れか問はん迷悟《メイゴ》の跡《あと》
何ぞ知らん名利《ミヤウリ》の塵《チリ》。

夜雨草庵《サウアン》の裡《うち》
雙脚《サウキャク》等閒に伸ばす。

私にはこの「雙脚等閒に伸ばす」という詩句が忘れ難いものになった。気ままに両足を伸ばして憩うのである。等閒は等閑と同じで気ままな様子である。この中で「騰々」は分かりにくいが、良寛が玉島円通寺で国仙和尚のもとで修行した時、国仙は良寛に「良也愚《りょうや》の如く道転《うた》寛《ひろ》し、騰《とう》々任運誰か看《み》るを得ん」という偈を与えて印可したというから、その偈を受けたものであろう。物に拘泥しない自由なさまを言っている。それにしてもこの偈は茫洋とした良寛のスケールの大きさというものをよく伝えていると思う。国仙は間もなく亡くなり、良寛はそれからは行脚に過ごすことが多くなったようである。

この詩は良寛の詩の中では最も愛されたものではなかろうか。私はまだ見ていないが、最晩年を過ごした五合庵の下にある乙子神社境内にこの詩碑が建っているようである。いつか田辺元博士がこの詩を愛していたという記事を見たことがある。

斎藤茂吉は「良寛和尚の歌」で、

草の庵に足さしのべて小山田のかはずの声を聞かくしよしも

の歌を取り上げ、「足さしのべて」と具象化したところが彼独特の手腕であると書いていたが、この歌も同じ状況を詠んでいる。

会津八一は『自註鹿鳴集』に、

いかしゆ　の　あふるる　なか　に　もろあしを
ゆたけく　のべて　ものおもひ　も　なし

の自歌の評釈に、「もろあし・両脚、双脚。良寛の詩には「長ク両脚ヲ伸シテ睡《ネム》ル」といふ句もあれど、それに限らず、かかる表現は、更に古く『寒山詩』の中にもあり、東洋的にはありふれたことなり。」とあるが、良寛詩の引用も粗雑であるし、私には双脚がありふれたことだとは思えない。日本では寝るとき以外、正座かあぐらであるし、中国では椅子の生活が多いであろう。横臥でなく足を伸ばした姿は詩にはあまり出てこないようである。八一の言う寒山詩は草庵生活そのものを説く内容が多い。

余談になるが、会津八一は中学時代から根岸短歌会の動きに興奮していて、卒業すると直ぐ上京して子規を訪ねている。そして、子規がまだ良寛の歌を知らないことを知り、良寛歌集を子規に送っている。子規は「病床読書日記」にその歌集に触れ、「歌集の初にある筆跡を見るに絶倫なり。歌は書に劣れども万葉を学んで俗気無し。」として二首あげ、「所謂歌人に勝るこ

と万々。」と書いている。子規のあげている、

山笹にあられたばしる音はさらさらさらりさらさらさらとせし心こそよけれ

という旋頭歌は古い琴歌であるという。良寛歌は書き散らされた書から収拾したものも多いからこういう誤りは出てしまうのであろう。残念ながら良寛にじっくり取り組むには子規にもはや時間が残されていなかったようである。

良寛詩で思い出すのは陶淵明の「帰去来兮辞」である。役人を辞して郷里に帰った喜びを歌ったこの詩は「桃花源記」と共にあまりにも有名である。

帰去来兮《かえりなんいざ》
田園《でんえん》将《まさ》に蕪《あ》れなんとす　胡《なん》ぞ帰《かえ》らざる

このように始まり、故郷への道行を叙したあと、村人との出会いの喜びを語り、そしてわが家に寛ぐ。

壺觴《こしょう》を引《ひ》きて以《もっ》て自《みずか》ら酌《く》み、

庭柯《ていか》を眄《み》て以《もっ》て顔《かお》を怡《よろこ》ばしむ。
南窓《なんそう》に倚《よ》りて以《もっ》て寄傲《きごう》し、
膝《ひざ》を容《い》るるの安《やす》んじ易《やす》きを審《つまびらか》にす。

壺觴はとっくりとさかずき、庭柯は庭の木の枝、寄傲は誇り高く満ち足りた気持を託した言葉。そして、膝をゆっくり伸ばせることを確かめているのである。この長い詩は、

聊《いささ》か化《か》に乗《じょう》じて以《もっ》て尽《つ》くるに帰《き》し、
夫《か》の天命《てんめい》を楽《たの》しみて復《ま》た奚《なに》をか疑《うたが》わん。

というように終わる。俗世の交わりを断ち、天命のままに残りの生命を楽しみたいというのである。

良寛と陶潜とは来歴も境遇も違うが、ここに挙げた詩の境地はある意味で見事に照応している。良寛の「騰々天真に任す」は淵明の造化にまかす「天命を楽し」む境地と殆ど重なる。「雙脚等閒に伸ばす」は「膝を容るるの安んじ易きを審にす」と同じなのである。淵明が楽しむ境地を歌うのに対して良寛の生きることの懶さは、良寛の独居に対して淵明の囲む家族のいることとの違いであろう。

私が良寛のこの詩に強く惹かれたのは、ちょうど人生の一番負担のかかる時期に当たっていた故かもしれない。すべてから解放されて気ままに休みたいという願いは誰しもが一度は経験することであろう。しかし、何もかも捨て去ってしまわなければ良寛のようになれないことは分かっている。それ故にこそ良寛は敬愛されるのであろう。良寛はその寂しさに耐えたのであった。良寛の詩や歌はその寂しさを歌ったものが圧倒的に多いのである。

夏目漱石の妻鏡子の『漱石の思い出』という本に、晩年の漱石が良寛の書を欲しがり、書を集めることなど趣味でない人が、手を尽くしてそのいくつかを手に入れたことが書かれていた。漱石が書に親しんでいて、優れた書を残していることは知られているが、漱石は良寛の凄さをよく見抜いていたのである。私には漱石の則天去私が良寛に通じるものであることが見えてくるように思える。

＊　　＊

脚をゆったり伸ばして憩うということでは、良寛詩とはまったく異質な世界であるが、『古事記』の最初の方に出てくる次の歌謡などは印象深い。その後半を引いてみる。

文垣《あやかき》の　ふはやが下に、
蒸被《むしぶすま》　柔《にこや》が下に、
栲被《たくぶすま》　さやぐが下に、

沫雪《あわゆき》の　わかやる胸を
栲綱《たくづの》の　白き腎《ただむき》
そ叩《たた》き　叩きまながり
ま玉手　玉手差し纏《ま》き
股長《ももなが》に　寝をしなせ。
豊御酒《とよみき》　たてまつらせ。

これは大国主が出雲から沼河比売《ぬなかわひめ》と結婚しようとして大和の国へ旅立とうとした時、その妃須勢理毘売《すせりびめ》の命が嫉妬して歌った歌となっているが、神話伝承の世界のものであるから事実関係はさだかでない。おそらく女性が男性を誘惑する時の歌として伝説的に謡い継がれてきたものであろう。美しく魅力的な歌謡である。栲被は楮で作った衾で、栲綱と同じく白さを強調している。私はこの股長にという表現に古代人の特別な思いがあるのではないかと想像する。古代の住宅事情では身を寄せ合うような窮屈な生活ではなかったろうか。この歌はおおらかな古代人の愛を歌っている。

良寛の草庵に美しい歌弟子貞心尼が現れたのは、良寛六十九歳の時であった。四十八歳の時、国上山に五合庵を結ぶが、六十歳には乙子神社の境内に移り、いよいよ衰えて木村家の屋敷に移ったのが六十九歳の時であった。貞心尼の出現は良寛の一生をほのぼのと暖かく包むようである。

梓弓春になりなば草の庵をとくとひてませあひたきものを
秋萩の咲くを遠みと夏草の露にぬれつつ訪ひし君はも
さす竹のきみと逢ひみて語らへばこのよに何か思ひのこさむ

梓弓の歌は良寛七十歳、貞心尼二十九歳の時のものである。良寛の亡くなるのはその三年後のことであった。

「こだま」'04年2月号

人生の舞台――天地一大戯場

一茶の『寛政三年紀行』に、しゃれ風といわれて謗られた不角の句をあげ、不角も亡くなり、眼に角を立てて争ったことも夢となったと書き、「本《もと》より天地大戯場とかや」と結んだところがあった。この不角の句は熊谷直実、平敦盛の墓のある熊谷の蓮正寺にある。金子兜太氏の『小林一茶――〈漂鳥〉の俳人』もこの『天地大戯場』を取り上げて一茶の無常観に触れていた。この天地大戯場(正確には天地一大戯場)という言葉は上田秋成が『瞻大小心録』に引用している清の康熙帝の聯句の中に出ていて、かなり知られた言葉だった。漱石が子規宛ての「七艸《ななくさ》集」を批評した言葉の中に「嗚呼天地一大戯場也、人生は長夢の如し、然れども夢中に猶お声色を弁じ、俳優能く人を泣かしむ」と書いたのもこの言葉を意中にしている。秋成は康熙帝の英主ぶりの紹介としてこれを引いているのだが、聯句の内容は日月が燈であり、川や海は油であるというような壮大な治世を述べている。秋成はそこを理解しながら世の中に不朽のものなどないと付け加える。

一茶や漱石の受け取り方は天地を一大戯場と捉えるのではなく、人生の夢のようなはかなさをそこに見ている。人生が芝居の一幕のような仮の姿でしかないというような感じ方はとりわけ日本人に特有のものかもしれない。「一期《いちご》は夢よ」とか「夢の浮世に只狂へ」というような無常感がそこには尾を引いている。

芭蕉の、

稲づまやかほのところが薄の穂

という句には「本間主馬《しゅめ》が宅に骸骨どもの笛鼓をかまへて能《のう》する処を畫《ゑがき》て、舞台の壁にかけたり。まことに生前のたはぶれなどは、このあそびに殊《こと》らんや。かの髑髏《どくろ》を枕として、終に夢うつつをわかたざるも、只この生前をしめさるゝものなり」という詞書がある。人生を舞台の上の骸骨の遊びとして捉えているところはやはり凄い。

人生を舞台の上の緊張した演技として捉えた言葉で私の印象に強く残っているのに鷗外の「妄想」の一節がある。鷗外は自分のしている事が、「役者が舞台へ出て或る役を勤めてゐるに過ぎないやうに感ぜられる。」といい、「舞台監督の鞭を背中に受けて、役から役を勤め続けてゐる。此役が即ち生だとは考へられない。」と書く。そして「赤く黒く塗られてゐる顔をいつか洗って、一寸舞台から降りて、静かに自分といふものを考へて見たい、」と書くのである。

鷗外は軍人として、官僚として、軍医総監にまで登りつめたが、絶えず作家として生きる願いを捨てることはなかったと思う。軍務のかたわら作家活動もずっと継続していたし、五十四歳で辞任した後の晩年は『澀江抽斎』などの史伝的大作で新境地を開いている。こういう鷗外であるからこそ、余計に「妄想」の言葉が痛い程私には分かる気がする。鷗外は舞台の上の役も立派に演じきることが出来たし、舞台の上でない本当の自分を実現することも出来たと云えるかもしれない。

考えてみれば、自分の仕事を天職と心得て満ち足りている人はそれ程多くないかもしれない。人はよんどころない生活の上の要求に従って生きている面が多いと思う。鷗外はこれを日の要求というように云っている。今の生き方を鷗外のように、仮の役を勤めているに過ぎないと感じている人も多いに違いない。しかし、鷗外のいう人生の舞台は、芭蕉や一茶のいう人生を夢まぼろしの仮のものとする考え方とはやや意味合いが違っていて、それは降りることの出来る舞台である。もっと現実的な話になると実際に興業されている舞台がある。

役者や俳優は舞台の上で虚の人生を演じている。それが彼等の職業であり、実そのものなのである。考えてみれば舞台の上で自分以外を演じ続ける役者という職業は奇妙な存在である。昔、人を喜ばせるために芸を売る人たちを河原者と呼んで蔑んだ理由も分かる気がする。しかし、今の世の中では彼等は舞台で華やかに脚光を浴びるスターであり、憧れのまとになってしまった。何故だろうか。おそらく今の世の中に本当の意味の実が欠けてきてしまっている故ではなかろうか。現実が希薄化する一方、ヴーチャルな仮構の世界がさまざまな媒体を通じて浸透してきている。人々は虚の中に実を求め、実を見ようとしている。何時の間にか天地一大戯場そのものの中に我々は操られているのである。

私は石川啄木の「卓上一枝」の「惨たる哉、人生は宛然として混乱を極めたる白兵戦場なり」という言葉を思い出す。啄木は抜き差しならない人生を真剣に壮烈に生きて若くして果てた。仮構の世界など入る余地はなかったのである。啄木の生きた時代がよかったとは私には思えない。現代の若者とくらべてその生き様の違いに思いを致すのみである。啄木もまた邯鄲の夢を生きたのであろうか。

「こだま」'04年1月号

子規の絶筆三句について

子規の『病牀六尺』は明治三十五年九月十七日で途切れている。子規が妹律に画板を支えさせ、碧梧桐が墨をつけて渡した筆で絶筆三句を書いたのは翌日の午前十一時頃のことであった。亡くなったのは翌日の午前一時である。絶筆三句は次の順で書かれている。

糸瓜咲て痰のつまりし佛かな

痰一斗糸瓜の水も間にあはず

をととひのへちまの水も取らざりき

最初の句では、「痰のつまりし」まで一気に書き、少し間をおいて「佛かな」と書いたという。

この時碧梧桐は覚えず胸を刺されるように感じたと記している。子規は死期を悟り、この三句を辞世の句として書き付けたのであろう。

この三句について宮坂静生氏は「晩年の子規」で、一年前の『仰臥漫録』九月二十一日の条の、

草木国土悉皆成仏

糸瓜サヘ佛ニナルゾ後ル、ナ

成仏ヤ夕顔ノ顔ヘチマノ屁

という句との関連を取り上げていたが、その通りであろう。九月二十日の記事では妹律への不満憤懣をぶつける言葉を記していたが、二十一日に至ると一転して律への感謝と同情の気持をめんめんと綴っており、そこには、

「余ハ自分ノ病気ガ如何ヤウニ募ルトモ厭ハズ只彼（律）ニ病無キコトヲ祈レリ彼在リ余ノ病ハ如何トモスベシ若シ彼病マンカ彼モ余モ一家モニツチモサツチモ行カヌコトトナルナリ故ニ余ハ常ニ彼ニ病アランヨリハ余ニ死アランコトヲ望メリ」と書き、律が看病のために結婚出来ないでいることへの思いやりを記している。子規にしてはしおらしい自省の弁であり、「糸

瓜サヘ佛ニナルゾ後ル、ナ」は死を諾う態度と言ってよいであろう。

糸瓜棚は病室の日除けのためその年の六月頃作られたようで、その棚には夕顔の蔓も絡まっていた。糸瓜はその茎から採った水分が糸瓜水として古来痰切りに用いられていたから、そのことも糸瓜を庭に植えた理由であろう。

辞世の最初の句は子規らしいといえばそうも言えるが、せっぱ詰まった感じは全くなくて、自らを仏として客観視するようなそっけない詠み方である。このような諧謔的突き放し方は確かに俳諧的表現といってよいであろう。おそらく子規は死期を悟り、残すべき辞世の句について思いめぐらすことがあったであろう。そして得たのがこの句であった。「糸瓜サヱ佛ニナルゾ」がいよいよ現実となり、子規も「草木国土悉皆成仏」の仲間入りをするのである。そのことが辞世の句を導いたに違いない。辞世の句としては従容と死に臨む淡々とした表現が望ましい。そんなあれこれがこの句から読み取れるように思う。しかし、あの諧謔精神に溢れた子規の句として見るとこの句は如何にも心弱くすまし過ぎた感じのする事も事実である。子規が病床にあって如何に死と向かい合ったかは「墓」とか「死後」とか「病牀苦語」とかにつぶさに語られている。心中には溢れる思いがあったに違いない。続けて書かれた二句にはそんな思いがぶつけられているような感じである。

その二句、

痰一斗糸瓜の水も間にあはず

をととひのへちまの水も取らざりき

は一斗の痰と糸瓜水が出てきて、痰が詰まって仏になった経緯を説明するような趣の句となっている。溢れ出る痰はそれを切ってくれる糸瓜水も間に合わないほどだったという。おととい の句は、おとといが丁度陰暦八月十五日にあたり、十五夜に糸瓜の水を採る慣わしがあったから十五夜に糸瓜水をとれなかったことへの心残りを詠んでいる。この二句によって一句目の糸瓜咲いての思いが痛切に生きることになった。

私がこの辞世三句にとりわけ興味を抱くのは、それぞれが俳諧的表現、漢詩的表現、和歌的表現に分かれているところにある。「痰一斗」は言うまでもなく典型的な漢詩の誇張表現で、漢詩に特有のものである。文体も漢詩訓読調の引き締まったものとなっている。三句目は和歌的詠嘆そのままの余情があり、この十七音のあと七七句が付けられて完結する趣がある。和語の伝統に従って「をととひ」も「へちま」も平仮名表記となっていることも目を引く。

考えてみると、子規は漢詩から出発しており、小学生時代外祖父大原観山の下で毎日漢詩を作ることを楽しみにしていた時期があった。漱石との交友も漢詩文を通じて深められたことはよく知られている。日本新聞への入社も漢詩「岐蘇雑詩三十首」が一つの契機となっている。

漢詩の簡潔で歯切れの良い文体やレトリックは子規の文学の骨格を成していることは疑いない。一方、三十年代に入ってからの子規は万葉発見を通して短歌へ傾倒するようになり、新しい局面を開いている。感情の直截表現は澄明な叙情を生み出し、そくそくと迫るものがある。子規文学の一方の到達点といってよい。

死に臨み、子規は自らの俳諧、漢詩、短歌という三様の歩みを自ずから三句に吐露することになった。足された二句は独立性に乏しい面のあることはたしかである。一句目は「此命且夕に迫る」とでも付けたい。二句目は「あふれる痰にもはやせんなく」とでも付けるのであろうか。しかし、いずれにしてもそれは蛇足である。完結していないことによってこそ三句が渾然とした一体として生きるのである。子規の表現を支えてきた漢詩的発想、短歌的発想が加わることによって三句はまさに子規らしい辞世となったと思う。子規が意図したかは別として自らの表現の歩みを渾然と一体化させた辞世句を示して子規は世を去ったのである。

「こだま」'05年10月号

修羅の精神——詩「小岩井農場」に触れて

宮沢賢治の「春と修羅」第一集のなかの、「小岩井農場」と題した詩のなかに次の一節がある。

（こんな野原の陰惨な森の中を
ガッシリ黒い肩をした
ベートーフエンが深く深くうなだれ
又ときどきひとり咆えながら
どこまでもどこまでも歩いてゐる
その弟子たちがついて行く
暗い暗い霧の底なのだ）

（パート五より）

賢治の数少ない写真のなかに、中折れ帽子を冠り、オーバーを着て、畑に俯いてがっしり立っている写真があるが、私には詩のこの一節がどうしても賢治の写真の姿に結びついてしまう。ベートーベンは、音楽好きの賢治がゲーテ以上に尊敬した芸術家だが、ここに出てくるベートーベンはあの苦悩の表情を伴う賢治自身の姿として浮き彫りされている。そして、その表情は自らを修羅と観じた賢治自身の心象風景そのものでもあるように思える。

八百数十行に及ぶ長詩「小岩井農場」は、さまざまな起伏や、内面の葛藤や、明暗に色彩られていて印象は必ずしも純一ではない。むしろ私には賢治の心の動きについて行ききれないもどかしさがあった。小岩井農場が賢治にとってどういう関り合いにあったのか、ということもよくわからなかった。そして、どちらかといえば、私には「野原の陰惨な森」という言葉が小岩井農場と結びついて離れなかったのである。

たまたまこの九月、盛岡に行く用事があったので、小岩井農場を訪れる機会を得た。賢治ファンの一人として、賢治の青春の地であり聖地（der heilige Punkt）でもあった小岩井農場は、どうしても一度行ってみたかった土地だった。

小岩井農場は、明治二十四年、小野、岩崎、井上の三氏によって創業されたので、その頭文字をとって小岩井としたのだという。その後、三菱の岩崎氏の経営を経て、現在は小岩井農牧株式会社という組織になり現在に至っている。

日本屈指というこの広大な牧場は、私の断片的なイメージとは異なって明るく近代的に整備されていた。串田孫一氏のように、「始めて訪れる土地でありながら、実によく知っているところだった。懐しい気持さえ湧いて、錯覚を起こすほどだった」というわけにはいかなかった。ちょうど岩手山が背景にくっきりと望まれる快晴の日で、牧草の間に杉やポプラの並木が連なり、サイロの赤い屋根やサルビアの朱が緑と青空に鮮明なコントラストを醸していた。一年に一度だけ開かれるという旧岩崎別邸の豪華で手入れの行き届いた庭からは、遙かにゆるやかな起伏を織りなす牧場が見下ろされ、そこには牧牛が喜々として移動する姿が望まれる。確かに、東北の田舎とは思えない〝奇蹟〟にも似た風景だった。

賢治が小岩井を訪れたのは、一九二二年の五月下旬で、昼頃から雨が降り出してくる。気候の条件は確かに異なっている。しかし、問題はそんなところにあるわけではない。問題は賢治が小岩井では遂によそ者であり、彷徨者に過ぎなかったことにある。小岩井農場が賢治にとってさまざまな相貌を帯びて登場することが私には始めて分かった。

農場の案内をかって頂いた人は経営のことを熱心に説明してくれたが、賢治のことを尋ねると、その人は、こゝは賢治とは無縁だというように迷惑そうな顔をしただけだった。その晩泊まった鶯宿温泉で、たまたま小岩井農場のある雫石町に生まれたという若い女の子に賢治のことを尋ねた時も、「宮澤賢治って、麦畑をみて海だ海だといったんだって。頭が少しおかしかったんじゃないの」というすげない返事だった。花巻では賢治最中まで出来ているのだが、賢治は盛岡ではよそ者に過ぎなかったということをいやおうなく知らされたのだ。

「〔禁猟区〕ふん、いつものとほりだ」とか、「東部の気取った建物が」といった「小岩井農場」

の詩句の一節も、経営の背後にある財閥を考えて始めて分かってくる。しかし、賢治にとって経営者が誰であろうとそんなことは実はどうでもよかったのだ。反撥をちらつかせながらも小岩井農場は彼を惹きつけずにおれなかった何ものかを持っていた。

それよりこんなせわしい心象の明滅をつらね
すみやかな万法流転のなかに
小岩井のきれいな野はらや牧場の標本が
いかにも確かに継起するといふことが
どんなに新鮮な奇蹟だらう

（パート一より）

小岩井農場は、農業技術者としての賢治を惹きつける新鮮な標本でもあったに違いない。けれどそれ以上に、この地は賢治の青春の夢をかき立たせる理想郷でもあった。

天狗巣ははやくも青い葉をだし
馬車のラッパがきこえてくれば
ここが一どにスヰスの春の版画になる

（パート三より）

真剣にアメリカへ行って百姓をしたいといったり、北上海岸をイギリス海岸と愛称したり賢治は夢多きコスモポリタンであった。エスペラントを勉強したり、童話に国籍不明の名前を好んで用いたところも、賢治のこういう面をよく物語っている。賢治には、激しく奔騰する理想家の面と、「農民芸術概論」とか、羅須地人協会の仕事のような地道な実践家の面との両面がある。それが一方では夥しい詩となって溢れ、一方ではきびしく魂の浄化を求めるモラリストへと導いた。

小岩井農場に賢治がみるものも、一方では農業経宮の理想郷であったり、一方では黙々と働く悲しい顔の農夫の姿であったりする。現在では耕作は止め、牧畜や林業にしぼっているのだが、当時は賃金形態の耕作を行なっていたのであろう。農場に賢治がみるものは現実と夢の激しい相克そのものであるようだ。

わたくしは白い雑嚢をぶらさげて
きままな林務官のやうに
五月のきんいろの外光のなかで
口笛をふき歩調をふんでわるいだらうか
たのしい太陽系の春だ
みんなはしったりうたったり

はねあがったりするがいゝ

（パート四より）

こういう心もはずむような歌のあと、突如として冒頭の陰惨な風景が挿入される理由もわかるのだ。小岩井の姿は本当の解決でもなく、理想郷そのものでもありえない。賢治はよそ者であり、彷徨者に過ぎない。詩句を囲む括弧は、賢治がしばしば用いる手法で、意識の流れともいえる心象記録の作詩法からもたらされた間奏曲のようなものだ。それは意識の断層のなかに入りこんでくる第三の声で時にはそれが他人の会話であったり、内からの囁きであったり、我にかえったような内緒の声であったりする。その詩句のあとで賢治は再び

今日はさうでない
鞍掛山も光ってゐる

と歌わずにはおれなかった。括弧のなかは内面の修羅相であり、芸術家賢治の暗い霧の底に彷徨する姿そのものである。ベートーベンのあとに従う弟子達は、賢治の教え子達であろうか、或いは東北の農民達であろうか。或いは一群の芸術家達であろうか。おそらく賢治を含めた芸術家の一群であろう。そして、小岩井の風景はそういう賢治を明るい五月の光のなかに解放してくれる。賢治が表立って財閥経営のことに敢えて触れようとしなかった理由も、小岩井のこ

ういう面を大切にしておきたかった気持の表れではないか。

どうしてかわたくしはここらを
der heilige Punkt と
呼びたいやうな気がします
この冬だって耕耘部まで用事で来て
こゝいらの匂のいゝふぶきのなかで
なにとはなしに聖いこころもちがして
凍えさうになりながらいつまでもいつまでも
いったり来たりしてゐました

（パート九より）

小岩井農場は賢治にとって誰からも汚されたくない聖地とさえなるのである。「小岩井農場」が詩としては長過ぎてまとまりがなく冗長だという批評がある。パート八は今もって草稿は不明であるし、初版以後パート一、二、四など末尾の多くの行を賢治は抹消する気持であったようだ。全体の内容からいけば長きに過ぎるし、緊密さを欠いていることは疑いない。しかし、私は賢治の詩に関する限り長さのことは詩の価値に関することでないように思う。むしろ「小岩井農場」の全体の盛り上がりを幾分でも損なうものがあるとすれば、賢治が敢えて眼を伏せて触れまいとした財閥経営に対する複雑な彼の立場にあるのだと思う。東北の貧困は農村を救うため身を持って農民のなかに埋没しようとした賢治の態度を考えれば、いたずらに小岩井農場を謳歌できる筈はないではないか。

私は「小岩井農場」を仕上がりの完全さにみない。『春と修羅』の序で、

明暗交替のひとくさりづつ
そのとほりの心象スケッチです
（中　略）
たゞとにかく記録されたこれらのけしきは
記録されたそのとほりのこのけしきで

と賢治がいっている、その言葉そのものの忠実な実践という意味で私はこの詩を賢治の代表作の一つとするのだ。こういう態度が作詩法として好ましいかどうかということはもちろん問題があろう。しかし、この方法に賢治が詩を書かずにおれなかった内面の要請と密接に結びついており、賢治の才能と詩を開花させる最も相応しい方法に違いなかった。心象の記録は想像力とイメージの記録である。賢治は激しい表現欲求とそれを裏付けるだけの豊かなボキャブラリイと想像力に恵まれていた。無技巧的な賢治の詩が、技術的にも斬新な領域を開拓し得たと

いうことも当然なことであった。賢治は自然発生的な天才の一人だったのである。「小岩井農場」は、実験的な詩でもなければ完成された詩でもない。しかし、小岩井農場を媒介とした青春の魂の新鮮なきらめきに溢れている。現代小説を読むような鮮やかな心理の躍動を敷きつめている。

いまこそおれはさびしくない
たつたひとりで生きて行く
こんなきままなたましひと
たれがいつしよに行けようか
（パート四より）

小岩井は、農業技師としての賢治のためにではなく、むしろ孤独な青春の魂を解放させてくれる土地として存在した。

（天の微光にさだめなく
うかべる石をわがふめば
おゝユリア　しづくはいとゞ降りまさり
カシアペーアはめぐり行く）
（パート九より）

私にはユリアの意味はよくわからない。予言者 Elijah だろうか、urian（悪魔）だろうか、或いは uren（尿素）だろうか。しかし、この七、五調の軽快なリズムは楽しい。心もはずむような歌だ。

賢治は、心象スケッチ「春と修羅」を第四集までも書いた。「小岩井農場」が心象スケッチの忠実な実践であったとすれば、春と修羅という言葉に託した賢治のイメージも「小岩井農場」の心象風景のなかに伸び〲とした形で定着されている。詩集の題名となった「春と修羅(mental sketch modified)」という詩の主題である、

四月の気層のひかりの底を
唾《つばき》し　はぎしりゆききする
おれはひとりの修羅なのだ

という発想は、冒頭の「又ときどきひとり咆えながら」という主題と同じものだ。季節の春であり、また人生の青春でもある春を阿修羅と対比させた賢治の気持は痛切に共感される。春と修羅という言葉に賢治の青春の心象が見事に圧縮されているようにさえ思う。そして、修羅という意識は必然的に宗教的な救いの方向をそれ自身持つのである。賢治はやはり出発からき

びしいモラリストであったのだ。

もうけっしてさびしくはない
なんべんさびしくないと云ったところで
またさびしくなるのはきまっている
けれどもここはこれでいいのだ

（パート九より）

小岩井農場も賢治の孤独をますます研ぎすますばかりのようだ。結局はこうやって自分にさびしくないといい聞かせる外なかった。「小岩井農場」は、青春と青春が持つ歓びと、苦悩の溢れる記録である。modifyされていないありのままの心象の記録である。

終戦後間もない頃、谷川徹三の「雨ニモマケズ」というパンフレットのような本を読んだ記憶がある。この本は二十年六月の発行のようであるから終戦直前に書かれたものであるが、むしろ戦後の虚脱状態にあった人々の心に強い印象を与えたようだった。当時中学生だった私は、詩の面白さよりも思想の純粋さに強い感銘を受けたことを覚えている。しかし、賢治の生活や他の作品を知らなかった私は、本当にデクノボーになろうとしたら詩を書くこともあり得ないのではないか。書くという行為自身にすでに執着のいやらしさがあるのではないか、と反撥したことを思い出す。賢治のいう人間はむしろ全く埋もれた無名の人間のなかに見出されるわけで、賢治のように有名になること自身おかしいと思ったりした。
中村稔が『定本宮沢賢治』のなかで、「雨ニモマケズ」に触れ、「宮沢賢治のあらゆる著作の中でもっとも、とるにたらぬ作品のひとつであろうと思われる」とか、「この作品は賢治がふと書きおとした過失のように思われる」と書いたことは、一部に物議をかもし谷川徹三も早速これに反撥する文章を書いた。中島健蔵あたりも喧嘩両成敗の形で論争に加わったことも目新しい。

これは中村氏が純粋に詩の面からみようとし、谷川氏が思想の面からみたことも原因の一つになっている。私は「雨ニモマケズ」はある意味で完璧な思想を表現していると思う。寸分の隙もないといいたいくらいだ。この思想が、ユートピアを目指して精力的、献身的に働き、又夥しい創作活動をした賢治の態度からは後退であり、瀕死の病床におけるつぶやきであったことも疑いない。しかし、病床にありながら寸分の隙もない思想を書き上げたということは何を意味するであろうか。たんに過失であったとしても、それが賢治の本音であったことも疑えない。とすれば過失どころか、賢治が当然到達すべき思想の一方の極として理解すべきではないか。それはジョバンニやブスコーブドリとも切り離して考えられない。賢治は自分がデクノボーだといっているのではなく、デクノボーになりたい、といっているだけなのだ。

私は賢治の「雨ニモマケズ」を、彼の思想のネガティブな面の一方の極にあるものというように解釈する。修羅というような瞋恚の心があるからこそ、一方で完全な自己否定へと向かわざるを得なくなったのではないか。それはいくつかの童話にみられる自己犠牲のテーマにも歴然としている。

一方で、三井財閥によるヨーロッパ風の近代的農場に青春の魂を託して歌いあげるような夢があり、一方で東北の貧困な農村の現実に埋没しようとする自己犠牲の実践がある。どちらも自然ではなく平凡でもない。強い自信のあとにくる自己嫌悪、自己肯定と自己否定、夢と絶望、こういう振幅のアンビヴァランスを理解しなかったら賢治の全容を捉えることはできない。そうなると、「雨ニモマケズ」は、とるにたらぬ過失という評価とは別の角度から捉えねばならなくなる。

賢治は激しい野心家で自己執着の強烈な人間であったに違いない。それを最もよく知りそれを克服しようとした人間が賢治であった。賢治は夢や理想の強烈さに対応する自己嫌悪と自己否定の葛藤を経ねばならなかった。挫折感が深くなければあの発想はでてこない。「雨ニモマケズ」は疑いなく他の手帳の詩同様自らに語らずにおれなかった鎮魂の章である。それはまた、青春の賢治が自らを修羅と観じねばならなかったことの必然の道程のように思える。修羅を生き抜けなかった口惜しさを籠めた信仰の道程として「雨ニモマケズ」は書かれたのである。

「小岩井農場」も「雨ニモマケズ」も疑いなく同じ賢治の詩であり、動と静、表と裏、自己肯定と自己否足という相反する発想の遠さのなかにこそ賢治の詩の意義が見出される。修羅だけでも詩ではないし、デクノボーだけでも詩ではない。修羅が同時にデクノボーを指向し、デクノボーが同時に修羅を指向する。そこに賢治の詩が新鮮に私たちに語りかけてくる真実があるのだと思う。詩はたんに言葉の美学にあるのではなく、永遠に新しい人間の魂のドラマにあるのだと思う。

「暖流」’65年40／2月号

賢治の「青ひとのながれ」に触れて

宮沢賢治の十九歳の時の歌稿に「青ひとのながれ」と題した十首が見える。いくつか挙げてみる。

青じろき流れのなかを死人ながれ人々長きうでもて泳げり
溺れ行く人のいかりは青黒き霧とながれて人を灼くなり
あるときは青きうでもてむしりあふ流れのなかの青き亡者ら
青人のひとりははやく死人のたゞよへるせなをはみつくしたり

なんとも異様凄惨な地獄絵図が画かれている。この川を流れる青ひととは賢治にとって何を意味するのであろうか。同じ頃、親友保阪嘉内に宛てた手紙はもっと具体的にそのことを説明した内容である。

私の世界に黒い河がながれ、沢山の死人と青い生きた人とが流れ下って行きまする。青人は長い手を出して烈しくもがきますがながれて行きます。青人は長い手をのばし前に流れる人の足をつかみました。また髪の毛をつかみその人を溺らして自分は前に進みました。あるものは怒りに身をむしり早やそのなかばを食いました。溺れるものの怒りは黒い鉄の瓦斯となりその横を泳ぎ行くものをつ、みます。流れる人が私かどうかはまだよくわかりませんがとにかくそのとほりに感じます。

賢治はどうやらこの世の移り行く有様を、食いつ食われつ死へ向かって流れ行く青白い地獄絵そのものとして見つめたようである。それは貧しかった当時の東北の地と無縁ではなかったと思う。賢治は北上川と猿ヶ石川の合流地あたりをイギリス海岸と命名してその歌も作っている。

あをじろ干割れ　あおじろ干割れ
あをじろ干割れにおれのかげ
なみはあをざめ支流はそそぎ
たしかにここは修羅のなぎさ

青ひとの流れる川をこのイギリス海岸に擬することは正しくないであろう。しかしこの渚を修羅と観じた視線は地獄へ通じるものがあると見てよいと思う。青は賢治に終始通底する色であった。次の歌は大正三年と四年、賢治十代の歌である。

今日もまたこの青白き沈黙の波にひたりてひとりなやめり
あをあをと　なやめる空にたゞひとり　加里のほのほの白み燃えたる

青白き沈黙といい、あをあをとなやめるという心象はそのまま青ひとへと通じている。詩集『春と修羅』の冒頭の、

わたくしといふ現象は
仮定された交流電燈のひとつの青い照明です
（中略）
いかにもたしかにともりつづける
因果交流電燈の
ひとつの青い照明です

をみても、賢治の心象世界は青い照明そのものとして現れている。「いかりのにがさまた青さ」とか、「日輪青くかげろへば」などを見ても、日輪までが青く陽炎う。長くなるが妹とし子を悼んだ「オホーツク挽歌」の一部を挙げてみよう。

わびしい草穂のひかりのもや
緑青は水平線までうららかに延び
雲の累帯構造のつぎ目から
一きれのぞく天の青
たしかに胸は刺されてゐる
それらの二つの青いいろは
どちらもとし子のもってゐた特性だ
（中略）
わたしが樺太のひとのない海岸を
ひとり歩いたり疲れて睡ったりしてゐるとき
とし子はあの青いところのはてにゐて
なにをしてゐるのかわからない（以下略）

二人が青い心象で結びついているところが哀しい。

賢治は盛岡の高等農林を卒業する頃には、日蓮宗の国柱会に入会し、その後上京して猛烈な布教活動をしたり、夥しい童話などの創作活動に入っている。郷里に帰ってからは農業学校の教諭になり、農業の改革に打ち込んでいる。その激しい一生を見ると、青年時のこの世にそのまま地獄を見てしまった経験がこの世を救う力となって跳ね返ったことを思わせずにはおかない。青の世界に熱い灼熱の力を添えて行かねばならないのだ。

『銀河鉄道の夜』には、「見えない天の川のずうっと川下に青や橙やもうあらゆる光でちりばめられた十字架がまるで一本の木といふ風に風の中に川の中から立ってかがやき、その上には青白い雲がまるで環になって後光のやうにかかってゐるのでした。」という一節がある。賢治の心象はどこまでも青を主調としているようである。それは強烈な赤の世界に生きた茂吉とは鮮やかな対照をなしている。

「こだま」'11年11月号

茂吉と白秋――子規非詩人説をめぐって

子規は詩人ではないというような評価が、長い間存在していたことはよく知られている。たとえば、雑誌「日光」の昭和二年十二月号に載った蒲原有明と北原白秋の「ある日の閑談」には、有明の言葉として、「正岡子規は詩人ぢゃありませんや、改革者でさあ、どうしてまた白秋君がアルスに子規全集を出さしたかさっぱりわからない。」とか、「短歌も今のやうでは滅びますよ、写生一点張りではかうなるのは当然でせう。アララギがいけなかったのだ。第一、想像や幻想を排してどこに詩が匂って来ますかね。それに較べると明星の短歌革新は大したものでしたよ。」というような言葉が見える。巧緻な象徴主義的詩法を切り拓いた有明が、子規に対してこのような見方をするのも頷けるのであるが、白秋も我が意を得たように同調しているところが興味深い。雑誌「日光」が超党派的な集まりであったとはいえ、結果として反アララギの有力歌人を結集した一種の芸術派的主張の同人誌となったことを思えば、白秋の立場も当然といってよいのかもしれない。正岡子規を師と仰ぎ、終生畏敬して倦まなかった斎藤茂吉がこういう批判に対して激しく反撥したことも茂吉の性格からして当然のことであった。

「日光」の対談に対する茂吉の抗議は、昭和三年九月の「北原白秋の正岡子規評」という文章に見える。白秋は、弟の経営していたアルス書店から子規全集を出したことについて、有明から理解に苦しむというような難詰があったのに対して、大分不賛成であったが、短歌の第一の改革者だとか明治の詩人の第一人者だなどという広告文を見て心から公憤を感じ、アルスへ躍り込んでとうとう癇癪を爆発さしてしまったというような言い訳めいた発言をしている。茂吉は白秋のこの煮えきらない態度というかずるさというようなところを厳しく衝く。茂吉はアルス書店から大正十年、『正岡子規選集』を作って発行したり、大正十二年には『竹乃里歌全集』を発行している。全集にしても出るまでには数年はかかるはずであって、その間出版をとめようと思えばいくらでも出来たはずではないか、これまでに自分にむかって子規に対する批難を述べるようなことすら全くなかったではないか、いまになって子規を貶めるとは何事かというように追求するのである。そして、子規の精神を受け継ぐ根岸派の人達の努力に対して敬服する旨の与謝野寛の言葉を引き、「然らば、白秋氏の恩師である与謝野寛氏の言のごとくに、白秋氏は、正岡子規に対して、『十分に敬服』すべき条理であって、その大切な子規を、彼此と軽蔑し、彼此と悪口をいふがごときは、実に不届千万の行為と謂はざるべからざるものである。」と決めつけている。

茂吉はこの「北原白秋の正岡子規評」という文章を篋底《きょうてい》に秘め、ずっと後の昭和二十年まで発表しなかった。この文章の附記によると茂吉は、『歌檀萬覚帳』という中の「北原白秋君に与ふ」という文章をアララギ昭和三年四月号に発表し、そのなかで白秋が子規を、「茂吉君あたりのように盲信はしたくない」といっていることについて、盲信とは何であるか、僕のは盲信でなく正信である。盲信であるなら客観的証拠を見せてもらいたいと迫っている。この文章に白秋からの反応がなかったことは附記の、「正岡子規について勝手な放言を敢えてし、僕が論戦をいどむと知らん振して回避するのである。かういう態度を僕は弱者の態度とし、不埒な態度となすものである。併し遁走するものを追及するのも憫然《びんぜん》であるから、僕は白秋氏の文章に対する僕の考えを手記して置くこととしたのである。」という言葉から発表しなかった事情が窺える。

ここにあるように、茂吉は弱者に対する武士の情けで発表を踏みとどまったのであろうか。真相はそんな単純なことではないはずだ。茂吉と白秋とは出発時に互いに才能を敬愛しあう蜜月の時期を持った。大正十三年創刊された「日光」には、かつての盟友古泉千樫や石原純、それに俊英釈迢空がアララギを離れて参加している。大正十三年、外遊の帰途、養家の青山病院が全焼するという事件があったりして茂吉は病院再建に奔命せねばならなかった。昭和三年には茂吉が病院長になり、再建も軌道に乗るようになったとはいえ、単純に論争を仕掛けられるような事情にはなかったというのが真相であろう。しかし、私生活の上では妻てる子との間に内攻する葛藤があったりなどして、この時期の茂吉には鬱屈する憤懣が煮えたぎっていたのではなかろうか。昭和三年の石榑茂との論争、昭和五年の太田水穂との論争などに示した激烈な闘争心は、茂吉の中に鬱屈していたものの大きさを示してあまりあると思う。

「北原白秋の正岡子規評」は昭和二十年四月の『文学直路』に発表されたが、そこにはもう一つ子規非詩人説を取り上げた「正岡子規のこと二三」という執筆年次未詳の文章が発表されている。この文章は長崎時代の小帳面にいくつか書き記されていた正岡子規に関する世評というようなものを問題としたもので、その時代から二十数年が過ぎてしまったと書いているから、昭和十年代の後半に書かれたものであろう。この文章で茂吉は、大正六年十二月号の「帝国文学」に載った匿名子の、「蕪村夢物語を読む」というなかの、「そもそも子規は詩人にあらずして事業家であった。」という文章などに反論しているのであるが、ここでの茂吉の論理は比較的冷静で十分説得力をもっている。茂吉は子規の仕事を文学史の上で評価してみて、「子規をば『詩人』とみなして差し支えないと信ずる」と言い切る。茂吉はまた、「由来『詩人』といふ資格のものは、神来とか天来とか、創造的神来(Schöpferische Inspiration)とか、時には神的精神変(Göttliche Verrückung)などといふ程、詩人の精神状態に重きを置いたものである。これは西洋の詩論を見ても、支那の文芸の論を見ても同様である。特に支那の書には、さういふ方面の好い語に満ちてゐるが、斯くの如くに勿体を附けて、詩人の位を高めよう高めようとしたものである。永遠、無窮、神秘、深刻等を暗指するには、どうしてもさういふ勿体を附ける必要があったのである。中世和歌の幽玄・有心など、それから芭蕉のさび・しをり等々にもさういふ傾向があり、新派和歌の浪漫的製作にも亦さういふ傾向があった。然るに子規は平然としてそんな事に拘泥しなかった。」というように述べ、神秘とか神来とかいうものに詩人の資格をみる立場から子規を評して詩人でないといったとすれば、むしろ当然であり、詩人でないと言われたことはむしろ子規にとって幸福であったといわねばならないとまで言う。茂吉は直截に心を陳べ、物を写す立場の子規が、いわゆる浪漫的な詩人の見地からみて否定さるべきことを充分承知しているのである。それにもかかわらず茂吉が子規を詩人であると断じて一歩も退かない所以のものは、子規の作品に対する絶対の信頼にあった。態度方法ではなくて出来上がった作品の評価の上に立っているので、茂吉の論には説得力がある。茂吉は浪漫主義的意味の詩よりも写実的な詩に強さを認めたのである。

子規自身も自らの立場を浪漫的精神と相容れないものと考えていたことは注目しておいてよいであろう。『墨汁一滴』の、「去年の夏頃ある雑誌に短歌の事を論じて鉄幹子規と竝記し両者同一趣味なる如くいへり。吾れ以為へらく両者の短歌全く標準を異にす。鉄幹是ならば子規非なり。子規是ならば鉄幹非なり。鉄幹と子規とは竝称すべき者にあらず。」という有名な子規鉄幹不可並称論にそのことをはっきりと読み取ることが出来る。「明星」には自我の解放、個性の発揮、独創の尊重というようなロマン主義に本質的なものがすべて揃っていたのである。

茂吉の最初の文章では白秋に対する感情的反撥があらわであったが、この文章では子規の写生とは異なる浪漫的立場の詩があることを認めた上で子規の立場を擁護しているのである。

＊　＊

私は茂吉と白秋とは蜜月の時期があったというように述べたが、この辺のことは柴生田稔の『斎藤茂吉伝』にも詳しい。大正元年九月号の白秋主宰「朱欒《ザンボア》」には茂吉の「蔵王山」十七首が載り、二年一月号にも茂吉の「冬来」十八首が載った。白秋と茂吉とは鴎外の観潮楼歌会に明治四十二年には共に出席していて相識の間柄であった。大正三年の白秋宛茂吉の年賀状には、「あの日は何とも忘れることの出来ない日でありました、あれから貴君の作拝読しました。そして一つ一つ小生も膨大します。」「小生も何とかして歩みたいとおもひますがどうか見棄てずに下さい。」というような文言がみえる。

『赤光』を寄贈された白秋は大正二年十一月十七日付で、「赤光拝誦、涙こぼれむばかりに存候。純朴不二、信実にして而かも人間の味ひふるき兄が近業のごとき当代にまたとあるべくも無之候。兄は万葉以来の人、赤光は礼拝仕るべき歌集なり。小生ごとき不純鈍才の徒は寧ろ慚死すべきのみ。幸に御自愛下されたく候。なほあらためて心より真実なる尊敬を兄にささぐ。以後深く兄に親しみたし。無礼御ゆるし下され度候。」というような礼状を送っている。これに対して茂吉は大正二年十二月三日付葉書で、「御来書ニ接シ候ヘシトキ嬉シクテ涙落チ申候、今迄ヒソカニ敬礼絶エザル貴堂ニ賞メラレ候ヘシトキノ小生ノ心御推察下サレタク候、小生モ仰セノゴトク地上巡礼ノ心ヲ持シテトホクトホク行クベク候、コノ念常ニ焚焼シテ止マズ候」というような感激の言葉を返している。白秋は『赤光』の茂吉に驚嘆し、茂吉も白秋の歌に心を奪われている。「二ヶ月に亘って連載された文章世界数十首とアララギの一ページ分の歌は近来僕の賛嘆して読んだものである。」（「アララギ」大正三年九月号歌評）とか、「御近作小生賛嘆します、なぜ、かういふ潜光があるものを御詠みになるかといろいろ考へてゐます」（白秋宛大正三年八月七日付はがき）という言葉には白秋の絢爛たる才能に眩暈を感じている茂吉がみえる。

茂吉が白秋の、「海に来てわれがこの世のうつそみの愛惜しき魔羅を悲しみにけり」の歌を、「詠まんとした際の刹那のこの作者の心はすでに純一不二の原人の心に帰している」（「アララギ」大正三年三月号）として弁護したことはよく知られている。茂吉と白秋との文通は少なくとも全集でみる限り、大正五年の終わりまで続いているのである。茂吉の「白秋君」（大正八年）という随筆には、「日本人が富士を自慢して、おなじく白秋君を自慢してもいいと思ふ」「富士はうぶで、秀麗で、処女の乳房で、愛鷹足柄《あしたかあしがら》の連山が日光をうけ其の山襞《やまひだ》の光輝と陰影との交錯からくる動運の相とはちがふ。白秋君の芸術はいかにしても富士の秀麗である。」とまで白秋の芸術を認めている。

初版『赤光』の茂吉が、白秋や杢太郎の強い影響下にあったことは周知の事実であるが、私には茂吉のカオスの中には浪漫的感受性が色濃く疼いていたことも確かなことのように思える。短歌写生の説の確立によって茂吉はそういう曖昧なもの、模糊としたものを含み持つ象徴の世界を切り捨てようとしたのであったが、異様な想像力はしばしば露頭して茂吉短歌の魅力を形作っていることはつとに指摘されてきているとおりである。しかし、そうはいっても、写生を深めていった茂吉が、才能をあらゆる分野に濫費していった白秋の詩境から離れていったのは当然であった。

昭和十二年に書かれた「白秋君の歌を評す」では、「葉はこみて見のこまごまとある枝のかへでの日ざし風きざむなり」という歌を細かく検討した上で、「かういふものは『幽玄のあそび』とも名づくべき一種の『あそび』で、自己・万有に徹する表現では無いのである。」というように言う。茂吉は歌のまずさに気乗りがしないことおびただしいと言い。いかにもうんざりといった様子である。昭和十六年の「白秋君の近作」では、「杖立てて頤もたせてあるあひだ我が聴く花や幽けく止まむ」という歌を取り上げ、「率直にいふと、名人的気質ぷんぷんたる語気で、それも生気でも充満してゐるのならまだしも、ねむ相に眼をうるませてゐると謂ったありさまであって見れば、僕らには既に堪へがたいのである。」とまで述べる。

写実主義があくまで現実に即こうとするのに対して、ロマン主義は多かれ少なかれ現実からの脱出の願望と、より自由な高みへの憧れを持っている。白秋の創刊した「多磨」の綱領には、「多磨の期するところは何か。浪漫精神の復興である。『詩』への更正である。日本に於ける第四の象徴運動である。近代の新幽玄体の樹立である。正統を継ぐ芸術良心のひたむきな純一への集中である。」というように書かれているが、ここには白秋の立場がはっきりと示されている。白秋によると、日本における象徴運動の最初は新古今であり、第二に芭蕉、第三番目は「明星」であって、自分らはその第四番目に位置するというのである。ここでは浪漫主義と象徴主義が同義に扱われているが。形而下的現実ではない形而上的な観念なり情緒は象徴主義によってのみ表現されると見るわけである。

白秋が上田敏訳などによってフランスサンボリズムの影響を強く受けていたことは、『邪宗門』の扉銘の、

ここ過ぎて曲節《メロデア》の悩《なや》みのむれに
ここ過ぎて官能《くわんのう》の愉楽のそのに
ここ過ぎて神経のにがき魔睡《ますゐ》に

という『神曲』をパロディ化した表現からも読み取ることが出来よう。『邪宗門』序の、「我等は神秘を尚び、夢幻を歎び、そが腐乱したる頽唐の紅を慕ふ」という言葉にも白秋が受けたサンボリスムの影響があらわである。

白秋の官能の世界には、『思い出』にあるような稠密な感官の饗宴があるが、どちらかといえば白秋の資質には血の気の多い南国の明るく健康な生の賛歌があった。しかし、一方で『水墨集』や『黒檜』の冷え寂びた世界があるかと思うと『白金之独楽』の宗教的な世界があり、おびただしい童謡にみられる童心無垢な世界があって、白秋は不思議な振幅を持った存在である。白秋の本質は何かといえば、これら多彩な領域を自在に歌いこなしてしまう言葉の操り手

としての類いまれな才能というしかないように思える。そのことは吉田一穂が、「浪漫主義の特質はリリシズムにあるので、その感情集中説は音律効果と相伴って完成する。何人の追従もゆるさぬ白秋の音律的言語感覚は、その抒情詩において完く、その才能のゆえにユニークな存在たらしめた。」(『白秋叙情詩抄』解説)というように的確に指摘している。

官能に調律された音律的言語感覚こそ白秋を白秋たらしめた所以のものであったと思う。茂吉が幻惑された白秋の魅力もそこにあったのであり、またそこに茂吉を白秋から訣別させた所以があったのである。茂吉があくまでも命の直截さに即こうとするのに対して、白秋は調子や口調といった音律の方へ身をかわしてしまう。音楽の方へ流されてしばしば甘美な調子の方へ逃げてしまう弱さがあった。茂吉は写生に徹することによって、白秋の甘さを克服したといってよい。白秋の作品は『真珠抄』『海豹と雲』などに秀作はかくれもないが、全体として現在読み通すのに退屈であることは否定出来ない。

＊　＊

子規非詩人説の根拠は「想像や幻覚を排してどこに詩が匂ってくるか」ということにあった。自然の事物をありのままに写生することが何故詩となるのか、ということは誰しもが抱く素朴な疑問であろう。われわれは詩というものにロマン主義的な先入観を持っている。しかしそれは正しいのであろうか。子規や茂吉が写生を説いたのは、俳句や歌の鑑賞や実作を通じて写生的な作品の美としての堅固さに確信を抱いた故であった。われわれも子規や虚子の写生的な作品のいくつかを日本の詩歌の達成の一つの典型として認めることにやぶさかではない。浪漫的でない故に詩ではないとは言えないのである。

茂吉は鴎外の『審美綱領』に、「詩は空想の芸術なり」と明確に断定してあることに対して、非空想といわれる写生の実行者として苦しい弁明を書いている。芸術が創造である限り、空想的創造ということが必要となるのであって、文学芸術を論ずるのに空想を除去して論は成立しなくなるという結論は否定し得ないと茂吉は認める。しからば非空想派の写生実行派は空想派の前に敗北したかというと、そうではないと茂吉はいう。「この事たるや、論にあらずして『実情』である。」(『短歌初学問』)といい、空想に直感的(観照的)空想と産出的空想があって、産出的(創造的)高空想も直感的空想なしには成立しないという。創造も観照なしには出来ないというように観照にまで空想の範囲を拡大しているところは興味深い。茂吉の結論は、「文学芸術、特に歌壇俳壇に於て、天来といふことと空想といふこととに陶酔し、不意識のうちに陥った状態の歴史を顧慮し、寧ろ、おのづからなる非空想の真率に即くべきである。」というものである。白秋等の浪漫的作品が詩として自分等の写生的作品の強さにまで達していない、浪漫主義が現状でそういう甘く脆弱な詩でしかないとしたら、むしろ空想を排した写実的作品に即いた方がよいというのである。

子規は写生を説いたが、想像力自体を否定したわけではない。『俳諧大要』で子規が、「空想と写実と合同した一種非空非実の大文学を製出せざるべからず。」と説いたことはよく知られているが、子規は空想と写実を合同した大文学を作ろうとはしなかった。それは子規に、「空想より得たる句は最美ならざれば最拙なり。」(『俳諧大要』)とか、「写生の弊害を言へば、勿論いろいろの弊害もあらうけれど、今日実際に当てはめて見ても、理想の弊害ほど甚だしくはないやうに思ふ。」(『病牀六尺』)というような現実的な認識があったからである。病弱の子規は危険を冒してまで大文学を創ろうとしなかったまでであり、そこに子規の凡人主義、八十点主義が生まれる。「実景を直写し天然を模倣して豪も修飾を加へざる者は、多少の欠点無きに非るも最下等に落つること無し。」(『俳反故籠』)とか、「実景を写して最美なるは猶得難けれど、第二流の句は最も得易し。」(『俳諧大要』)というような実利主義があったのである。しかし、そこから子規は「写生は平淡である代わりにさる仕損じは無いのである。さうして平淡の中に至味を寓するものに至っては、其妙実に言ふ可からざるものがある。」(『病牀六尺』)という有名な一節の示す境地にまで達することが出来たのであった。

子規のこのような理想の敬遠、空想からの撤退は、子規には想像力がないというような定見をもたらしたように見える。たとえば、ドナルド・キーン氏の、「子規は詩に対して敏感ではあったが、その精神は本質的には詩的なものと言いがたい。彼には想像力が不足し、感情を表わすことを嫌った。」(『日本の文学』解説)というような見方は、明らかに子規非詩人説の延長線上にあって、かなり辛辣である。詩的精神—浪漫性—想像力—感情表出というような短絡的な見方が根底にあるからこのような評価となると思われる。

私は「子規浄土」で、子規の心象喚起力の強大さをいい、そのことを旺盛な想像力の所産であるというように述べた。それは茂吉が空想に観照的と創造的の二つがあると言ったことと関連する。子規の二万を越える俳句作品のうちで眼前即事の写生の句はその何分の一にも満たないであろう。子規は病床にあっても、頭の中で自在に山野を駆け巡って俳句を生み続けた。詩的心象を俳句の形で取り出すことにおいて、子規ほど多産であった作者は見当たらない。それにもかかわらず、子規に想像力の貧困をいうのは何故であろうか。それは想像力を称して現実にありえない架空の事物を心象し、創造する能力というように解するからに他ならない。子規はかつて経験した事物や、現実にあり得る事物を心象として再現した。記憶力の延長である観照的な経験を再現したに過ぎない意味があった。頭の中で作っても醒めたリアリストの眼が虚構を排除してしまうのである。しかし、経験の再現であるにしろ、それを心象として喚起する能力において、子規が異常な力を示したことは認めぬわけにはいかないであろう。経験の鮮度は異常な記憶力と相まって的確な表現を可能としたように見える。

リアリスト子規の想像力はこのように現実の真を超えて飛躍できない次元に留まっているように見えるが、子規の作品の中に浪漫的な空想がみられないわけではない。明治三十年に書かれた小説「花枕」は、天上から地上の花園に降り立った神の子と地上の貧しい少女の物語である。天上へ連れて行かれる少女が、妹も一緒に連れて行きたいと地上に降りようとして夢から醒めるところなど鮮やかなほどに美しい。しかし、この小説を読むと、子規がこのような甘美な空想の世界から離れてしまった理由も見えてくる気がする。それがどんなに美しくとも、子規にはこのような拵えものの弱さに熱中できなかったろう。

子規が非空非実の大文学を夢み、想像力の必要を感じていたことは、明らかに西欧文学、とりわけイギリスロマン派の作品に触れていたことと関係するように思われる。子規の蔵書のpoetry の部には、

「Colerides poetical　Works」
[Shelleys poetical　Works]
[Byonns works]
[Poetical　Works　of　Wordsworth]

というようなロマン派の詩書があり、他にテニスンやミルトンの著作も見られる。盟友漱石と違って、俳諧に凝って大学を落第したような子規であったから、こういう原書をどれだけ読みこなしたかは疑問であるが、松井利彦氏の調査にあるように、子規はスペンサーを多少なりと読みこなしている。漱石の影響もあるはずであるし、こういうロマン派の原書くらいは敏感に読み取っていたのではないか。それでなければ「花枕」のような小説を書くことはなかったであろう。「花枕」が欧米の小説の翻案ではないかという批評に対して子規がむきになって抗議

するようなこともあった。ロマン派の影響は透谷や藤村に顕著であり、宮崎湖処子や国木田独歩のワーズワースの影響は知られている。樗牛にはドイツロマン派のニーチェの影響などもみられる。

このようにロマン派の影響の著しい時期を共有したとはいえ、子規は自らの写生の立場に踏みとどまった。そして、結果として子規の実践は、虚子の俳句や茂吉の短歌に引き継がれて、伝統詩を近代に蘇生させる役割を果たしたのである。

浪漫的でない写実的な子規の詩法が何故それだけの影響を持ったのであろうか。それは別個な大きな問題なので、ここでは子規と同時代のイマジスム運動について少し触れてみたい。

アメリカに、T・E・ヒューム、エズラ・パウンド、フリント等によるイマジスム運動が起こり、現代詩に深刻な影響を与えたことはよく知られている。フリントが「イマジスム」というエッセイを発表したのは一九一三年であった。それは丁度子規が亡くなって十年後にあたっている。このエッセイには三つのルールが紹介されているが、それは次の、

一、主観的であると客観的であるとを問わず、物　を直接に扱うこと。

二、ものの呈示に貢献しない言葉は絶対に使わないこと。

三、リズムに関しては、紋切り型の定型詩ではなく音楽的に構成を行うこと。

であった。パウンドは「イマジスムべからず集」で、「イメージとは知的情緒的複合物を瞬時に現出させるものである。」とか、「何冊かの本を仕上げるより、一生に一つでも真のイメージを造り出す方が良いことだ。」などと言っている。一九一五年のイマジスムのアンソロジイには、改めて六つの原則が示されているが、当初の趣旨は変わっていない。

私はこの中の、物を直接に扱うことや、物の呈示に貢献しない言葉は使わないという点に注目する。これは驚くほど子規の写生の主張と触れ合うものに思える。前世紀初頭、時代は物の確かな手ごたえを求めていたのである。

「こだま」'05年11月12月1月号

昼の螢——茂吉・白秋・芭蕉

『赤光』初版に「蛍」の題の下に「昼見れば首筋あかき蛍かな　芭蕉」という句を添え、

蚕の室《こへや》に放ちしほたるあかねさす昼なりければ首は赤しも

という歌がおかれている。改選『赤光』では「蛍と蜻蛉」という題に変えられ、芭蕉の句は外されており、歌も下句が「昼なりしかば首すぢあかし」と直されている。『あらたま』の

草づたふ朝の蛍よみじかかるわれのいのちを死なしむなゆめ

の歌も、夜が明けたあとの蛍を歌ったよく知られた歌である。その歌を茂吉は、「朝草のうへに、首の赤い蛍が歩いてゐる。夜光る蛍とは別様にやはりあはれなものである。ああ朝の蛍よ、汝

とても短い運命の持主であらうが、私もまた所詮短命者の列から免がれがたいものである。されば汝と相見るこの私の命をさしあたって死なしめてはならぬ（活かしてほしい）といふぐらゐの歌である。」（『作歌四十年』）というように自解している。

蛍の赤い首筋を歌ったものとしては北原白秋の『思い出』（明治四十四年）の序詩がよく知られている。最初の一連に、

思ひ出は首すぢの赤い蛍の
午後のおぼつかない触覚《てざはり》のやうに
ふうわりと青みを帯びた
光るとも見えぬ光？

とあり、『思ひ出』には外にも「蛍」という詩があって、

そなたの首は骨牌《トランプ》の
赤いヂャックの帽子かな
光るともなきその尻は
感冒《かぜ》のここちにほの青し

しをれはてたる幽霊か。

という詩行がみえる。蛍といえば夜光る蛍火だけが取り上げられていて、昼の蛍を詠んだ例はほとんどみられないのに、この近代詩歌の巨人ともいうべき二人が相前後して蛍の赤い首筋を取り上げているところが私にはとりわけ興味をそそられる。蛍の姿の赤と黒の対象はこうして詩歌に取り上げられてみると近代的な鮮らしさをもって訴えてくるものをもっている。

茂吉の作は明治三十九年作とされているが、『赤光』初版は大正二年である。二人は明治四十二年には鴎外の観潮楼歌会で同席していて、大正元年の白秋主宰「朱欒《ザンボア》」には茂吉の「蔵王山」十七首、二年には「冬来」十八首が載っている。大正始めには二人は熱烈な書簡のやりとりをしており、茂吉と白秋とは蜜月の時期を持ったのである。そういう二人の関係を思うと赤い蛍の首筋の出現は偶然の一致ではないようにも思える。しかし、茂吉は自らの処女歌集に『赤光』と名付けたように、日輪の赤さに象徴される赤色をとくに好んで『赤光』にもさまざまの赤を詠んでいる。蛍の赤い首筋を詠んでも決して不思議ではないのである。たとえば、

のど赤き玄鳥《つばくらめ》ふたつ屋梁《はり》にゐて足乳《たらち》ねの母は死にたまふなり

くれなゐの鶴のあたまを見るゆえに狂人守《きやうじんもり》をかなしみにけり
（に見入りつつ）

というような作品をあげるまでもなく茂吉の赤には秀作が多い。私は少くとも茂吉の蛍は白秋と関係なく詠まれたのではないかと想像する。『赤光』を出すときすでに『思ひ出』は広く世に受け容れられていた。茂吉が首筋赤い蛍を出すにあたってあえて芭蕉句を題と一緒に掲げたのは白秋と別の次元でこれが発想されたものであることを示したかった故ではなかろうか。

ところで茂吉が引いている芭蕉の句は現在芭蕉の作とは確定されておらず存疑の部に入っている。『芭蕉句選』（一七三九）『芭蕉翁発句集』（一七七四）などいくつかに収められているが、これらが没後かなりたって出版されたものであり、真蹟が発見されていないというのが理由であろう。この句があまり問題とされないのはそういうことばかりでなしに、句として高く評価し得ないということも原因ではないかと思われる。句としてみると、あたり前のことをあたり前に素直に詠んでいるだけである。芭蕉ならずとも詠める。あえていえば稚拙ともいえる句である。しかしはたしてそうであろうか。そう簡単に片付けてしまってよいであろうか。ここには疑いなく蛍を題材として詠んできた伝統的な既成概念をくつがえすだけの発見がある。この発見と意外性はそれ自身新鮮である。こういう感覚的な発想は芭蕉ならずとも詠みうるといえるけれども、芭蕉が詠んだとしても不思議ではない。茂吉ならずともとびつくだけの発見がある。

近世の発句に蛍を詠んだものはおびただしい数にのぼるが昼の蛍はほとんどみられない。よく知られたものとしては言水の、

牛部屋に昼見る草の蛍かな

があるくらいである。この句は牛を飼っている家の一隅の牛部屋に飼料の草が積まれていて、その草にたまたまとまっていた蛍を詠んでいる。具象感が濃密で秀作であろう。芭蕉の句の弱さはそういう状況の設定がないところにある。そのかわりずばりと首筋の赤さを捉えた、近代と直結する把握があって私には捨てがたい。芭蕉かどうかは別として記憶にとどめておくべき作品であることは間違いない。

『赤光』の茂吉の蛍の題の歌にはもう一首、

蚊帳のなかに放ちし蛍夕《ゆふ》さればおのれ光りて飛びそめにけり

という歌があるが、「蚕の室」の方がずっとよい。芭蕉の句と並べると短歌と俳句の違いがあるとはいえやはり茂吉の歌に軍配が上がるようである。

「雷魚」'94年6月25号

明恵・文覚・茂吉

私の気になっている茂吉の歌に、最晩年の昭和二十五年春に詠まれた、

辛うじて不犯《ふぼん》の生《せい》を終はらむとしたる明恵《みやうゑ》がまなかひに見ゆ

というのがある。茂吉はこの歌の作られる前年、『茂吉小話』のなかで、「明恵上人臨終」という文章を三回にわたって書いている。しかもそのあとさらに「不犯」と題して一生不犯を貫いた明恵上人について触れている。茂吉は、「明恵上人臨終記」を二回にわたって写しとるとともに、「必死の定業をば仏も救ひ給はず」という明恵の言葉を引いて、「明恵上人の死は、おのづからなる帰結であった。『決定して疑なき』ものであった。疑なきものであるから、心残りなどといふものは無かった。」と書く。明恵の最期が、「其形チ歓喜ノ粧ヒニ住シ微咲ヲ含メルガ如シ」という容子であったことを思えば、茂吉としてこのように書く他はなかったであろ

う。しかし、茂吉の関心は明恵が平安に死を受け容れようとしているところにあったのではない。茂吉は明恵が一生不犯を貫いたところに異常な関心を寄せているのである。茂吉は、『栂尾明恵上人伝記』の、「上人常に語り給ひしは、『幼少の時より貴き僧に成らん事を恋願《こひねが》ひしかば、一生不犯《ふぼん》にて清浄《しやうじやう》ならん事を思ひき。然るに何《いか》なる魔の託するにか有りけん。度《ど》々に既に婬事を犯さんとする便り有りしに、不思議の妨げありて、打さまし打さましして終《つい》に志を遂げざりき』と云々」というところを引いて、「不思議の妨げ」ということはまことに面白いことで、上人からみればこの妨げは仏の加被であったかもしれないといい、「人間の色欲は、強劇なる衝動だからである。上下無差別の衝動だからである。」と書く。茂吉は明恵のような高僧でも他動的な妨げさえなければ婬欲の誘惑に負けていたかもしれないというところにわが意を得たように共感しているのである。「不犯」という文章でもこのところをさらに敷衍して、明恵は「その時妨害が入らなかったならば、楽《らく》々と婬事が出来たということである。明恵のやうなきびしい修業の人にも、婬事というものはかくの如き性質のものだといふことが分かる。」と述べ、人間における性衝動の劇しさを改めて強調して自ら納得している。そして、仏弟子優婆崛多《うばくった》が急流で溺れかけている女を救い、その女の美しさに迷って犯そうとしたところ、よくみるとその女は師の尊者であったという仏教説話を引き、避けがたい女犯の機会が多いことを述べている。そういえば茂吉も永井ふさ子との間に激しい愛欲への惑溺を経験している。この恋愛をひた隠しに隠したところに茂吉は何ほどかの心の負い目を持ち続けたのであろう。明恵を論じた文章になにほどかの自己弁護の趣を感じるのもその故なのであろう。

茂吉は『白き山』の昭和二十一年に、

戒律《かいりつ》を守りし尼《あま》の命終《みやうじゆう》にあらはれたりしまぼろしあはれ

という歌を作っている。これは『古今著聞集』の「興言利口、第廿五」、「南都一生不犯尼臨終不唱念仏事」という説話を詠んだもので、とりたてて悪い評判もなく、戒律を守って一生不犯を貫いた尼が、いよいよ最期が近付いて僧が念仏をすすめると、念仏はしなくて「まらがくるぞやく〵」といって終ったというものである。興言利口は座興の艶笑談に過ぎないが、茂吉はこの尼の心情にいたく愛憐の情を寄せている。茂吉が一生不犯の明恵の臨終記を委細に引き写したということは、あるいは明恵にもそのような妄想を垣間見ることができるかもしれないという期待があったのであろうか。茂吉のように性への関心がことのほか強い人間が戒律を守って一生不犯を通したということに強い関心を寄せるのはよくわかる。しかし、一生不犯といっても女性の場合と男性のそれとでは意味する重さがまったくといってよいほど違っている。茂吉自身が書いているように、男性が女犯をしないということの方がはるかに困難で強い意志力を必要とする。明恵の場合でさえ仏の加護なしにはあり得なかったのである。仏教史家の辻善之助は日本歴史の著名な高僧のうちで真に一生不犯を貫いた清僧は誰かという問いに対して、一人明恵をあげたという。仏教といっても「婆子焼庵《ばすしょうあん》」の公案に対して一休のように「今夜美人、若《も》し、我れを約《やく》せば、枯楊《こよう》春老いて、更に稊《ひこばえ》を生ぜん」と答える師家もあれば「末法燈明記」のような徹底した戒律否定を説く考え方もある。仏教では女犯戒そのものに寛容なのである。

茂吉は明恵の臨終記を読み、改めて明恵の信仰の純粋さとひたむきな生き方を確認したのであろう。茂吉がまなかいにみた明恵は妄想を口走る尼とは違って、「歓喜ノ粧ヒニ住シ微咲ヲ含メル」清らかな明恵であった。「我、宿善により諸仏菩薩の御たすけにより、聖教の宗旨に迷なく、如来の本意をたづねえたり。さらに末世のうらみなし」（「高山寺明恵上人行状」）という明思に妄想などおこりうべくもないのである。しかし茂吉のみた明恵はただそれだけであろうか。私は「辛うじて不犯の生を終はらむと」という「辛うじて」という言葉になにか引っ掛かるものを感じる。明恵が自分の立場で「辛うじて」というのなら謙譲の言葉としてよく理解できるが、第三者が辛うじてと表現するのは相応しいと思えない。明恵への賛嘆だけではない自分に引き寄せた明恵像を茂吉はつくっていないであろうか。

白洲正子氏の『明恵上人』に、高山寺に伝わる「華厳縁起」の詳しい紹介がみえる。これは「華厳宗祖師伝」とも呼ばれる絵巻物で、新羅の僧義湘と元暁の修行と徳行を画いたものである。義湘はたいへん秀才できれいな坊さんであったが、教えを求めて唐へ行こうとし、「唐の津」で物乞いをしている時善妙という美しい娘と会う。善妙は美しい善湘にひと目で恋をしてしまい、こんなことをいう。

善妙これをみて、こひ（媚）たるまゆ（眉）をあげ、巧みなるこえ（声）をいたして、法師にまふしていはく。法師たかく欲境をい（出）てて、ひろく法界を利す。きよくその徳を渇仰したてまつるに、なを色欲の執着おさえがたし、法師のかたちをみたてまつるに、わかこころたちまちにうつりうこ（動）く。ねがはくハ、慈悲をたれて、わが妄情をとけしめたまへ。

義湘はこんな誘惑に負けなかった。慈悲のまなざしで、「わたしは衆生のため、仏道に命を捧げた身の上である。色欲の世界は、とうの昔に捨て去っているのだから、あなたの恋を叶えてあげるわけには行かぬ。ただわたしの功徳だけを信じて、わたしのことはあきらめてくれ。くれぐれも、望みにそえないことを恨んでくれるな。」（『明恵上人』）というように答える。この言葉に善妙は深く慚愧し、忽ち道心を起こして仏法に帰依することを誓う。義湘はその後長安へ行き仏法の奥義を極めて帰ることになるが、港の近くで嵐に会い難破しそうになる。迎えに出た善妙は竜と化し、竜頭の大船となって船を救うというところで終わっている。「華厳絵巻」は明恵が絵師に画かせたもので元暁の顔は明恵そっくりのようであるし、高雄や栂尾あたりの山が絵に現れているようである。私が唐突にこの絵巻を持ち出したのは、白洲正子氏がいうように、明恵が義湘のような経験をいくたびか待ったのではないかということである。明恵は美貌ゆえに女の信者に慕われたようで、とりわけ承久の乱後肉親を失った女性達が大勢高山寺に集まったという。高山寺には善妙神という湛慶の彫像もあり、明恵はまた承久の乱で刑死した中御門宗行の夫人の発願で善妙寺を開いている。明恵の夢の記にも陶器が変じて生身の善妙が現れる夢が出てくる。明恵は「仏眼仏母像」に、

モロトモニアハレトヲボセミ仏ヨキミヨリホカニシル人モナシ　無耳法師之母御前也

と書き、さらに、

哀愍《あいみん》我、生々世々不暫離
母御前
南無母御前〳〵
釈迦如来滅後遺法御愛子成弁紀州山中乞者敬白

というような賛も書いている。明恵の善妙によせる思いや、母を慕う思いには憧憬に近いものさえ感じさせる。せつないまでに女人への思慕がみられるのである。

明恵の女人への思慕は釈迦如来と表裏をなすほどに純化し、高められたものである。明恵は

釈尊の遺跡を慕って天竺に渡る計画を樹てるほどに釈迦への帰依は純粋であった。そして、現実の色身への欲念を断つために実に厳しい修行を自らに課した。高雄の神護寺に騒がしいことがあると故郷の白上へ逃れて草庵で坐禅に明け暮れたり、高雄から栂尾へ移っても、「後の山に入り、木の下、石の上、木の空《うつぼ》、巌窟《いはあな》などに、終日終夜《ひねもすよもすがら》坐し給へり、『すべて此の山の中に、面《おもて》の一尺ともある石に我が坐せぬはよもあらじ』とぞ仰せられける。」（『栂尾明恵上人伝記』）というほどであった。有名な樹上坐禅像はそういう明恵を画いて尊い。美貌だった明恵が、四歳の時僧になりたくて縁側から落ちようとしたり、火箸を顔にあてようとしたことや、白上に籠った二十三、四歳の頃、自ら耳を切ってしまったのも驕心を起こす誘惑の機会を遠ざけようとする気持から出たものであった。

明恵はこのような想念との葛藤を経て女人への想いを大慈大悲で包むような清らかな澄明さへと昇華させたのである。明恵の不犯は現象的には辛うじて遂げられたものかもしれない。しかし明恵にとってそれは仏の加護によってついに身を清く保つことができたという限りなき法悦感謝の気持に満たされたものであったろう。明恵の心に一点の濁りでもある限り、多くの不幸な女人が帰依し、慕うというようなことはなかったであろう。私には明恵の信仰はそれほどに純粋でひたむきなものに思える。

＊　　＊

東京府巣鴨病院の医局員らが大正四年一月から七月にかけて書いた「卯の花そうし」という

冊子が藤岡武夫氏によって発見紹介されたが、それは茂吉等医局員の白山花街での奔放な遊蕩生活を窺わせるものであった。この「卯の花そうし」を紹介した写真のなかに茂吉の似顔絵があって、そこに「巣鴨ノ文覚」とか、「舌出し文覚」「茂吉禅師」と書かれてあるのがみえる。私にはこの文覚に茂吉をなぞらえているところが大変興味深い。文覚といえば明恵の師であるが、荒法師文覚になぜ茂吉がなぞらえられたのであろうか。

明治二十五年頃文覚が一躍脚光を浴びるようなことがあった。それは星野天知が鎌倉成就院の文覚の木像について書いた「怪しき木像」という文章が機縁となったようであるが、この文章に続いて星野天知は「文覚上人の本領」を書き、北村透谷は「心機妙変を論ず」で文覚の発心を取り上げた。星野天知は、「今年は文覚の当り年なり」とし、英人アーノルドが英国に紹介したことや境野怡雲が此上人を革命的偉人として論じていることに触れている。荻原碌山の彫刻に、激しい意志をみなぎらせて大きくむき出した眼を虚空に向ける文覚像があったことも思い出される。茂吉に文覚の称号が冠せられたのもこういう明治の文覚ばやりの名残を示すものなのであろう。文覚は芥川龍之介や菊池寛の小説にも取り上げられている。

文覚といえば後白河院の御所法住寺殿へ勧進帳と刀をもって乗りこみ、大音声で勧進帳を読み上げ、組んずほぐれつの大暴れをして、折しも催されていた音曲の御遊を滅茶めちゃにしてしまった『平家物語』の記述がなまなましい。この状況は兼実の日記『玉葉』にも詳しく書きとめられているから物語の誇張とばかりはいえないようである。文覚はこの狼藉で伊豆へ流されるが、この流罪が機縁で文覚は池の禅尼の命乞いで伊豆へ遠流されていた源家の正嫡頼朝と運命的な出会いをする。文覚は父義朝のものと称して持参した髑髏をみせて頼朝の蹶起を促し、三日で福原の新都に上り着いて光能卿を通じ、清盛及びその一類を追討すべき旨の院宣を得て帰る。『平家物語』では下りも三日となっており、『源平盛衰記』では上下向八箇日で伊豆に着いたとある。慈円は、「文覚ハ行ハアレド学ハナキ上人ナリ、アサマシク人ヲノリ悪口ノ者ニテ人ニイワレケリ。天狗ヲマツルナドノミ人ハ云ケリ」（『愚管抄』）と書いているが、天狗は修験者である山伏の別称でもある。修験道の開祖的存在である役小角《えんのおづの》は伊豆へ流され、配流先で空中を翔けて富士山の頂上に達したり、海上を歩くなどの神通力を発揮したという。こういう小角伝説から同じ伊豆に流された文覚に役小角的神通力を附会した説話は作り出されたものであろう。頼朝が平家を制圧し、征夷大将軍になった後も文覚は頼朝と近しく、その庇護を受けて神護寺、東寺などの仏寺復興の事業を次々と行っている。頼朝蹶起の口火が文覚にあったことは事実なのであろう。『平家物語』では最後の方で文覚が維盛の息六代御前の庇護者としてふたたび登場する。平家が滅ぼされ、平家の子孫は男子であれば一人も漏らさず殺されたのであるが、文覚は六代御前を庇って身柄を乞い請け、高雄へ連れ帰って育てる。頼朝は、「院宣申し出《いだ》いて奉《たてまつ》りし時の御約束には、たとひいかなる大事を申せ、聖が申さんずる事どもをば、頼朝一期《いちご》が間は叶へんとこそ宣ひしか。」（『平家物語』）という恩義を文覚に感じていたのである。しかし、六代御前、後の三位の禅師は頼朝が死に、文覚が翌年佐渡に流されると召し捕られて関東下向の途中斬られた。文覚は『平家物語』の狂言廻しのような役割を果たしているのである。

閑話休題、文覚が明治に至って脚光を浴びたのはこのような『平家物語』が伝える事蹟によってではない。それは『源平盛衰記』が詳しく伝える文覚の発心と、その機縁となった恋によってであった。「文覚発心附東帰節女の事」の巻の伝える悲劇はこんなふうに書かれている。文覚は渡辺党の遠藤左近将監盛光の一男、上西門院の北面の下臈で遠藤武者盛遠といった。盛遠には衣川と呼ぶ寡《やもめ》の伯母がいて衣川には袈裟《けさ》という名の美しい娘がいた。衣川は袈裟が十四歳の時一門の源左衛門尉渡《わたる》にやってしまう。盛遠は橋供養の時簾のうちに袈裟を一目見て心も消えんばかりに恋してしまった。それから寝ても覚めても忘れられず、半年ほどして思いあまって伯母を訪れ、刀を腹にあてて自分を殺す気か、一所に死のうと脅迫する。袈裟を女房にしようといってあったのに渡にやってしまったのでこの三年恋のために身は蝉のぬけ殻のようになって草葉の露のように消えるばかりであるというのである。事情がわかって衣川はそれなら今夜袈裟を呼ぶから待ってくれとその場を取り繕う。衣川は娘に文をやってかえすがえす一人で忍んでくるようにといってやる。そして、驚いて急いでやってきた娘に始終を話し、娘に小刀を渡して、盛遠に殺されるのなら娘の手によって死んだ方がましだから殺してくれと泣いて訴える。娘は事情を察して、これも孝養のためであると親の命に代わって盛遠に身を許す覚悟をする。神に許しを乞い、渡を思って涙する袈裟。そのうち日も暮れ、盛遠がやってきて袈裟は一夜床をともにした。夜が明けて女は暇を請おうとすると、盛遠は飽かぬ女に暇をとらせて恋する習いはない、暇は絶対にとらせないと太刀を抜いて立て、お前のためなら生命は惜しくないと居直る。袈裟は一策を案じ、母のために三年渡と一緒に暮らしたがいやなこともあって逃げ出したいことがたびたびあった。私を本当に恋しているのなら渡を殺してくれといい、家へ帰って渡の髪を洗わせて酒に酔わせて高殿に寝せるからそこを殺し給えと訴える。逃れることができた袈裟は家に帰り、母が具合が悪くて帰ったが、もうよくなったからと渡に酒を飲ませて前後不覚に酔わしてしまう。そうしてから袈裟は髪を濡らし、烏帽子を枕もとに置いて臥せって盛遠を待つ。忍んできた盛遠は濡れた髪を探りあて、一刀のもとに首を斬りおとして袖に包んで家に持ち帰った。首尾よく本意を遂げた嬉しさに盛遠は神に御礼参りをしようなどと悦ぶのである。そんな時郎等が来て、何者の所為か女房が首を斬られたといって渡が臥せ沈んでいる。弔いに行ってはいかがかと告げる。盛遠包みを取り出してみるとそれは袈裟の首であった。盛遠は身の置き所もなく号泣し、つくづくと諸法無常を観ずる。道心を発するのも女故のこと、これも神明三宝の御利生と思い直して、郎等を具して渡を訪れる。渡は女房を殺されて面目ない故一切人には会わぬとの願を発したから帰ってくれという。盛遠は女房の首を斬った奴を搦め捕ってきたから急いで開けろといい、内へ入る。女房の傍に臥せ沈んでいる渡に首を見よといって、首をその身体に指合わせ、腰刀を抜き、首を斬ったのは自分だ、疾々《とく》自分の首を斬ってくれと頚を伸べる。渡はこれほど思っているのであれば斬るには及ばない。今生で我執を起こして来世の苦難を招いても由ないことだ。亡き人の後世を弔い、往生をこそ願うべきだと、自ら髻《もとどり》を切る。盛遠も渡を拝んで髪を切り、これを見ていた男女三十余人も出家した。衣川も尼になった。こんな物語が書かれている。

この文覚発心の説話は有名な割には手短に紹介されているだけのことが多いのでニュアンスを損なわない程度に荒筋を書いてみた。それというのも透谷の「心機妙変を論ず」も、文覚という驕暴なる殺人者を豁然悟発覚醒せしめた恋故の妙変を論じているからである。文覚をして一瞬にして天地の至真を感ぜしめ、大発心の光明をもたらしたのがこの恋なのであった。文覚は出家してからも『平家物語』が伝えるように直情激発、不遜傲逸な性格は変わっていないようにみえる。この文覚の性格を伝える表現には共通したものがみられるが、そういう形容を拾ってみることも文覚茂吉を知る上で参考になるかもしれない。『平家物語』にはその荒行や御所での所業について、「刃《やいば》の験者《げんじゃ》」「不敵第一の荒聖《あらひじり》」といった言葉がみられる。『源平盛衰記』は少年時の文覚について、「面張牛皮の童《わらは》にて、心しぶとく声高にして」といい、「時々物狂《ものぐるは》しきの気」ありとある。「また天性不当の物狂《ものぐるひ》」とか、「元来天狗根性なる上に慢心強く、高声多言にして人をも人とせざりける」といった言葉がみえる。星野天知は「文覚上人の本領」において盛遠の生涯を三変の時代に分け、第一は凡俗盛遠の時代、第二は狂暴文覚の時代、第三は寂寞《じゃくまく》僧侶の時代とし、第二時代の「水火相激し、一種の怪物を捻出して詩人が最も目鏡《めがね》を拭ふべき恋想時代」にその本領をみている。「此探刻猛侠なる傲骨男子の火性をして、一度《ひとたび》恋の失望より多涙の谷に臨ましめば、其急激奔落する勢ひは復《また》止《とど》む可きに非ず、煩悶苦叫して熱腸愈々熱し、一種の脳病を惹起《ひきおこ》して狂激と悲哀の性情を養ふや必せり。」というように捉えられる。透谷も、「むかし文覚と称する一傲客、しばしが程この俗界を騒がせたり。」と書き始め、「傲逸不遜磊落奇偉の一人物」とか、「癡迷惑溺の壮年」とか、「剛健彼の如く、執着彼の如く、驕慢彼の如く、血性彼の如きもの」というような文覚像を記す。たしかにこういう文覚像は間違ってはいまい。しかし、こういう性格が宗教的信念と結びつくと異常な力を発揮することも事実なのであって、弘法大師の旧跡高尾神護寺の再興など大きな事業をなし遂げているのである。国宝になっている「文覚四十五箇条」は神護寺再興の大願と経営の規則を書いたものであるが、ここには文覚の強固で熱情的な信仰心がみられる。『源平盛衰記』は、「惣じて諂《へつら》ふ心なし。真実の道心者《じゃ》とぞ見えたりける」とも、「利根聡明《りこんそうめい》にして、有験世に勝れたり」とも書いている。

文覚は弘法大師の真言密教を継いだから、その宗教は国権と結びついた古代的鎮護国家の性格が強い。頼朝が死んで佐渡へ流されることになったのも、文覚が政治の中枢に絡んでいたことを示している。文覚はやはり一代の傑僧といってよいのであろう。

明恵は八歳の時、父平重国が上総で源氏に討たれ、母もその年に亡くなって、叔父で歌人としても歌学書『和歌色葉』の作者として知られる上覚の縁で高雄の神護寺に預けられた。上覚は文覚が遠流された時も随従した文覚側近の僧であった。「明恵上人伝記」によると、七歳の時文覚が「請ひて弟子にせん事を約す」とあるが、これは多分に後代の説話のにおいがするとしても、文覚の明恵に対する全幅の信頼は、「文覚上人、常に人に逢ひて仰せられけるは、『在世の舎利弗《しゃりほつ》・目蓮《もくれん》等は証果の聖者なれば、三昧解脱戒、定恵の徳はさる事にて、心の仏法におきて潔くけだかく優しき事は、明恵房の心緒《こころばえ》に過ぎては、いかに御坐《おはしま》しけんとも覚えず』と云々」という言葉から知ることができる。文覚が明恵に「潔くけだかく優しき」心緒《こころばえ》をみて嘆賞していることは文覚という人間を見る上でも見逃せないことである。明恵はもっぱら自己に対する厳しい修行を課していて、北条泰時のような帰依者があったとしても政治的には中立を守っている。行動的な文覚とはまったく異質な宗教者であったが、仏法守護という面では強く結ばれる絆があったのである。明恵にも耳を切り落とすというような性格的な激しさがあって、こういう性格は信仰の面で文覚と相通いあうものがあったのであろう。

文覚と明恵の関係には西行が絡んだ挿話が伝えられていることも興味深い。文覚が、日頃数奇をたててここかしこうそぶき歩く西行を憎んでいてどこでも会ったら頭《かしら》を打ち割るといっていたのに、神護寺の法華会に現れた西行を文覚はねんごろにもてなして帰した。弟子達が日頃の言動と違うのではないかと質したところ、「あれは文覚にうたれんずる物のつらやうか。文覚をこそうたんずる者なれ」と答えたという『井蛙抄』の挿話はよく知られている。いかにも文覚と西行の面構えを彷彿させる会話ではないか。明恵のところに西行が常に見えて、歌一首を詠んでは一体の仏像を造る思いをし、一句を思い続けては秘密の真言を唱うると同じと語ったというような一節が『明恵上人伝記』にみえる。明恵の十八歳の時に西行は七十三歳で歿したが、明恵が十八歳まで詩賦を夢中で稽古したのにその後は打ち捨ててしまったと語っている『明恵上人伝記』の言葉は西行の死と関係づけて理解してよいことなのであろう。文覚は西行に推服し、西行は少年明恵の才能と人柄を愛でいとおしんでいる様子がうかがえるのである。

私は茂吉が何故文覚であったのかということを書こうとして文覚という人間に長くかかわってしまった。茂吉の「おひろ」連作の発表は大正二年であり、結婚は大正三年四月である。藤岡武雄氏の最近の研究によるとおひろのモデルは斎藤家の女中であったおことで、茂吉とおことの関係が知られるようになり、結婚を前にして二人を引き離すためにおことは暇を出されたのであろうという。おことは浅草の写真屋の娘で、そこで写した斎藤家の写真も見つかったようである。このことから茂吉が浅草で詠んだ嘆きの歌などがよく分かってくる。大正二年の「短歌雑倫」には失恋を暗示する次のような記述がみられる。

女人の身垢穢《くゑ》ならば、茂吉の身もとより垢穢なり、女人の身清浄にあらずして法界に入るの期なくんば、茂吉の身ながく三界濁にとどまらんとす。南閻浮提二千五百の河、まがり曲がって直ちに西海に入ることなくとも、あはれいつくしきかな。尊者舎利弗とも遠離し了んぬ。われ憂の女人と離れんとし、悲しめばなり。

「おひろ」には、

この心葬《はふ》り果てんと秀《ほ》の光る鋸《きり》を畳に刺しにけるかも

というような愛執の想いを断ち切ろうとする歌もみえる。翌年の結婚も随分複雑な心の屈折を伴う悲劇的な面があった。茂吉は失恋によって文覚のように発心はしなかった。茂吉はむしろ逆に花街での遊蕩をおぼえたのである。そういう茂吉が何故文覚になぞらえられたのか。それは茂吉の性格に文覚的なものがあったというように考えた方がよいと思う。「卯の花そうし」には他人の寝巻を着てサックを手にし、悠然と門を出る茂吉が描かれているようである。この危機的状況にあって茂吉は他人の思惑に超然として禅師のように飄々と生きていたのであろう。

文覚的なものとは一つのことを思いつめると他を顧みないほど直情的に激するということ、自らの思い入れに対する傲岸ともいえる強烈な自負、自分の決めたことを押し通し実行してしまう強引なまでの意志力、こういえるであろうか。少なくとも『童馬漫語』にみえる茂吉の論争のなかにこういう文覚的性格を窺うことは容易である。自説に対する強烈な自負と強圧的なまでの論争に示す闘争心は茂吉の独擅場である。我執が強く此岸的現世的生き方を貫いている。医学を共に学んだ神尾友修によると、同級生は茂吉を一種の奇人としてみていたという。茂吉の憤怒の激しさについては多くの逸話があって、本林勝夫氏の「茂吉の憤怒と笑い」（『斎藤茂吉論』所収）にも詳しく取り上げられている。『暁紅』には「吾心日日憤怒踰矩」という前書の歌もある。文覚というニックネームはこういう性格的な面からつけられたとみてよいのであろう。しかし、文覚的なものにおいて茂吉が共通するものを持っていたとしてもそれはある一面に過ぎないことは当然である。文覚の粗暴を茂吉は持ち合わせていないし、茂吉の鋭い詩的感受性は文覚にとって無縁である。

私は一生不犯の明恵を歌った茂吉の歌からこの稿を始め、「辛うじて」というところに茂吉なりの明恵像をえがいて自ら納得している趣のあることを述べた。現世的な我執の人茂吉とくらべると明恵はどうやら一段高いところに住んでいたようである。それは文覚が「潔くけだかく優しき」心緒として一目置いた高さであるといえる。そして文覚の位置にまさに茂吉はいるのである。

＊　　＊

茂吉の仏教との関係については長塚節の「斎藤君と古泉君」以来さまざまな形で言及されている。茂吉の生家の隣は宝泉寺という時宗の寺があった。茂吉は宝泉寺の住職窿応和尚に『日本外史』や梧竹流の書を教わっており、幼い時から仏寺の雰囲気は茂吉にとって親しいものであった。窿応和尚は後に時宗の大本山近江蓮華寺の権大僧正までになった傑僧であったが、茂吉は心の師窿応和尚を終生慈父のように慕っている。『赤光』の連作「地獄極楽図」は、子規の「絵あまたひろげ見てつくれる」を模した歌であるが、これは正月やお盆などに宝泉寺に掛けられた地獄極楽図の記憶によって作ったと茂吉は語っている。「仏寺院読経のこゑに接すると、私の如く穉い時から仏寺に親しんだものは非常に感動して、時には両眼に涙がにじむのであるが」(『童馬山房夜話』)という言葉も仏寺の雰囲気になじんだ茂吉の体験がかりそめのものでないことを伝えてくれる。『赤光』という歌集名そのものが『阿弥陀経』の「池中蓮華　大如車輪　青色青光　黄色黄光　赤色赤光　白色白光　微妙香潔」からとられていることを茂吉は書いている。茂吉が仏典に親んだことは仏教用語を好んで用いているところにも窺うことができる。茂吉が好んで使う忍辱《にんにく》にしても歓喜《くわんぎ》にしても愛染にしても仏典が出処である。釈教歌への親近も終生変わらぬものがあった。晩年には釈迦の「天上天下唯我独尊」という誕生偈を好んで口ずさんだようであるし、浄土宗善導大師の発願文、「願くは弟子等、命終の時に臨んで心顚倒《てんどう》せず、心錯乱《しゃくらん》せず、心失念《しつねん》せず、身心に諸《もろもろ》の苦痛なく、身心快楽《しんじんけらく》にして禅定《ぜんじょう》に入るが如く」というところを愛誦していたようである。

茂吉が仏教の世界に惹かれ、仏教的なものに親しんでいたことは疑問の余地のないことである。しかし、仏教の世界に親しんでいたとしてもそのこと自身が宗教者であることを意味するものではない。茂吉はどのようにみても真の信仰の人とはいえないと思う。この問題に最初に鋭く迫ったのが、『斎藤茂吉ノート』の中野重治であった。中野は茂吉に宗教的事柄にかかわった歌があっても神信心、仏信心そのものとして歌った歌は皆無であって、茂吉は徹頭徹尾現世的であり、人間くさい我執の人であったとみる。そして、子規は肉体は病気でも宗教的に強かったが、茂吉は子規より遙かに強い肉体を持っていながら、肉体の健康において子規よりも宗教的に弱かったといい、茂吉ははなはだ現世的でありながら、同時に肉体的には彼岸の観念を生きており、「形は二股である。実地は車裂きである」と書く。茂吉の歌が人に呼びかけるものを持っているのは裂かれる茂吉が血を出していることと関係があろうと結論づけている。上田三四二の『斎藤茂吉』における「深処の生」の章もこのことの確認であった。中野の観点は茂吉のなかの予盾する二面を衝いていて鋭く辛辣であるが、私はこういう分かりにくいいい方よりも、子規は身体的には弱かったが精神的に強靱であり、茂吉は農民らしく身体的に頑健であったが精神的には臆するところ、ことさらな卑下というような弱さがあったというように捉えたい。

信仰はある意味では絶対者の前における自我の全面降伏である。子規は最期まで神の前に膝を屈することを肯んじなかった。茂吉はどこか常に庇護者を必要とするような弱さを臓しながら、一方では子規のような強さに憧れて自我を明け渡そうとはしなかった。茂吉は何かといえばすぐ神だのみをし、観音にすがる。宗教的に弱いのである。しかし、それはあくまで現世的娑婆的次元のことであって、自我を守り抜くための方便なのである。真の宗教者への道は大いなる存在の前に全面的に自我を明け渡すところから出発する。信仰者は超越的存在の前にどこまでも自己を低め投げ出そうとするから常に敬虔であり、心やさしく、澄明である。明恵のような人が真の宗教者といえるのであろう。宗教的ということであれば白秋の方がはるかにそれに近い。宮沢賢治も宗教的使命感にもえて自我を克服しようとした一人である。タゴールの「ギタンジャリ」は神の世界に包まれているような至福の浄らかさに満たされている。しかし私は宗教的であるかどうかが詩の価値を左右するというように言おうとしているわけではない。もっとも人間的であるが故に強いリアリティを獲得することの方が多いであろう。茂吉短歌の魅力も強大な自我が奏でる張りつめた抒情のドラマにあるといってよい。それは時には生ましいまでに人間臭く、時に悲劇的なまでに屹立する。どんなに宗教的に美しくやさしく澄明であっても淡く上滑りするだけであっては詩としての強さは獲得できない。むしろ救われてしまった平安な境地は詩とは無縁な世界なのである。

茂吉はあまりにも我執の強い此岸的な性格であったが故に、逆にその対岸にある煩悩を超えた清澄で純粋な世界に憧れたのであろう。晩年の良寛の歌境に惹かれたり、ヨーロッパの宗教画に惹かれたのも、教義ではない宗教的なものへの傾斜を示している。明恵に惹かれたのも明恵の至りついた心のやさしさ、純粋さ、ひたむきな生き方にあったのであろう。私は明恵をみる文覚の位置はそのまま茂吉の位置であるというように述べたが、文覚が宗教において現世的であったように、茂吉は歌人として現世的であったといえないであろうか。

私は一生不犯の明恵を歌った歌から入って文覚茂吉に至り、さらに茂吉の宗教というようなことに触れることとなった。そして、茂吉が宗教に惹かれたのは宗教上の教義ではなくて心の純一さ、ひたむきさというような一途な心の強さのうちにある高く美しい世界であることをみてきた。それはまた強いものに憧れ、強いものに帰依しようとする茂吉の一面の弱さをも証するものであった。しかし、茂吉は明恵を歌っても明恵が辛うじて一生不犯を貫いたその「辛うじて」というような人間味にこそ惹かれるのである。こういうところはいかにも茂吉的であって、そこが茂吉の人間臭さであり、茂吉短歌の魅力といってよいのである。茂吉は最晩年の昭二十六年に、

わが色欲《じきよく》いまだ微《かす》かに残るころ渋谷の駅にさしかかりけり

という歌を詠んだ。茂吉はかすかなる色欲にさえ最後までこだわったのであって、そういう意味では茂吉はあくまでも生の側、煩悩の側の人であったといってよいのである。

「暖流」'89年5月6月号

浪漫の詩人——杉田久女頌——

杉田久女は私にとって長いこと関心の外にある存在であった。久女を急に身近に感じるようになったのは、松本市の城山に久女の句碑が立ったり、藤岡筑邨さんの『りんどう』に連載されている久女の長女石昌子さんの文章を読むようになってからである。また最近図書館で『杉田久女と橋本多佳子』（『俳句とエッセイ』別冊）という分厚な特集雑誌を見付けた。この別冊は久女の句や倉橋羊村氏の文章、座談会と盛り沢山であるが、久女の出した俳句誌『花衣』創刊号の覆刻も載せている。『花衣』に私は久女の生ま身の声を読む思いをしてさまざまな感慨を抱かずにはおれなかった。私にとって久女は一気に身近な人となったのである。

松本平の中央に出張って、ちょうど松本の市街を北側から見下ろすような位置にある城山は私の故郷そのものといってよい。城山から見下ろすすぐ下に私の学んだ田川小学校がある。その少し先の方に渚町の私の生家の木立が見える。小学校の体操の時間には城山までよく走らされた。いわば校庭の延長でもあった。城山から西側一帯に立ちはだかって北アルプス連山が聳える。その麓の遠くを槍ヶ岳・上高地と発する清流梓川が流れている。梓川から西北側が南安曇郡、いま有名な安曇野であり、その東南側の松本から塩尻にかけてが東筑摩郡の筑摩野である。ちくま野はあまり知られていないが島木赤彦や窪田空穂の歌がある。

つかま野の冬木の松のまばら松小鳥と我と住み馴れにけり　（赤彦）

筑摩野《つくまの》に古りたる家の戸をいでて旅ゆく我を泣きける甥よ　（空穂）

ちくま野が何故ここでつかま野であり、つくま野と詠まれたかは別な機会に書いてみたい。松本市を流れる女鳥羽川、薄川、田川は美ケ原側から流れ出て渚町で木曽奈良井の方からくる奈良井川と合流して奈良井川となる。これが梓川と合して犀川となり、川中島で千曲川と合して千曲川となる。千曲川が新潟県に入ると信濃川である。この筑摩野、安曇野を一望にするのが城山である。城山には窪田空穂の歌碑があった。

鉦《かね》ならし信濃の国をゆきゆかばありしながらの母見るらむか

母恋いのこの歌は私にとって忘れられない歌である。久女の句碑には、

紫陽花に秋冷いたる信濃かな

というよく知られた句が刻まれている。

久女は父の任地の鹿児島で生まれ、六歳の時に沖縄の那覇に移り、八歳の時に台北に渡った。十三歳の時上京してお茶水高女に入っている。松本市は久女の生地ではないが、久女の父が松本藩の士族の出であったことから城山に句碑が立つことになったのである。大正七年久女二十八歳の時、東京に戻っていた父が死亡し、大正九年松本市城山墓地へ納骨のため久女はこの地を訪れている。その時に出来たのがこの紫陽花の句である。久女は松本で病を得て小倉の家には戻らず東京の母のもとに療養することになるが、その時離婚が話題になったこともあったようである。

私は紫陽花の句に最初どこか違和感があった。信州では梅雨といっても雨が少なく、少年の記憶のなかに紫陽花は陰気な花であっても美しい花として惹かれた印象は薄い。上京してから梅雨時の紫陽花の美しさに心を奪われるようになった。紫陽花は本格的な夏の始まる前の梅雨の花で秋という感覚ではない。そこが私を戸まどわせたこともたしかである。しかし四弁の額の花は山を歩けば森の下蔭などに秋深まるまで咲いていて驚かされることがある。久女の凛とした格調はたしかにこの句をきわやかなものにしている。山本健吉の名著『現代俳句』には、久女が虚子、水巴、蛇笏に次いで取り上げられ、この句が秀吟として鑑賞されている。「磐石のやうに動かない」座五の「信濃かな」でこの句は生命を得ているといってよい。しかし、信濃の人間からみるとこの「信濃かな」は何かしっくりとこない。私は久女が松本の地を生まれ育った故郷として訪れたのではなく、旅のもの、他者として訪れたのであるということを知って違和感が氷解するのを覚えた。他国の人間でありながら信濃に特別な関心を寄せるものにしてはじめて「信濃かな」は出てくるのである。

忌に寄りし身より皆知らず洗ひ鯉

という句をみると松本の血縁のものも久女にとって見知らぬ人ばかりであったことがわかる。松本は父の故郷とはいえ、母は兵庫県の出身であり、久女にとって旅の地にほかならなかった。そういう状況を考えて読むと、冷えさびてひっそりと咲く額紫陽花の花と信濃かなという詠嘆が孤独な久女を彷彿とさせて甦ってくる。

私は紫陽花にこだわってきたが、久女の本領は本当はこういう沈んだ抒情にあったのではない。久女はどちらかといえばもっと浪漫的な激しい夢を持つ作家であった。そういう栄光と悲惨は『花衣』創刊号が生まなましく伝えてくれる。昭和七年三月に出された『花衣』創刊号には虚子が俳句三句を寄せ、久女は「菊枕」と題して十五句の作品を載せている。久女は菊花で菊枕を作り虚子に贈った。「菊花を干して菊枕をつくる」と前書のある四句をあげてみる。

愛蔵す東籬の詩あり菊枕

ちなみぬふ陶淵明の菊枕

白妙の菊の枕をぬひあげし

ぬひあげて枕の菊のかほるなり

ここには久女の才気溢れる高雅な詩の世界がみられると同時に虚子への熱い思いの丈も伝わってくる。そして私の惹かれるのは久女の「創刊の辞」である。長くなるが引いてみよう。

草萠えの丘に佇んで私はおもふ。
過去の私の歩みは、性格と環境の激しい矛盾から、妻とし母としても俳人としても失敗の歩み、茨の道であった。
芸術〳〵と家庭も顧ず、女としてゼロだ。妖婦だ。異端者だ。かう絶えず、周囲から冷めたい面罵を浴びせられ、圧迫され、唾されて、幾度か死を思った事もある。
愛する友にも屢そむき去られた。而も猶生命の火は尽きない。大地は絶えず芽ぐむ。蹟き倒れ、傷きつつも、絶望の底から立ち上り、自然と俳句とを唯一の慰めとして、再び闘ひ進む孤独の私であった。ダイヤも地位も背景も私にはなかった。
かくして二十何年の風雨に、私の貧弱な才能は腐蝕され、漸く凋落を覚ゆる年頃とはなった。だが地上の幸福、女の一生を、芸術にかけた私は、何とか目下の沈滞を耕し直したい希望を抱いて、玆に女中もなしの家事片手間に、ほんの小いものを試みるに過ぎない。

（中略）

久女よ。自らの足もとをただ一心に耕せ。茨の道を歩め。貧しくとも魂に宝玉をちりばめよ。

私はかう私自身に呼びかけて亀の歩みを静かに運ぶのみ。（以下略）

ここには保養院と呼ぶ狂院に孤独のうちに窮死した久女の悲惨な晩年のすべてが圧縮され予想されているようにさえ思う。美の魔神に憑かれ、現実から引き裂かれた芸術家の悲劇が圧縮されている。久女は「女の一生を芸術にかけた」といっている。一方では生活者として茨の道を歩む覚悟を述べている。生活を犠牲にしても芸術の栄光を求めてやまないのである。大虚子に句を寄せてもらい、小さいながらも自分の主宰誌を持つという栄光は同時に生活の地獄をものぞかせているのである。雑誌を支えてくれる多くの弟子達を持つのでもなく、周囲の暖かい援護もあるわけではない。それなのに何故久女はこうまで焦らねばならなかったのか。何故平凡な家庭の主婦であり、一投句者であってはならないのか。しかし、芸術家に対してこういう質問をすることは野暮というものであろう。『花衣』は五号でその年のうちに廃刊になっている。夫宇内は素封家の出の美術の教師であり、酒も煙草もやらない善良な市民であった。それにもかかわらず久女は、

足袋つぐやノラともならず教師妻

というように「田舎の教師の妻」（小説「河畔に棲みて」）であることにあきたりないノラを夢見る女として生きようとするのである。

久女は夢多くありあまる才質に恵まれた青春を生きた。父は明治の官僚であったから、南国での生活に不自由はなかったであろう。とりわけ台北での食住は豪勢そのものであったようである。若くして結婚し家庭に逼塞せしめられた久女が、兄月蟾の手ほどきで始めた俳句でたちまち頭角を現す。作り始めて三年ほどして発表した、

花衣ぬぐやまつはる紐いろ〳〵

の句は虚子をして瞠目せしめるに足るものであったことは虚子の激賞をこめた鑑賞文に読みとることができる。久女は若くして栄光の眩暈を経験し、美の魔神の美酒を味わってしまうのである。

久女の浪漫的資質は自分を見失うまでに自分を限りなくふくらませ、夢を夢みるように久女をしむけたのであろう。「花衣」の句は久女の華やかな夢をまとうナルシシズムを語って象徴的である。花衣を脱ぎながら華麗な紐をまつわらせて久女の女身はあでやかに立つのである。女でなければできない句であるという虚子の評価も女性特有のナルシシズムをこの句にみたのであろう。久女の多感な青春のナルシシズムは次のような句にもうかがうことができる。

春暁の夢のあと追ふ長まつげ
古雛や花のみ衣《けし》の青丹美し
貧しき群におちし心や百合に恥づ
さみし身にピアノ鳴り出よ秋の暮
身の上の相似て親し桜貝

これらはまだつつましく控え目な自己愛と夢をうたうに過ぎない。華麗さという点では楊貴妃桜一連の句は楊貴妃桜という高貴優艶なイメージを得て久女の浪漫的な資質を見事に開花させていて圧巻である。六句のうち三句をあげてみる。

風に落つ楊貴妃桜房のまま
むれ落ちて楊貴妃桜房のまま
むれ落ちて楊貴妃桜尚あせず

楊貴妃桜は美と夢想の象徴として久女を解き放つのである。このうちの二句と次の、

無憂華の木蔭はいづこ仏生会
ぬかづけばわれも善女や仏生会
潅沐の浄法身を拝しける

の三句が、昭和七年七月号の「ホトトギス」雑詠の始めての巻頭となっている。
昭和八年七月号の巻頭句、

うららかや斎き祀れる瓊《たま》の帯

藤挿頭《かさ》す宇佐の女禰宜はいま在さず
丹の欄へさへづる鳥も惜春譜
雉子なくや宇佐の盤境《いはさか》禰宜独り
春惜しむ納蘇利の面ンは青丹さび

について虚子は次のような評を書いている。

此五句は「玉の帯」とか、「藤挿頭《かさ》す」とか、「女祢宜」とか、「惜春譜」とか、「盤境」とか、「納蘇利の面ン」と云ふ言葉が用ゐてある為に、さういふ言葉を用ゐたと云ふ事に仍って此等の句が面白くなって居る、と解釈する人があるなればそれは大変な誤解である。作者の熱情は、種々の物にぶつかって句を作らうとしても其熱情を満足ささないものである場合はちっとも句が出来無い、又、出来ても強いて拵へたやうな句、時としては平凡陳腐で箸にも棒にもかからぬ様な句が出来るのであるが、それがたま〳〵或るものに触れると、忽ち才気喚発して立派になるのである。宇佐の宮に親しく詣でて古い記録を読んだ場合に、作者の興味は横溢して此等の句になったものと思ふ。畢竟作者の感興が本で、材料が末である。其事を誤解しない様にしないと忽ち皮相ばかりを真似た句の続出する事を恐れるのである。

こういう浪漫的題材に出会うことによって久女の久女らしさが一気に開花するのである。そして、虚子が久女の資質を鋭く見抜き、その才質を導き出すことにおいていかに巧妙適切であったかが思われるのである。

私は久女の才能を浪漫的資質と呼んできたが、それは久女がドイツやイギリスのロマン派文学の影響下に花開いた明治浪漫主義文学の洗礼を受けて育ったことをいいたいためであった。ロマン主義といえば想像力の面からは写実主義と対照され、個性や情緒の解放という面からは古典主義と対比される。虚子の写生は反ロマン的指向であって、久女のロマン的傾向は秋櫻子に近いといえるであろう。しかし久女の大多数の作品は虚子の弟子らしく写生的作品で占められているのであって、ある種の題材に出会ってたちまち精彩を帯びた浪漫の世界が出現するのであろう。虚子が久女の句の皮相だけをみて模倣することをきびしく警めている理由もよくわかる気がする。

久女の内から溢れるものの激しさは、

谺して山ほととぎすほしいまま

という句に見事にいいとめられている。ほしいままな歌唱、その高らかな宣言、久女のみつめた高みとはそういうところであったろう。久女の筆蹟の雄渾さは他に対して君臨せずにはおれない気宇の高邁さを語ってあますところがない。久女は鶴を題材とした句を六十句以上も作っている。美と高貴の象徴でもある鶴に自らの願望を託せずにはおれなかったのであろう。

鶴舞ふや日は金色の雲を得て

久女はついに苦しく辛い現実からの飛翔はかなわなかった。鶴の大多数の句も地道な写生を心掛けているが故に久女らしいロマンを発揮した句は少ない。

久女は昭和七年句集を出そうとして虚子に序を請うが虚子は応じない。年譜によると九年にも懇願して聞き入れられなかったようである。昭和五年には秋櫻子の『葛飾』が出、六年には青畝の『万両』が出た。そして、昭和七年には誓子の『凍港』が出版されている。久女の自負と矜恃はそういうスターに伍して競わずにおれなかったのであろう。しかし、もしそうであったとすればそれはいささか性急な願望であったといえるのではないか。超一流をうかがうにはまだまだ作家としての力不足はおおうべくもない。久女をたしなめるように虚子は久女の句を採らなくなっていったようである。久女の願望と現実との裂け目は深まるばかりである。久女の夢は昭和十一年の草城、禅寺洞と共に発表された「ホトトギス」除籍という現実によって無残に砕かれた。

久女が焦燥にも似て性急に栄光を求めたことは、現実の抑圧が強かったこともあるかもしれないし、人の上に立たずにはおれない性格的な負けん気、気性の激しさといったものもあるかもしれない。しかし、久女には自ら溢れ出る才質への自負もあったであろう。それを世間に認めさせるのに急であり過ぎたということなのであろう。

私は虚子の除籍の理由についてあれこれ詮索しようとは思わない。私は読んでいないが古くは松本清張や吉屋信子の小説があるし、最近世評の高い田辺聖子の『花衣ぬぐやまつわる』という小説も世に出た。多かれ少なかれ除籍という奇異とも思える事件が取り上げられているであろう。私にいえることは、執拗にまつわりつく一人の弟子に虚子がいつまでも関わっておれなかったであろうということである。虚子は弟子に対して不即不離であって、自分のペースを崩してまで特定の人に深入りすることは絶対にしない。そういう老獪さがなければ数千人の弟子達を掌握し導いていくことは不可能であろう。虚子はさりげなく、「其の時分の久女さんの行動にやや不可解なものがあった」と後年久女句集の序に書いているだけである。

虚子があって生まれることができた俳人久女である。誘いがあったからといって『馬酔木』や『天ノ川』へ参加することは考えられなかった。一人よがりの夢想を無惨に砕かれたことによって久女の作家生命は終わった。夢への出口を完全に封じられた久女の精神的打撃の大きさは想像に余りあるものである。戦後の昭和二十七年刊行された『杉田久女句集』に虚子は序文を寄せている。久女死後すでに五年の歳月が経っていた。虚子に対して操をたてたといえる久女を虚子が迎え入れたのは当然であるが、物いわぬ久女を虚子は安心して受け入れることができたのであろう。美に憑かれ、現実の悲惨を経験した多くの芸術家がそうであったように、久女にも死後その栄光が訪れたのであった。

久女の句には浪漫的なものばかりでなしに、「紫陽花」のような沈潜した確かな眼を感じさせる秀吟も多い。久女らしく花を詠んだいくつかをあげてみよう。

朝顔や濁り初めたる市の空
葉鶏頭のいただき躍る驟雨かな
好晴や壺に開いて濃竜胆
病める手の爪美くしや秋海棠
朱欒咲く五月の空は瑠璃のごと

どれも花の美しさを捉えて新鮮である。これらの句の花を見つめる眼にもやはり美的超越を願う浪漫の心が脈打っているのであろうか。

私は久女の『花衣』創刊の辞を読んで久女が一気に身近な人となったことを述べた。一銭にもならない芸術に憑かれて周囲からつまはじきされながらなおかつ芸術にすがらねばおれなかった久女の姿には何か身につまされるものがある。久女の被害者意識には多分に誇張があるであろうが、正常な生活人からみると、理想とか美とか自由という形而上的夢に取り憑かれた人間は異常にしかみえないであろう。私の共感には同じ信州人の血脈ということがあるのであろうか。信州人にはどこかに理想の高みを追う純粋さというような気風がある。明治以降の信州は多くの歌人を輩出しているが、それは信州人のこういう気風と無縁ではないであろう。しかし、久女の嬌慢ともいえる性格的な激しさは信州人にはないものである。貧しい山国に育った信州の人間は忍耐強く、ねばり強い面を持っている。久女の強さは南国に育った明るく解放的な風土がもたらしたものであろうか。しかし、『ホトトギス』除籍後、周囲からの竹篦返しに耐えて沈黙を守り、自分と向きあって生きたであろう孤独忍辱の生活を見るとやはり私は信州人の血脈を思わないわけにはいかない。

自我の解放とは所詮自分を知ること以外ではないのであろう。

「暖流」'86年9月号

短歌の調べ　俳句のリズム――五七調と七五調について

日本では伝統的な定型詩として短歌と俳句が広く親しまれている。この定型を支えている音律は七五調と五七調の組み合わせからなっており、この二つの律調には日本語の詩歌のリズムや調べを作り出す秘密が集約されているように思える。この素数の短長、長短の組み合わせがもたらす意味を、定型の問題と絡めて考えてみたい。

日本語のリズミカルな美しさを出した文章として、近松門左衛門の『曽根崎心中』の有名な道行の文章、「この世のなごり、夜もなごり、死にに行く身にたとふれば、あだしが原の道の霜、一足づゝに消えて行く、夢の夢こそあはれなれ」に始まる件はその最高傑作として知られている。日本語でリズムを刻むには七五調が最適で、そのことはいろは歌に始まり、謡曲の道行の詞章や『平家物語』の冒頭の文章からも伝わってくる。

明治に入って西洋の詩が読まれるようになり、その多行定型詩に開眼した人たちはそれを日本の詩にも導入しようとした。その人たちの最初の成果が『新体詩抄』で、その作品すべてが七五調であることも興味深い。土居光知は『文学序説』の「詩形論」で、藤村の七五調の詩「おえふ」を楽譜による四分音符の二音一拍の四拍子で示した。五音句も休止を取り入れて四拍子で見事に示したことで、日本の定型詩のリズムは四拍子説で占められるようになってゆく。その代表的なものとして、別宮貞徳氏の『日本語のリズム　四拍子論』とか、川本皓嗣氏の『日本詩歌の伝統――七と五の詩学』、板野信彦氏の『七五調の謎をとく　日本語リズム原論』などがある。これらについては小著『日本の韻律　五音と七音の詩学』で触れているのでここでは踏み込まない。

四拍子説は五七調と七五調が絡み合う詩形ともいえる俳句にいち早く取り入れられている。例えば「古池や」は、

「ふる―いけ―や―――――＝かは―づ―――とび―こむ＝みづ―の――おと―――――」

のように、五音句で一拍の休止をとり、各句に一拍分の休止を入れて、四拍子で読む受け取り方がなじまれている。一句目に切字が来ることでそこに休止が入ることに不自然さはなく、三句目が五音句であることから、そこに休止を入れることで終止感が生まれるのである。しかし、「さみだれを　あつめてはやし　もがみがは」のように、最初の五音句に切字がこない時は、そこに一拍の休止を置くことは自然の読みに反することは確かである。

七五調四拍子説を主張する人たちに共通して言えることは、五七調はリズムに乗せるには不向きな調子としてそれを排除しようとしていることである。しかし考えてみると、日本の詩歌の発生は五七調が基調にあったことは確かな事実である。枕詞は四音、五音がほとんどで、七音句はない。長歌は五七をずれることがあっても、すべて短長の単位を句のまとまりとしている。歌人はどうしても七五調にはなじめないらしく、『古今集』の長歌に三首ほど中途から七五調になったのが見られたものの、以後は作られることはなかった。近世の良寛や、近代に入って窪田空穂も長歌を作っているが、いずれも万葉ぶりの五七調である。

日本の詩歌のリズムを七五調だけで捉えてよいのだろうか。興味深いことに、『若菜集』の七五調で一世を風靡した藤村が、最後の詩集となった『落梅集』ではすべて五七調で書いているのである。しかも藤村で最も人口に膾炙した詩がその中の「小諸なる古城のほとり」とか、「椰子の実」のような詩なのである。何故この二つの詩が快く人の心にしみいるのか、その秘密を知る意味でもこの詩のリズム構造を考えてみたい。

私は四拍子説の卓説であることを認めつつも、それだけで短歌や俳句の音律を説明することに疑問を感じてきた。その立場から導入した視点が、句内の短長、長短の絡み合いで、『日本の韻律』ではそのことにページを割いている。その観点から藤村の詩では、五音句を2・3、3・2、七音句を4・3、3・4というように分けて示してみたい。二つの詩の最初の四行だけを取り上げてみる。

小諸なる古城のほとり

小諸なる 3・2　古城のほとり 4・3
雲白く 2・3　遊子悲しむ 3・4
緑なす 3・2　繁縷は萌えず 4・3
若草の 2・3　籍くによしなし 3・4

椰子の実

名も知らぬ 2・3　遠き島より 3・4
流れ寄る 3・2　椰子の実一つ 4・3

2・3　3・4
故郷の　岸を離れて
3・2　3・4
汝はそも　波に幾月

これらを見て驚くことは、五音と七音の中の割れ方が、一行目では3・2、4・3と長短となり、次の行では2・3、3・4と短長となっていて、それが交互に続いていることである。二つの詩の八行の中で唯一ずれている箇所は最後の「波に幾月」だけである。五七調という短と長の組み合わせでも、その中でさらに短と長が入れ子状に入り、整然と律調を整えているのである。五七調といっても、その中の短長と長短の組み合わせ（私はこれをインナーリズムと呼んでいる）ははっきりと対句的な構成となっている。単に五七調、七五調といってもその中の割れ方で律調は微妙に変化するのである。これはリズムというより調べと呼ぶべき音調といってよい。

私は詩句を成り立たせる音律構造に、長短、短長という観点を取り入れたが、この点に関しても土居光知は「詩形論」で実に重要な指摘を行っている。それは連続調と終止調という観点の導入である。

土居は「芭蕉七部集」の発句の内、字余りを除いた百二十二句を調べ、初五音句が「ふる・いけ・や」の如く三音歩をなすものが百十一句、下五音句が「みず・の・おと」の如く三音歩をなすものが百十句見られたとの分析結果を示した。この音歩については『日本の韻律』で詳しく触れているので繰り返さないが、英詩の韻律の単位（ｆｏｏｔ）が二音節を中心にしているところから、土居は日本の詩にもそれを適用し、韻律の単位である拍を二音ないし一音とし、それを音歩と名付けた。二音ないし一音を一気力で発音するので、それを拍の単位としたのである。

土居はこの分析結果から。「2・2・1」は、「余韻をひき、それ自身のうちに平均を得ず、連続しなければ落ち着かない節奏である」として、これを連続的節奏と名付け、「2・1・2」は、「それ自身の中で平均を有し、段落的で、中央の音が強い場合には特に強い律として感ぜられる」として、これを終止的な節奏と名付けた。

七五調について楽譜による四拍子の分析を示した土居は日本詩歌についてさらなる分析を進めた結果、連続調、終止調というリズムとは違った観点からの見方を示したのである。これはどちらかといえば調べともいえる音調といってよい。土居の芭蕉の発句の分析結果は、実に貴重でユニークなものであるが、残念ながらこれに言及した研究は、管見によれば加藤楸邨くらいにとどまっている。

土居の「2・2・1」と「2・1・2」は、私の長短の見方からすれば、一音は二音に結びつくから、それぞれ「2・3」となり「3・2」となる。そして「2・3」の短長は、より大きな枠で見れば五七調に通じ、「3・2」の長短は七五調に通じていることは感じ取ってもらえると思う。五七調には引き伸ばす連続する感じがあり、七五調には引き締める終止的な感じがあるからである。

土居は七音についても、「2・1・2・2」、「2・2・2・1」など四種類に分類し、「2・1・2・2」は「2・2・2・1」と多少性質を同じくし、前者は終止的、後者は連続的であるとするが、この点、私の長短の分け方からすると、前者は「3・4」で連続的、後者は「4・3」で終止的となり、土居とは反対となる。連続調、終止調は、音歩分析では見えにくく、長短に分けると見えてくるように思う。

歌人の作法の中に、終わりの七音句は「3・4」とせねばならないという教えが伝わっていて、斎藤茂吉はこれに疑義を抱き、「短歌における四三調の結句」という長大な文章を書いたことはよく知られている。歌人は七音句の割れ方にも神経をそそいでいたのである。また『隆達小歌集』など近世小唄調ではゆるやかな四拍子として読めるが、中の割れ方がほとんどの場合、「3・4」「4・3」「4・3」「5」となっていて、インナーリズムが守られている。

私は愛唱されている藤村の五七調の詩を分析してみて、各句における割れ方の見事な整合性に驚かされた。大枠では五七調を貫きながら、インナーリズムでは終止調、連続調を対句のように交錯させている。その音律の構成が愛唱される理由の大きな部分を占めていることは間違いない。「小諸なる古城のほとり」では、Kの頭韻が大きな効果をあげているが、ここでは韻については触れない。五音と七音の内なる割れ方については、芭蕉の発句をみるまでもなく、すでに日本の詩歌の作者の間では自ずから意識されていたことは確かである。それにもかかわらず、これまで定型詩作者の間でこのことを土居光知のようにはっきりと分析して示した人がいないとはむしろ意外な感じさえする。

日本語の詩が何故このように微妙な長短の組み合わせになっているのだろうか。それは日本語が、英語や中国語と較べて音節数がはるかに少なく、母音もわずか五音しかないことや、抑揚や強弱アクセントが微弱であることによるように思う。書記言語としては豊かであったとしても、音声言語としてはいかにも貧しい。そのような日本語に詩的な緊張を与えるために工夫されたのが長短の組み合わせではなかったろうか。長短の組み合わせによって強弱が生まれ、緩急が生じ、休止が生まれる。

この長短の組み合わせで最も大切なことは、五と七が一以外では割れない素数であることである。そして、その中の3と4、2と3もどちらかが素数となっている。大きな長短でいえば、連句もそうであるが、14と17の一方は素数となっている。リズムを拒否しているのである。私はこれを長短入れ子構造として捉えたのだった。

蕪村の「北寿老仙をいたむ」の詩は一行として同じ行のない、精妙な長短、素数を絡ませた稀にみる緊張を示した詩である。句の区切りは一語一語の音数から意識されることで、蕪村が語感に如何に鋭敏な感性をもっていたかが伝わってくる。

短歌や俳句が手拍子をとるようなリズムで読まれるべきでないことははっきりしている。日本語の定型詩が短歌や俳句のように短いことも拍子に乗せることを阻んだ結果ではないかと思う。

私はリズミカルな七五調に対して肩身の狭い立場に追い込まれている五七調を復権させる思いもあって、この文章を書いてきた。五七調は魂の原郷とも言うべき調べをもっている。そして短歌形式はこの叙情精神を集約したような黄金の形式と思う。「五・七・五・七・七」は各句の多様な組み合わせばかりではなしに、句ごとに長短に割れ、無限の組み合わせが可能となっている。そこにこの形式が二千年にもわたって詠み次がれてきた所以があると思う。

それに対して俳句は近世七五調を取り入れた形式といってよいと思う。五音で切れるので、歯切れのよいリズム感を誘う。しかし、リズムを一方で拒否したことは、俳人たちがこの形式を並べず、七七句を対置させる連句を発達させたところからも伝わってくる。俳句は五七で始まり、七五で終わる。蝶番となっている七音が俳句のリズムに柔軟さと多様性を与えている所以と思う。俳句は上へも下へもはみ出しようのない、ぎりぎりに圧縮された堅固な最短定型詩なのである。

「丘の風」'99年№21

短歌・俳句のリズムについて——四拍子・二拍子説批判

一

日本の詩の定型は短歌・俳句に代表されるように、ほとんどが五音と七音の組み合わせに収斂してきている。そして、何故五音と七音になるかということに関しては、土居光知の二音一拍説以来、五音句、七音句等時の四拍子となるという見方が通説化しつつある。

私は拙著『日本の韻律』（花神社、一九九六）で、音節（拍）の種類も極端に少なく、単純な子音母音構造（開音節、CV構造）の等時拍、単音からなり、アクセントも微弱な日本語が、韻文としての緊張を獲得するために見出してきた方法が、詩句の長短構造であったことを述べ、五音、七音の成立をその点にみたのであった。長短構造は五七調と七五調に代表されるが、五音はさらに2・3ないし3・2の長短となり、七音もまた3・4ないし4・3の長短になる。詩句は等時的に読もうとする意識が働くので、長短なり短長になることによって、一音ないし二音欠落したり、一音ないし二音余ったりする。そこに休止や余韻、緩急、強弱が生じて韻律的な緊張が生まれるのである。このような日本詩の構造を私は長短入れ子型構造と名付けたのであった。短歌の下句の七七には長短がないようであるが、上句の五七五に対して七七は短句として対応している。

古代歌謡の基本が短長の五七調にあったことは周知の事実であろう。このゆるやかな重い調子も、古今集時代に入ると七五調の台頭によって下火になってくるが、それを私は漢字、漢語の摂取に伴う音韻変化の影響ではないかと指摘しておいた。七五調の、はっきりした休止を伴う歯切れよい調子は四拍子に乗りやすく、『梁塵秘抄』の法文歌や親鸞、一遍の大量の和賛を生んだ。七五調は物語文学や謡曲などにも取り入れられ、さらに民衆に浸透していく。明治の新体詩に七五調が主流を占めたことは周知のとおりである。

韻律のこのような変遷の過程のなかで、堅固な形式として磨かれ、定着してきたのが短歌と俳句であった。この両形式に共通するところは五七から始まる点であり、五句、三句という最小の奇数句でカットされていることである。かりに繰り返しにリズムを見るとすれば、ヤコブソンのいう言葉の平行性がなければならない。平行性、いわば偶数対偶のもっとも顕著な例が中国の律詩にみられる対句であって、ここでは語数、平仄《ひょうそく》から文法までがそろえられる。ところが短歌俳句には明瞭な偶数対偶はない。短歌では五七、五七と五七句が繰り返されるようであるが、このような二句切れ、四句切れを否定してきたのが短歌の歩みであった。吉本隆明氏は短歌の上句五七五と下句七七の、一方が一方の像的な喩を形成するところに、この形式の特質たる短歌的喩を見ている（『言語にとって美とはなにか』）。俳句は三句であるから偶数対偶になりようがなく、辛うじて五音句が二回あらわれるに過ぎない。

このような短歌俳句形式の性質から、私はこの両形式はいわゆるリズムを拒否するぎりぎりの妥協の結果ではなかったかと捉えた。平板な日本語では同じリズムが繰り返されるとどうしても単調になる。この単調なリズム、いわゆる拍子に乗ることを歌人や俳人は忌避してきたのではなかったろうか。そのことは『日本の韻律』で触れたように、斎藤茂吉が「山里は　ゆたかな梅の　りん和靖《くわせい》　人も仙人　鶴も千年」という狂歌について、「かういふ剽軽の弊に陥らぬやうにせねばならぬ」（『短歌声調論』）と自戒し、芭蕉が、はじめは「馬上眠からんとして残夢残月茶の煙」とあったのを、「句に拍子有りて宜しからず」（『三冊子』）として、「馬に寝て残夢月返し茶の煙」と直した事実にもはっきりと示されている。こういうようにはねる音（撥音）を重ねると拍子が出過ぎてしまうのである。

七五調四拍子説は川本皓嗣氏の『日本詩歌の伝統―七と五の詩学』にみられるように精密さを加え、ほぼ市民権を獲得したといってよいであろう。しかし、四拍子説は領域を拡げ、別宮貞徳氏の『日本語のリズム―四拍子文化論』にみられるように、短歌や俳句の韻律をも四拍子をもって証明する説を次々に登場させることになった。短歌や俳句は五七に始まるように、明らかに五七調を潜在させている。五七調をも四拍子で説明しようとすると、詩句のまとまりである五七の中間に一拍ないし一拍半の休止を置かねばならず、不自然である。川本皓嗣氏は前掲書で、これを三拍子四拍子の混合拍子であると説明していた。短歌や俳句を各句四拍子の等時で説明することは、そこに五七調の存在をみる限り無理が伴うと思う。実作者のほとんどが長い歴史を通じて意識してこなかった四拍子の存在を、この形式の本質であるかのごとく持ち出すのは黙過しえないことに思える。とりわけ川本皓嗣氏はその後の『文学の方法』（東京大学出版会、一九九六）で、実朝の短歌を完全な四拍子をもってする分析を示している。この所論は是非とも検討してみたい。

『リズムの美学―日中詩歌論』によって、中国詩歌の二言一拍の音歩分析を日本の詩歌にも適用し、四音一拍説の立場をとる松浦友久氏は、川本皓嗣氏の四音一拍説批判への反論を、「日本詩歌のリズム構造―「二音一拍」か「四音一拍」か」（『言語』、一九九六・一二月号）として発表しているが、そこで氏は拙著『日本の韻律』を、「リズム構造の存在を否定する発言」として捉え、「短歌や俳句の客観的なリズム構造を知らなくとも主観的には十分にその歌を味わい楽しむことが可能である」として批判的な意見を述べている。

これらの事情もあるので、その後の管見に入った所論なども取り上げながら、改めて私の考えを述べてみたいと思う。

二

高橋龍雄が『国語音調論』で、五七調が七五調に変わった理由を四拍子説の立場から、五音句のあとに休止が来るので五音句と七音句は離れ易くなり、七音句と五音句が結びついたと説明していたことは拙著で紹介した。『リズムの美学』で松浦氏は同様の観点から、四拍構造の五七聯は中間に最多休音が置かれるので不安定さを含み、七五調に変わりやすいと述べる。しかし、この不安定さを避けるため、五音句を一拍で読み、三拍子として受容していたから五七調が日本詩歌の主要な定型であり続けたのだと思われると言っている。五七調は、五音句を中心とした千二百語に及ぶ枕詞からも推察されるように、上代を長く支配したもっとも安定した調子であった。五七調の不安定さをいうのは四拍子を持ち込むからであって、五七調には四拍子とは違った原理が支配していたとみなければならない。五音七音の日本詩歌の発生を支えた五七調が、四拍子とは違ったリズムで長く享受されていたことは確かな事実なのである。ここではその五七調のリズムを、一行十二音の、五と七のまとまりそのものが詩行（ミーター）の単位であったと考えておくにとどめたい。

松浦氏の三拍子説は中国の五言詩の分析と結びつく考えである。五言詩は二・三と割れ、七言詩は四・三と割れる。松浦氏はそれを、

春眠不覚暁 ×
処処聞啼鳥 ×
千里鶯啼緑映紅 ×
水村山郭酒旗風 ×

というように、リズム単位を二言一拍という音歩的な捉え方をして、五言詩三拍、七言詩四拍と捉える。そして、「「七五調」一聯は「七言詩」一句に酷似し」、「「五七調」一聯は「五言詩」一句に近似する」と述べる。このことは拙著でも、七五調への漢詩の影響ということで取り上げている。また、五言詩は「重厚・荘重・古雅・典雅」であり、七言詩は「軽快・浮靡・流麗・暢達」という認識で受け取られていると述べている。

私が興味深かったのは、『詩経』の四言句中心を経て五言詩、七言詩が生じるが、隋の生まれる六朝期の後半までは五言詩が大勢を占め、その後ようやく七言詩隆盛が始まったという記述である。五言詩の二・三短長と続く重く、荘重味を帯びた調子は、日本でも五七調として同じ経過をたどっているのである。人麿の長歌をみれば中国五言詩の形容がそのまま当てはまるように思える。土田杏村が『上代の歌謡』で紹介していた新羅歌も六八調の短長のリズムであった。これらのことを考えると、短長と重く押し伸ばす、私のいう長律はどうやら古代国家成立と無縁ではないように思えてくる。宗教的儀式が重んじられた古代国家の育んだ調子が五七調だと言えるかもしれない。松浦氏も五言詩三拍子説をとるように、それに近似した五七調を三拍子として捉えているわけである。

管見に入った御木白日氏の『日本近代詩のリズム』(芸術生活社、一九八六)は近代以降の韻律論を詳細に検討した浩瀚な書であるが、そこでも四拍子説が主要なテーマとなっている。御木氏は一方で、「七五調は四拍子になるが、五七調はそうはならないと考える」とか、「日本詩歌のリズムの本質を四拍子に帰する論は、極めて初歩の段階で限界を有しているように思われる」と述べながら、この書の最終的な結論としては、「五七調が厳密には四拍子ではないとしても、五音句、七音句は少なくとも等時的単位として感得されている」というところへ行っている。又最近では歌人である坂野信彦氏の『七五調の謎をとく—日本語リズム原論』(大修館書店、一九九六)が出ているが、この書も二音一拍の四律拍に日本語の音律原則を見て、五音と七音の必然を、それ以外の音数では打拍が破綻するという観点から説明しようとしている。そして、五七調については不自然であまりリズミカルではなく、散文的になるとして否定的である。このように川本・松浦両氏も坂野・御木両氏も、五七調を四拍子とみることには留保ないし否定的見解を示しながら、最終的には四者とも五音句七音句等時という大原則に日本詩歌のリズムを見ようとしている。御木氏のように厳密な定型のない多行形式の新体詩におおよその原則としてこれを当てはめることは認められるとしても、短歌、俳句という形式を四拍子（二拍子）の楽譜に組み入れてしまうことには疑義を呈さざるを得ない。すでに触れたように、五七で始まる短歌・俳句は明らかに五七調の名残をとどめている。一方で五七調の非等時を認めながら、五七調の潜在する短歌・俳句を四拍子の等時リズムで説明することは矛盾ではなかろうか。

三

川本皓嗣氏が『文学の方法』に載せている実朝歌の読解を示してみよう。

　　　　　　　　よの｜なか｜は―｜――‖
｜つね｜にも｜がも｜な―‖なぎ｜さ―｜こぐ｜――‖
｜あま｜の―｜おぶ｜ねの‖つな｜で―｜かな｜しも

川本氏はこの歌を、最初は散文のようにざっと読み流すようにと指示し、次に「しっかりリズムをとって、歌うように読んでください」と述べ、最後に「軍歌か応援歌のように、強く手を打ち、足を踏み鳴らしながら、思い切り勢いよく読んでください」という。そして、「これこそが、いわゆる音数律のリズムを最大限に意識した読み方であり、こうすることで初めて、和歌の韻律は、その構造のすべてをあらわにするのです」といっている。この最後の方法で読んだ時に現れるリズムが、ここに引用した姿なのである。ここでは音符で示されていないものの、二音一拍、四拍子、五小節できれいにまとめられている。〟が強で、，がやや強を示し、これがリズムの目印とされるものである。

五音句、七音句だけが並べられていると、長句である七音句の長さに五音句もしらずしらずそろえようとする働きが生まれることは確かである。とりわけ七五調四拍子に習熟したものは、五音句、七音句を等時的にしてリズムをそろえようとするに違いない。しかし、短歌に親しんでいるものが、句頭に常に強勢を置き、五音句には一拍半の休止をとり、三音語のところは半拍の休止を置くというような読み方をするであろうか。指で音数を数えることはあっても、拍子をとって拍を数えることなどあるだろうか。私には、川本氏は日本の短詩型のリズムを一方的に曲解しているとしか思えない。二つの短詩型のリズムはもっと違ったところにあるのではなかろうか。

リズムについて、最近言及することの多い中村雄二郎氏が『問題群』で興味ある説を紹介している。そこには、「宇宙は〈オーム〉om という単音節の〈マントラ〉(真言 mantra) のような基本音から展開してきた」というタントラの教えや、空海の『声字実相義』の「五大にみな響きあり」という説、それにミンコフスキーなどが紹介されているが、興味深かったのは、リズムは拍ではないとするオクタビオ・パスとクラーゲスの説である。クラーゲスは『リズムの本質』で、拍子が同一音の反復であるとしたら、リズムは類似者の再帰であるといい、「拍子は反復し、リズムは更新する」といっている。もともと英語では拍子(time)と韻律(rhythm)ははっきりと区別されているのである。クラーゲスは空間的なものにも共感的なリズムを見る。ここでは詩人パスの興味ある説を紹介してみたい。

オクタビオ・パスはメキシコ生まれの、世界を股にかけて活躍した著名な現代詩人であるが、そのリズム論の載る『弓と竪琴』も実に刺激的な大冊の詩論集である。パスはあらゆる言行為や言語的現象にリズムをみるが、それは天体や植物を統べている宇宙のリズムに通じるものであって、そこから「文化と呼ぶあらゆるものがリズムに根差す」とか、「リズムは拍ではない—それは世界のヴィジョンである。」という発言も出てくる。パスの強調する点は、リズムは「単なる拍、あるいは音長、アクセント、そして休止といったもの」ではなく、「イメージであり、意味であり、生に対する人間の自発的態度である。」というところにある。リズムとイメージと意味は分割不能の緊密な統一であって、これを「同等の時間に分割された、単なる拍に還元するわけにはいかない」とも言う。そしてここからさらに、いわゆる定型的な韻律は「それ自体においては、意味を欠いた拍」であり、「韻律とは言語から分離する傾向を持つ拍」であって、「ことばを排除してしまうことさえ可能である」という発言までが出てくる。

パスはこのように言うからといって、いわゆる定型的なリズムを否定しているわけではない。

定型に結晶した韻律は光輝の瞬間であるが、同時に麻痺の瞬間でもある。パスの攻撃する点は、音楽的に枠付けられた拍子が言葉の本来持つ本源的リズムを排除してしまう点であった。パスのこのような過激な発言を見ると、現代詩が定型から離れる傾向のあったことの事情がよく読み取れるのではなかろうか。

パスはイギリス詩をアクセント韻律法、フランス詩を音節的韻律法と呼び、スペイン詩に二つの韻律法の結合した形態がみられるとして、スペイン語詩について概括的な叙述をしている。日本の詩はフランス詩と同じ音節的韻律法であるが、フランス詩の場合音節も複雑であり、脚韻がリズムを生かすことに有効に働いている。川本氏の説は、この音節的韻律法である日本詩に強弱のアクセント韻律法をも読み取る試みといってよいであろう。

川本説を検討する前に、ごく簡単に日本語の発音について触れておきたい。

橋（ハシ）　箸（ハシ）

この二つの二音語では高低、強弱が逆になっている。

鴉（カラス）　時計（トケイ）

この三音語でもほぼ逆な関係になっていることが読み取れるはずである。

爽やか（サワヤカ）　木枯（コガラシ）

四音語では和語の場合、低音から始まり、二音目から高く、やや強く発音される例が多い。日本語でも言葉は意味やイメージと結びついた微妙なアクセントを持っている。これがパスのいう言葉の本源的リズムといってよいであろう。

川本氏は日本語には二音一単位の強弱のリズムがあるという。英語では強いアクセントがあって、それがリズムを生む目印となるのであるが、氏は日本語にも二音一単位の発音に強弱の存在を説くのである。川本氏の、松浦友久氏の四音一拍説批判も、松浦説にはリズムの目印となるものが何も示されていないが、自分の説は四拍子として読めるリズムの目印である強弱が感取されるという内容となっている。しかし、川本氏の目印なるものは日本語が本来持つアクセントであろうか。私が少しあげた例をまつまでもなく、それが間違っていることは明瞭である。語の固有のリズムによって創られる韻律が詩のリズムである。詩は楽譜でもなく、ラップ音楽でもない。川本氏の目印なるものは、四拍子という枠をはめることによって生じた、その場面だけの目印に過ぎない。川本氏の強弱リズムは本末転倒の議論でしかない。

川本氏と松浦氏の論争は本紙上でも、松浦氏の「日本詩歌のリズム構造」のあと、川本氏の

「七五調のリズム再論―松浦友久氏に答える」（一九九七・七月号）、松浦氏の「日本詩歌のリズム構造（続）―川本皓嗣氏に答える」（一九九八・四月号）というように続いていて、川本氏はその後の論では、強弱は物理的な音で実現されているわけではないとか、日本語に本来そなわったものではなく、リズム感覚を維持するための心理的なものであるというようなところへ行っているが、強弱によって四拍子を認知するということでは変わっていない。短歌や俳句を強弱強弱だけのリズムと拍子で読むとしたら日本語は台無しである。パスではないが、それは言葉を排除することでしかない。歌人が声調をいい、調べを大切にしてきたのは日本語が本来持つリズムを生かそうとしてきたことの表れだと思う。

それでは松浦氏の川本氏に対する反論はどうなっているのであろうか。両者の立論が五音句、七音句を等時とする大原則に立っていることは同様であって、二人の違いは拍の線の引き方にあるに過ぎない。松浦氏は何故四拍子の非を云うのであろうか。松浦氏の批判する点は、五音句、七音句等時として四拍子で枠付けした場合、五音句には必ず無音の一拍がくる。「「拍の流れ」が未完成の段階に」ある冒頭の五音句に、無音の第四拍子を持続させることは難しいというのがその主張である。これに対して、「四音一拍」で読めば、

くたびれて×××

やどかるころや×

ふぢの×はな××

というように、「無音の一拍」は解消するというのである。松浦説にはリズムの目印になるものがないという川本氏の批判に対しては、松浦氏は「音節・拍節の定量性」という考えを提出し、日本語が四音にまとまり易い性質をあげている。

この応酬をみていると、五七調四拍子の矛盾を糊塗するための苦肉の議論に思えてならない。無音の一拍を無くすために線の引き方を変えただけであって、四拍子にしても二拍子にしても、小節内の休止の音拍数は変わらないのである。二音一拍は一字二音の漢字読みが多くなっていることを思うとまだ受け入れやすい見方であるが、四音を一拍とすることはさらに非現実的のように思う。松浦氏は中国詩を二言一拍で読むことに習熟しているので、その感覚を日本詩にも当てはめてしまっているのではなかろうか。両者の応酬からも、短歌・俳句を四拍子に枠付けしてリズム化しようとすること自身に無理があるということがわかると思う。

四

短歌や俳句について、私は長短リズム説をとってきたが、この長短リズムとはどのようなリズムをいうのであろうか。

『日本の韻律』で、歌人や俳人の定型意識を探るため、私は斎藤茂吉や芭蕉の破調作品を当たってみた。五音句六字、七音句八字の字余りを茂吉や芭蕉について調べてみると、意外なことに、六音句も八音句も偶数には割れず、六音は3・3となり、八音は5・3ないし3・5になることが圧倒的に多いという結果を得た。

旅に（3）病《やん》で（3）夢は枯野をかけ廻る　芭蕉

この上句の六音は明らかに3・3であるが、3・3は二音一拍的リズムがはぐらかされ、一拍三音が強いられるのではっきりと減速感が出る。長短はないが、全体のリズムにブレーキをかける働きをしている。仮に拙句で示せば、

紫苑（3）咲いて（3）寝たきりの父急に（3）小さし（3）　尚志

というような詠嘆を強いられる時のリズムに相応しい。これは決して二音一拍ではなく、しかも俳句定型に準じたリズムである。

中八は芭蕉句のほとんどが、「残夢 3 月遠し 5」「我に 3 きかせよや 5」「心みに 5 浮世 3」「我を 3 しぐるるか 5」というように、5・3ないし3・5に割れている。この字余りはそれ自身で二音一拍四拍子を不可能にしている。『梁塵秘抄』の法文歌や今様の多くが八五調からなっていることは拙著で紹介したが、それは4・4・5と割れ、快適な四拍子で歌われていた。休音がなく、リズムが速すぎて、この八五調はその後廃れたのであった。茂吉や芭蕉は八音が4・4という四拍子のリズムに割れるのに、わざわざ長短の節をつけているのである。興味深いことは、沖縄琉歌の八八八六調の八がすべて5・3、ないし3・5と割れ、六が3・3と割れることである。屋嘉宗克氏の『琉球文学―琉歌の民俗学的研究』から引いてみる。

別れても 5 互に 3　ご縁 3 あてからや 5
糸に 3 貫く花ぬ 5　散りて 3 退《の》きゅめ 3
つれなさや 5 思い 3　身にあまて 5 をれば 3

さやか照る月も（3・5）　なだにくむて（3・3）

この割れ方はまさに芭蕉や茂吉の八音句、六音句の割れ方である。両者が定型に準ずるものとして許容したリズムが、この5・3、3・5、3・3であった。これが二音一拍リズムと異質であることは明瞭であろう。日本語の古形を残しているといわれる沖縄の歌のリズムがこういう形であることは実に興味深い。日本語における二音単位の発語が、漢字漢語移植の影響によるものであるという説の傍証にもなる事実ではなかろうか。

芭蕉や茂吉が定型に準じたものとして許容した字余りが、二音でない奇数音だけの構成になっているところをみても、定型を四拍子的には捉えていなかったことをはっきりと示している。

日本語にはリズムの目印となるアクセントも高低も微弱であり、長音ももともと存在しなかった。母音で終わる等時拍のモーラ言語で、音節数も少ないから脚韻も効果が弱い。そのような言語に韻律的緊張を生み出すために見出だしてきた方法が長短の組み合わせだったのである。最初に述べたように、長短となることによって休止が生じたり、引き伸ばされて余情が生じたりする。長音句は自ずから強い発語となるし、五七と七五では重さ軽快さに違いがあるように、緩急の差も生じよう。そこに詩行としての節がつく。

古代では、それが四・六であったり、三・五であったりしたのではなかったか。三・五の八音行は4・4とも割れてしまうので、五と七へと固まっていく。五と七はそれぞれがまた割り切れない素数の長短からなっている。柴田武氏は日本語の自立語の長さは三音語と四音語で六一・五％を占め、助詞は一音と二音で九二・七％、助動詞は二音と三音で八一・八％に達するという調査を紹介し、この自立語と付属語の組み合わせから五音と七音が優勢になると指摘している（『海程』一九九七年七月号）。五音と七音はそれ自身長短を構成しつつ、日本語本来の固有のリズムをもっとも生かしやすい組み合わせなのである。リズムの目印は語の切れ目である外ないから、語の配列によってリズムを生むためには五と七は絶妙な組み合わせなのであった。

この面から短歌のリズムを考えてみると、何故この形式がいつまでも滅びず、生命力を持続しているかが見えてくる。五・七・五・七・七の五句の句切れの組み合わせは最大十五通りであるが、この五と七をさらに長短に二分すると、その組み合わせは厖大な数になるに違いない。そのような組み合わせによって、日本語が本来持つリズムを生かすことが出来たのだと思う。短歌の秘密はこの句切れの弾力性ないし柔軟性にあることは間違いない。

俳句は五七調と七五調が、五七・五となったり、五・七五となるように微妙に両調の間を揺れつつ、二句一章を構成している。しかし、七五調が間接的に俳句形式の自立をもたらした経緯もあって、俳句ははるかに四拍子的リズム場面にさらされている。そのことは拙著に詳述した。

日本詩のリズムが拍子とは違うところにもあるということを明確に示すのが、蕪村の「北寿老仙をいたむ」の詩である。この詩では同じ音数の行は決して続かず、十八行のうち3・5と

7・5・6が二回ずつある以外はすべて違う構成となっている。それでいてこの詩は緊張した韻文としての迫力を持っている。三音、五音、七音の奇数音を基調とする長短構成が見事な緊張を生んでいるのである。この詩は日本の詩の本来のリズムが拍子ではないことをよく示していると思う。松浦氏のいうように、私がリズム構造を否定しているというのは、松浦氏が詩のリズムと音楽の拍子（time）を混同しているところからの批判に過ぎないことがわかってもらえると思う。

「言語」'99年5月号

原型からの視点――星野徹詩論集『詩の原型』について――

『詩の原型』の著者星野徹氏に「ダビデ」と題する旧約を素材とした詩があった。ダビデのデビューでもあるゴリアテとの一騎打ちのシーンを、旧約の乾いた簡潔な文体と年代記作者的な記録の羅列を巧みに生かして緊密な作品に仕立てることに成功していた。私には星野氏に対する第一印象が、何故かこの作品にオーバーラップされて神話的風貌をもって甦ってくる。氏の彫りの深いプロフィルと沈潜した表情に接していると、ダビデとかゴリアテというヘブライの名前が妙に生ま生ましく感じられてくるのだ。

星野氏は神話に憑かれた人というよりも、神話を生きる古代祭司的な人といった方が当たっているかもしれない。それは必ずしも氏に『詩と神話』と題する浩瀚なエッセイ集があるためとばかりは思えない。それは氏の、神話への執拗な溯及と汎人類的な原体験の追求が、氏の詩論にとって失われた生命の発掘を意味するばかりでなく、氏自身の生の体験に通じているからに他ならないであろう。その辺が氏をたんに分析批評家、日本のバシュラールという呼び名以上に詩人として位置づける所以ではないだろうか。古代人の体験を自己の生の体験として感受し得るのでなかったら、神話的次元への溯及はたんにイメージの採集に過ぎなくなる。

星野詩論は、氏の言葉を借りていえば、「ユングの仮説を枠組みとし、人類学、民俗学のデータを意味づけの根拠として、詩のイメージがそのコンテクストの上で獲得する観点や感情を分析し、測定し、その原型との関係を見究めるという方法」を武器としている。これは方法とか武器というよりも詩論の批評的適用といった方がよいかもしれない。今度出版された『詩の原型』は、『詩と神話』で模索しつつ実現した右のような方法をより鮮明に展開したいくつかのエッセイで占められており、その意味では前著の続編であり、批評家としての視点を確固のものとしたエッセイ集とみてよいと思う。

『詩の原型』という題は、ボドキン女史の「Archetypal Patterns in Poetry」という書に敬意を表して名付けたとのことであるが、ホイールライトの想像力説を敷衍した前著の「陰喩的と原型的」というエッセイで、氏は原型に向かう想像力に対して詩論的な裏付けを試みている。詩と神話のテーマそのものが、「作品の一つ一つのイメジが原型的イメジを呼び起こし、原型的イメジが神話類型を再構成、再表象するという過程を通って成立するのであろう」という態度を出発点としているのだ。詩のイメージが与える美を、原型、原体験に溯及することによって確認しようとする態度は氏の詩論に一貫したものなのである。

「蓑虫考」に始まる氏の原型イメージの収集は、『詩の原型』においてさらに幾種類かを星野詩論に収納することになった。原型への追跡の鋭さと深まりにおいて、ニュークリティシズムの分析批評を援用した氏独特の博引傍証は一層確かさを増し、端倪すべからざる空間を形造っている。氏は、「一篇の作品のもつ有機的意味が、一滴残らず絞りつくせるとは思っていない」と語ってはいるが、その分析批評に示す執拗なまでの情熱は、むしろ一滴残らず絞りつくさずにはおかない饒舌なまでの追求に向けられているように思う。その追求は同時代へ向かう水平方向と古代へ溯及する垂直方向ばかりでなしに、民族を超えた汎人類的体験へと向かってやまない。

『詩の原型』で追跡された原型イメージは「薔薇園について」における薔薇、「壺のヴァリエーション」における壺、「変身する詩人」における蝶、「想像力のあがない」における車輪等であるが、壺とか蝶、車輪における視野は東西文学の古今にまたがるスケールの大きさで読者の知的好奇心に快く挑戦する。これをペダントリイというのは、自らの不勉強さに対する遁辞に過ぎない。

星野詩論の魅力は、これまで述べてきたように人間の原体験に遡るイメージの原型探求という一貫した視点にたっていることと、豊富な資料に裏付けられた作品の綿密で鋭い分析に示す説得力である。しかし、ある面からみれば、たんに人類学的ないし神話的世界に遡って詩作品のイメージに光を当てるのだとしたら、それは詩作品を分析する一つの視点を与えるに過ぎないともいえよう。意識的に神話を取り入れた作品は別として、そうでない作品に神話や原体験の痕跡を模索し、指摘するという作業にも限界があろうと思う。とりわけ作詩のための積極的な詩論という観点からみれば汎人類的共通項にまでイメージを解体してしまう作業はかえって焦点がぼけ、実作に引き寄せることが難しくなるのではないか。実はその辺のところが今回の『詩の原型』で氏が本当に苦闘したところだと思う。

私は、氏にとって多少の不満はあるかもしれないが、『詩の原型』の仕事はむしろ本格的なエリオット論であり、エリオットに肉薄することによって展望された詩の本質論ということで高く評価したいと思う。

「あとがき」で氏は、エリオットの死が、「ぼくのような人間にとってもかなり大きな衝撃を与えたらしかった」と書いている。氏はエリオットの『荒地』から出発したのであり、そこからフレイザーに進み、ユングを消化しつつ折口信夫、柳田国男、ハリスン等の古代へ向かった。一方ニュークリティシズムの方法も強力な武器として氏の分析批評を支えている。エリオットに出発し、エリオットに入れあげていた氏が、その死を衝撃をもって受け取ったことは自然なことだ。戦後出発した詩人で、何等かの意味でエリオットの影響に無関係だったものは恐らくあるまい。にもかかわらず、エリオットほど影響を頑なに拒否した作家もないのではないか。その詩論にばらまかれたさわりはとびつき易くとも、エリオットを全人格的なスケールで受け止め得た詩人はいるだろうか。エリオット詩論は広大なヨーロッパ文学の伝統なくして成立し得なかったであろうし、一方では地方的とも思えるアングロカソリシズムの信の世界に閉じこもった。星野氏の、ぼくのような人間とか、らしかった、という微妙な発言はいつわらざる実感だと思えるし、エリオットの影響の複雑さを端的に示した言葉だと私には受け取れるのだ。そして氏は、エリオットを基点とした文章が意外に多いことを改めて確認したといっているが、それは無意識のうちにエリオットが大きく立ちはだかったことを示している。

「詩と科学的風土」は、エリオットの「プルフロックの恋唄」を手掛かりとしてエリオットに出発する現代詩の位相を解明したものであり、「薔薇園について」は、エリオットの「四つの四重奏」のイメージを解明するためにヨーロッパ文学の伝統に深く踏み込んだものであり、「想像力のあがない」はやはり「四つの四重奏」の車輪のイメージから信仰というか救いの問題として詩の本質に迫った力作である。それぞれの文章には氏一流のイメージの原型を中心とした分析批評が展開されているが、それはたんに詩の分析にあるのではなくてエリオットの問題に迫ったものだ。「薔薇園について」はヨーロッパ文学のパースペクティヴで、見神と性愛、詩の言葉と神の言葉などのアンビヴァランスを克明に追求したもので、エリオットに限って形象化し得たこのイメージを伝統に遡って理解することはそのままエリオットの伝統論の確認となっている。

「想像力のあがない」は、あがないという宗教的言葉が示すように、エリオットを論ずる際に欠かすことのできない宗教的なテーマを薔薇における見神からさらに鋭く追求している。氏は「ヨハネ福音書」の「言は神であった」という認識から出発して、オーデンの、「御子において肉が、魔術的変形を受けないで言と結合したから、想像力は、それ自身の姿との無差別の姦淫から贖われるのです。」という思想を「四つの四重奏」にみようとする。キリスト教文化の根底にある肉化と救いの思想を、言の肉化、詩の成就として捉える。エリオットにおける神学的テーマを言葉や想像力の問題として捉えたところはキリスト教文化の本質に迫ったものであり、大きな問題提起だと思う。

星野氏のエリオットへの肉薄は、氏自身もいうように、内側からでなく、いわば異教徒の立場からである。私は最初に、氏の神話的雰囲気について述べたが、エリオットへの肉薄がいわば形造られた宗教へ向かうか、人間すべての原体験としてある宗教的指向へ還元されるのか、氏自身の態度としてどのように展開するか注目したい。その輪郭をはっきりさせることが、氏の詩人として存在を明確にさせることだと思う。

「英国の若きスコラ・クリティックであり作家でもあるジョン・ウェインは、〈学問とジャーナリズムとのふれ合う領域において文芸批評の真の進歩が予想される〉と新批評のアンソロジー『インタプリティションズ』の序文で述べているが、日本では、或いは日本の歌壇では、どうもそういう希望がもてそうにないらしい。まして、デイ・ルイスが自叙伝の『埋もれた時代』で述べているようなこと、彼がオクスフォードに在学中はじめて「荒地」について聞かせられたのは古典学者モーリス・バウラからであったというようなケースは、更に更に望めそうにない。」

これは歌誌「棘」の氏の時評の言葉であるが、この言葉の裏には氏の立場が端的に示されている。氏は決して古いものを漁るスコラ・クリティックではない。氏のスコラ・クリティックの一面は新しいものや現代的課題に対する作家的情熱の所産であり、そこが氏の文章をたんなる学問や知識以上のものとしているのだ。

私は、エリオットがそうであったように、詩と批評の真の結びつきが星野氏によって成就されることを期待する。氏の幅広いエネルギッシュな活躍はそれを予感させるに充分である。

「方舟」'67年8月3号

山口ひとよ詩集『復活祭まえに』を読んで

詩集『復活祭まえに』の著者山口ひとよ氏と始めて会ったのは『方舟』創刊にあたって最初の会合を持った時で、その時の私にとって、中崎氏の家に集まったメンバーは何れも初対面なのであった。実のところ、これらの人達の作品についてもほとんど読んでいないに等しかったのである。だから私にとって『方舟』が出される度に出合う作品が、同人達との心の触れ合いの深まりとして強く印象づけられてきている。紅一点として参加した山口氏の作品はとりわけ初対面の印象を鮮明なものとする力強さがあった。山口氏は知的な冷静さの底に激しい情熱を秘めた作家だと思われる。

今度『方舟』以前も含めてまとめられた作品集を読むと、近作がやはり詩の発想の姿勢において明確になってきていることがいえるように思う。現代のように詩が困難になってきている状況では何故詩を書くかという認識を明確にすること自身すでに詩はある程度達成されたとみてよいだろうし、それは詩に参加するという決意の強さともかかわっている。

氏は詩作するということを除けば平凡な家庭の主婦であるかもしれないし、才気と教養に事欠かない知識階級の女性の一人かもしれない。けれど、平凡な主婦やインテリ女性と決定的に違う点は、詩の認識に対するきびしさを負わされた詩人であるということである。書かずにおれない主題を決定的に持つということ以上の条件が詩人に課せられるとは思えない。

山口氏の近作に鮮明になってきている発想は、日常の現実と精神との落差の感覚であり、そこからもたらされる日常性への抵抗とそこからの脱出への希求であるといってよいと思う。それは時には濃密な幻想的世界への脱出となり、時には原始的な生命への願望となり、時には残酷なまでの血と魔性との破壊的意志となっている。だから氏の作品は男性的なまでに意志的であり、器用に取り繕ったり才気で上滑りする女流特有の脆弱さがない。感性に依存している限り詩に対して受け身であって、それは年と共に衰弱せざるを得ない「時分の花」であるが、意志的で知的である限り作家は長持ちするであろう。

このように述べても山口氏が決して女性的資質を欠いているということではない。たとえば「五月の誕生日に贈る詩」の

薔薇とリラ
あざみとクレオメ
ミモザに勿忘草にセントウレア……

炎のピチカットにあわせて
ひとり
私は唄う
五月のうた
誕生のうた

という行にみられる優雅なナルシシズムは際立って女性的である。宝石や血のイメージも随処にみられるが、それらは女性特有の感受性を色濃くにじませている。

日常的なものからの脱出は、たとえば冒頭の「マリン・スノー」では、数千米の海の底でマリリン・モンローとあいびきする甘美な官能の化身として、浮彫りされる。モンローの完璧さは彼女が人生のオルガスムスの瞬間において生を停止したというところにあるかもしれない。詩人の不幸は最後に次のように書かねばならないところにある。

冬がくると地上に降りしきる雪のように
真夏　海に降る雪
マリン・スノー

細胞の死骸

山口ひとよ詩集『復活祭まえに』を読んで

死骸という異様な言葉が夢想から一気に作者を現実に連れ戻す。降り積む雪は甘美な官能を冷めたく幽閉してしまう。モンローが、〈枯れることのないドライ・フラワー／死の勝利〉として死者の側に咲く花とすれば、マリン・スノーは生の側に降り積む死であるかもしれない。村野四郎はカバーに「日常のいたるところに見いだされる蛹化した死。しかしそれを見つめる眼には、もはや古い抒情的結滞はない。主知的な眼差しは、たえずそれをこえて、新しい血液のように未来の生へむかってながれている。」と書いているが、作者の日常生活のなかの死を見詰める主知的な限差しが冴えれば冴えるほど一方でそこからの激しい解放が求められるわけなのだ。

生の充実を求める意志はD・H・ロレンスのいくつかの詩を想起させるが、山口氏の場合、ロレンスのように性の讃歌という理想主義的指向を示しているわけではない。たとえば、「ちいさなもの」における次のような行は、

ちいさなもの
かすかなもの
みつめるもの

ふたりでいっしょに
始原の愛へ　さぐっていく入口

愛の歓びをうたっているのだが、その入口は鍵穴のように小さな入口でしかない。

わたしのかわいそうなマダム・ジョリよ
わたしはまた一つの生を
鎖につながなければならない（マダム・ジョリへ）

作者の指向はここにも表現されているように現実のなかで鎖につながれている生を恢復することが主題なのであって、そこでは理念を求めるよりももっとさし迫った生命的なものの解放が先決なのである。

あなたの相貌を妄想して　私は
火炎木の灼ける南の街を
さまよい歩く
（夏の蛇）

山口ひとよ詩集『復活祭まえに』を読んで

ついにその夜　私は空に投身した
私がいちばん高い所に上った頃
ワリゴに火がついた　玉の中の
幾種類もの火薬がいっせいに燃えた
金色に　白色に　紅色に　(夜の空のどこかに)
マントルピースのなかの焔
焔のなかの　燃える私
私は鳥　死なない鳥　　(フェニックス)

火炎木が灼けるというイメージの激しさ、夜空に花火の玉となってはじける華麗な破壊的意志、燃える不死鳥に身を託す強烈な生の主張、これらのイメージは女性的なひ弱さとは無縁である。現実の生の腐蝕を強いる倦怠が強ければ強いほどそこからの脱出が激しいイメージとなって提出されるに違いない。山口氏は氷のなかの焔のように冷めたく燃える型の詩人なのであろう。多くの人達が現実の見かけの豊かさのなかで費消していってしまう生を、氏はむしろ鋭く研ぎ澄ましてきているように思う。おそらく現代の繁栄は絶えず飢えに悩まされざるを得ない費消されるものの豊富さに支えられているに過ぎなく、それは根源的なものの真の充溢に対する渇望を鈍化させ不感症化させるような文化なのである。

私の意志ではないのに
凄絶な雨のように心に降る
この生の日の廃墟の
不思議なくらさ　あかるさ
にくしみと　あい
むしろ　あのとき　私は
生の断絶ととなりあわせていた日々の
せっぱつまった欲情をみたしてあげる
ひとりの白い毒蛇だったほうがよかった　（夏の蛇）

これは失われたものへの痛恨なのであろうか。現実の生の廃墟から追憶される完き瞬間への憧憬であろうか。それにしては白い毒蛇というようなエキセントリックな表現にもかかわらず作者の眼は痛いまでに冴えているようにみえる。

「……ムレタが赤い色であるならば　私の血を　ムレタより赤く　描き残してくれ」これは「闘牛」と題してパウル・クレエに呼びかけた詩である。赤い血を流して殺される闘牛に自らを託して作者は叫んでいるのだ。これは残酷なまでに破壊的な意志の表現であるが、このようなマゾヒズム的幻想も、生を原始の裸形において恢復しようとする作者の発想から理解される。

私は山口氏の作品から極端な激しさを拾い上げ過ぎたかもしれない。しかし、それは詩的エネルギーの所在の典型をつきとめておきたかったからに外ならない。氏の発想はこのように激しく意志的であるにもかかわらず、全体として優雅な詩的空間を形造っている。それは氏が技巧において洗錬された審美的感覚を身につけているからなのであろう。饒舌なくらいに長い詩行を続けながら少しのたるみも感じさせないということも、溢れでる詩想の自然な豊かさと言葉に対する感覚の正確さを反映するものに外ならない。

技巧の鮮やかさという点では、比較的短い「窓」とか「午後」という小品に汲みとることができる。村野氏は「もはや古い抒情的結滞はない」と評したが、湿った感傷や女性のひ弱な抒情性からきっぱりと抜け出た現代的な詩の空間は見事だと思う。このことは氏の作品が日常的、私小説的な次元から手を切っていることと無関係だとは思えない。短歌の伝統にある抒情性や身辺雑記的なリアリズムと氏の作品世界とは無縁である。詩はそれ自身完結した空間を持たねばならないだろう。

この詩集には作者のあとがきもなければ序文もない。それに作品も自由な配列であるから発表の年代を追うこともできない。作者にとって詩集は作品それ自身で完結したものであり、作者の生活の歩みと作品とは直接関係はないのだ。それ故作品にすべてを語らせようとする作者の意図は潔い。作者は人生の歩みや家庭の事情などによって作品が理由づけられることを潔癖に拒否しているようにみえる。

山口氏の作品に望むところがあるとすれば最初に述べた日常の現実と精神の落差の感覚という発想が、個人的な場から現代文化そのものの批判へと展望されて欲しいということである。私は詩が特殊な環境と特殊な体験を経ずには書き得ないとは思っていない。つまり現代の状況に真向から挑むような行動によってでなければ良い詩が書き得ないというようには思わない。サラリーマンや主婦の平凡にみえる日常のなかにも現代と直結する尖鋭な体験がある筈のものだと思う。日常からの脱出も個人的な欲求ではなしに、人間の本質の恢復へと通ずるものであってはじめて詩的現実はより強固なものとなるであろう。

山口氏の作品の主題は明確なようでいて、やや日常的表面的な感情に溺れているきらいがないでもない。これは抽象的ないい方に過ぎるが、私のいわんとしていることは恢復を求める本然的な生と目されるものがやや感情的な激しさに隠されているのではないかということである。そのことがわれわれを麻痺させている現代文化の毒の所在を浮彫りさせるところまで至っていないように思える。われわれは何ものに対して激しく抵抗し、抗議せねばならないのだろうか。

作者はおそらくこれから作品を書き続けることによって真の自由を成就していくことであろう。詩人は作品を書くことによって救われる外はない。山口氏は現実からの脱出を全き優雅な詩的空間を築き上げることで成し遂げていくだろう。氏はそのような形で成熟していくであろう女性としてはめずらしいスケールの大きな作家のように思える。

「方舟」'68年11月6号

下山嘉一郎詩集『はにわの歌』と抒情

下山嘉一郎氏の『はにわの歌』は、昨年の詩集『桐生』に引き続いて刊行された四冊目の詩集である。第二詩集『うしろの声』の行き届いた解説で中崎一夫氏が指摘していることのなかに、この二冊の詩集を理解する上で適切な見解があるので最初に触れておきたい。中崎氏は下山氏の詩の中に時間や存在や光の裏側をテーマにしたともいえる作品群があり、そこではかなり意識的なリリシズムの追求がなされているといい、一方に現実に密着したアクチュアルなテーマに取り組んだ作品があるのは美しすぎる抒情の世界の補償、埋め合わせのように思えると述べている。『桐生』の主要な作品が後者の指向であるとすれば、『はにわの歌』は前者の作詩態度を下山氏が意志的に追求した成果ということができるかもしれない。しかし、同じ作者の二冊の詩集をこのように図式的に割り切ることは本当は正確ではない。『桐生』では、『うしろの声』にみられた碁地問題等の現実参加の姿勢はうすれ、故郷としての桐生への愛着を歌った作品が多い。詩人の両面の声が一つの文体へと止揚されてきているように思う。私は『桐生』

こそ下山氏が書きとめずにはおれなかった詩の原点としての青春の傷みそのものではなかったかと思う。故郷である桐生に現在も住みながら、下山氏にとって桐生は失われた青春そのままに失われた故郷なのである。中学時代というかけがえのない青春期を戦争から敗戦という衝撃的な経験のなかに送らざるを得なかった者には、青春ははっきり区切られた異質な世界として隔てられている。私にとってそれは学徒動員の工場でみた真蒼な空に鮮明に浮かぶB29の機影のように不思議な明るさのなかに想起される。ある意味でそれは精神の無垢な楽園でさえあった。下山氏にとってそれはおそらく空襲下の恐怖そのままにかけがえのない経験として深い傷痕を刻んでいるに違いない。下山氏のリリシズムにある「禁欲的な優しさ、清潔さ」（中崎一夫・解説）の裏にある「透明な痛み」（鷹狩りの男子）ともいうべきトーンは『桐生』の青春追憶の詩の中に求められるのではないだろうか。『桐生』は歴史の証言としての意図はともかくとしても、下山氏の詩の原点として抒情の系譜において私は評価したいと思う。

『はにわの歌』の「あとがき」で下山氏は、「詩という鉱脈のなかに厳然として抒情というものが存在」するといい、「抒情というものをつきつめて考えてみたかった」といっている。いわゆる抒情詩と呼ばれるものから現代詩が遠ざかる傾向にあることはよくいわれることだ。それはたんに詩の自覚が音楽性から絵画性へと移行してきているという事実ばかりではなしに、経験の質が情緒から認識へと変わらざるを得なくなっていることを示すものであろう。表現は経験のより明確で強い認識を伴わずにはおれなくなっている。しかし、抒情的な発想から遠ざかるといっても、それは感傷や情緒に溺れることが認識を曇らせることを避けることであって、広い意味の抒情そのものを拒否して詩が成立しないことも確かである。認識といってもそれが美的経験であるかぎり情緒的基盤に根差すものでなければならない。下山氏はこのような事情を充分踏まえた上で抒情というものに敢えて取り組んだと思う。『はにわの歌』の意図したものが抒情であったとしても、それはいわゆる抒情詩の復活ではなく、むしろ抒情そのものを問うたのであり、抒情の原型が求められているのだ。

このような試みをする上で、はにわという限定された静的なフォルムに詩への想いを仮託したことは賢明な配慮であったと思われる。言葉を換えていえば、はにわを発見したことが下山氏の思索的な沈潜する抒情への追求を可能としたともいえるのではないか。下山氏は『はにわの歌』で最初からアクチュアルな現実へ参加し介入しようとする態度に背を向けている。下山氏の関心は時代を超えた人間存在そのものの本質へ迫ることであったのであり、できるだけ夾雑物のない純化されたモデルでそれを捉えようとしたわけなのである。

われわれの生は瞬間の連続に過ぎなく、瞬間のうちにこそ永遠は望見される。過去や未来が現在において瞬時に共有される。そのような瞬間即無限こそがわれわれの存在の在り方である。有限なる存在の無限性にこそ人間存在のかわらぬ寂寥がのぞくのだ。下山氏は「連作を終えていま私のきく共鳴音とは有限性の自覚にたった人間が寂寥の断崖できくことのできる無限への郷愁を秘めた波の音である」と書いている。抒情とは存在の岸辺に打ち寄せる波のごときものであろう。数千年を隔てた静謐な形象のなかに共鳴し合う生の拡がり、有限と無限、瞬間と永遠といった予盾しあう要素の錯綜のなかで氏は抒情そのものの故郷を問うのだ。

下山氏ははにわをテーマにしながら実にさまざまな形で隔たった時間の垂直の深みを一つの作品のなかに照らし出してみせる。はにわの主人公に合体して独白してみたり（武人）、現代の踊る若者を幻影のように踊るはにわの過去へとオーバーラップさせたり（踊る男女）、はにわと生ける仲間のごとく対話したり（ひざまずく男）、愛の物語を鮮やかに点描したり（壺をはこぶ女）、またこれらの手法が一つの作品のなかで複雑に絡み合う。下山氏がはにわをテーマとしながら観察者としてはにわの描写を意図した作品が一つとして見出せないことも注目してよいことだろう。読者にははにわの形を明確に与えられることはないが、そのことは少しの妨げとならないばかりか、下山氏の詩の世界へ抵抗なしに引き込まれていくことを助けさえする。はにわの写真を添えたらかえって下山氏の詩の世界を狭く限定し、かえって色褪せたものとするだろう。本当ははにわという古代人の作品がテーマなのではなく、はにわは下山氏の詩の世界を触発する媒介に過ぎない。

私は能の舞台で能面が実に豊かな表情となって躍動することにいいしれぬ戦慄を覚えた記憶がある。変わるべき表情がある瞬間の一つの表情であり続けることの不気味さが逆説的に表情の豊かさとなって私を打ったのだと思う。はにわが永遠に一つの形であり、生の表現であり続けることの恐ろしさが、一層はにわに豊かな生命を与えることになるのだ。

私は『はにわの歌』はいわゆる抒情詩を復活させようと意図したものではないと述べたが、はにわという堅固な形象に増殖するイメージの核を求めた氏の作品は、手法的にもイマジスティックであり知的な構成と抑制されたトーンを醸し出している。やさしく静謐なはにわのように節度と格調ある古典的な世界である。詩に本質する抒情を支柱としたクラシックな世界である。

下山氏の築く世界は時に観念の複雑な屈折へと向かい読者を立ち止まらせることがあるが、それは村野四郎が序文で指摘している「観念の石ころさえなければ」一層よかったろうという、言葉の不消化さとなってあらわれることがある。それは思惟が抒情に流され曇らされる時の僅かな瑕瑾といえばいえるであろう。

あなたの村を／蛍がりのような気やすさで／うばってしまったのはだれか

この行にあるような比喩の濃密さは、『はにわの歌』を新鮮で彫りの深いものにしていることは疑いない。下山氏の確かな感受性が思惟の複雑な屈折によって、その作品を分厚く密度の濃いものとしているのだ。

下山氏は『はにわの歌』をとおして「人間が寂寥の断崖できくことのできる無限への郷愁を秘めた波の音」を聞いたのであるが、一貫して流れる寂寥感にはたんに人間存在の寂しさ、考える葦のさびしさといった本質ばかりではなしに、一つの文体ともいえる下山氏の抒情の質そのものにも注目しないわけにはいかないように思う。

透明な痛みを一身にあびて／冬空にいどみたつ鷹よ（鷹狩りの男子）
あごひげまでが／寂寥を背景にして茂る／墓標の列のようにみえるのだ（あごひげのある男）
あなたのことばの深さのなかに身を沈めて／すべての形象は病める皮膚のようにめくられて（巫女）
生れたときから／深い傷口につつまれている／ほんとうの愛というものを（女子半身）

このような行にはやはり私は下山氏の詩の原点として指摘した傷つき失われた青春への想いと同じ陰影が滲んでいるのをみないわけにはいかない。それは痛みとか墓標とか病めるとか傷口という言葉があるからという理由だけではない。一貫した文体として下山氏の詩を緊張させているのだ。私は下山氏が抒情を問うことによって自らの文体を成就させたということに詩人としての成熟の過程をみないわけにはいかない。自らの文体にめぐりあったものにとって青春とか傷とか痛みとかという詮索は無縁なことだ。下山氏は『はにわの歌』によって抒情そのものを問うことで自らの詩を発見したとはいえないだろうか。

現代は詩の困難な時代になっているようにみえる。感情は感覚の表皮へと露出された強い刺戟に反応するだけになってきている。しかし、それ故にこそ失われつつある神にかわって人間を救うのが詩の役割でなければならない。低音ではあるが、下山氏の沈潜する魂へのよびかけの歌にこそ真の詩の復活の方向が示されているのではないだろうか。

「方舟」'71年8月11号

もう一人の芭蕉——詩集『芭蕉四十一篇』に寄せて

星野徹氏の、『PERSONAE』から『花鳥』、そして、今度の『芭蕉四十一篇』と続く詩集に共通していえることは、作品を個人的、日常的経験から峻別しているということであろう。詩は個人的な感情や経験を表現する手段でないことは明らかであって、詩はそれ自身美であり、目的であることにおいて自律している。詩が目的であって、表現は目的であるよりもむしろ手段の一つといわねばならない。しかし、書かれた作品が作者の個人的経験から独立しているからといって、作品の創造の過程は作者の内面的経験の形象化としてしか現れざるを得ない。それ故に、日常的経験を手掛かりとして詩を形象化し、検証していくことがもっとも自然発生的な詩への通路といえるのであろう。すぐれた天分と機会に恵まれた詩人は、感情の表白がそのまま詩として形をなすこともあり得る。しかし、より高い美、いわば価値を創造するためには、日常的、個人的経験の限界を超える想像力の飛躍が要請される。星野徹氏は、T・S・エリオットがそうであったように、自然発生的な在り方を最初から意識的に排除することによって自らの詩的営為を確認しようとしているようにみえる。

個人的日常性を排除するために氏がとった方法は文学上、または歴史上の人物に仮託して自らの肉声を響かせるという方法であった。第三者に仮託して、抽象的、絶対的詩的空間を構築するのである。それは徹底して言語経験、つまり文学作品を読むことによって得られる経験を媒介としている。われわれの経験には日常の行動そのものとしてのそれの外に、映像や言語による経験が大きな比重を占めている。言語空間は色褪せた記号と意味の世界ではなくして、それ自身無限定の時空を超えた宇宙を構成している。そのような空間に発想の契機を求めることは博覧強記の多力者星野徹氏にいかにも相応しい。

『芭蕉四十一篇』はほぼ一年間で書かれたという。この量はかなり精力的な詩的エネルギーの噴出といってよく、すぐれた詩人に一度は訪れるに違いない昂揚の期間の一つであったとみてよいだろう。それまでに氏は古今東西の神話や歴史上の人物に仮託した作品を書いてきた。芭蕉についても『花鳥』ではすでに五篇の作品を書いてその萌芽を示している。しかし、芭蕉一人に的を絞ることによって短期間に今度の集が書かれたということは、芭蕉との出会いの重要さを端的に物語っていることだと思われる。それでは芭蕉の何が氏の詩的エネルギーを解放したのだろうか。もちろん芭蕉の発句に対する共感なり、親縁感なしにはそれはあり得なかったであろう。しかし、私にはむしろ芭蕉の発句を反歌とする長歌形式という趣向の発見が詩を汲み出す上で大きな役割を果たしたのだと思えるのである。『芭蕉四十一篇』はどれも芭蕉の発句を反歌として据えた長歌の形をとっているのである。

反歌が先にあって長歌を書くということは、いわば歯車を逆に回転させることである。ある意味では、一つの作品を契機としてさまざまなコメントを書き付けることは分析批評家星野徹氏にとって自家薬籠中の物であろう。まして芭蕉の発句がとりわけ余情とふくらみをもった世界であることを思えば余計にそのことはいえる。しかし、長歌がたんに発句の鑑賞であり、批評であり、パラフレイズであって、そこに芭蕉とのアイデンティティを求めるものだとしたら、それは反歌に対して従たる位置に甘んじる外はないであろう。そのような仕事であるなら山本健吉や加藤楸邨の全句評釈のような業績をもってきてもよいのである。

反歌は長歌の反復であり、補足であり、集約であり、純化した反照でもあった。しかし、反歌が長歌と拮抗するくらいに洗錬されればされる程、逆に長歌の部分は弛緩した頭註でしかなくなり、いくばくもなくして実質的に滅んでしまったのである。完成した短く密度の高い作品を反歌に持つということは、ある意味では長歌が反歌の批評にさらされていることなのであろう。この反歌の批評に堪えるということが氏の苦心であったといってもよいのではないか。

星野詩の世界は粘着力があり、濃密で、饒舌なまでに言語空間における想像力を繰り拡げる。芭蕉が中世的なわび、さび、枯淡に向かう身心脱落の非情なものそのものへと収斂していく寡黙な東洋的世界であるのに対して、星野詩は自意識を限りなく掘り起こしていく西欧的発想である。長歌形式の困難さを承知しながら氏があえてこの形式に挑んだ理由も、この発想の対比を意識したためであったに違いない、と私は思う。発句の収斂していく世界に対して増殖するイメージを対比させることによって、長歌は反歌の批評に堪え、相拮抗することができる。発想の相反する長歌、反歌の緊張したバランスの中に新しい詩的美を自覚した時、星野氏の詩の湧出は可能となったといえないだろうか。

長歌による反歌（芭蕉句）へのアプローチはさまざまな形をとっている。それは発句の長い前書であったり(這出でよかひやが下のひきの声)、序詞であったり(幾霜に心ばせをの松飾り)、詩論の開陳であったり（よく見れば薺花さく垣ねかな）、音韻詩的分析であったり（さびしさや花のあたりのあすならふ）、鑑賞であったり（馬に寝て残夢月遠し茶のけぶり）、情況の設定であったり（狂句こがらしの身は竹斎に似たる哉）、芭蕉論であったり（旅に病んで夢は枯野をかけ廻る）する。しかし、ここにとどまっていたら批評の域をでることはないだろう。句の出来る現場にこのようにさまざまな形で立ち会いながら、そこから星野氏自身の肉声のイメージの世界へと旅立っていくのだ。それはかなり自由で大胆であり、時には意識的に疎なる世界を繰り拡げてみせる。芭蕉の句への批評の届かない世界を築いてみせる。

芭蕉と対置される星野詩の肉声の世界は、たとえば、「春雨や蓬をのばす艸の道」における仔犬のペニスのイメージであったり、「日の道や葵傾くさつき雨」における灰色の鶏の灰色の肛門の奥の粘膜のイメージであったりする。「夏の月御油より出て赤坂や」では油のような闇の中の厚ぼったい膜のなかの魚であり、「猪もともに吹かるる野分かな」では総毛立つ想像力の中で血を吹きながらうずくまる一個の生き物である。これだけをみても、氏の詩が芭蕉の粗述ではなくして、西欧的な実存的イメージを対照させることによって独自の詩的緊張を造り出そうと意図していることが分かる。『芭蕉四十一篇』が現代詩として書かれた理由もその辺に明瞭である。私は長歌にあたる部分を読みながら芭蕉の句を予想できたのは十句にも充たなかったが、それは氏の思惑の成功を物語っている。反歌がすでに知られた作品であるということは、知的サスペンスもあって、その意外性や衝撃性や謎解きにこの作品を読むことの魅力の大きな部分を付加しているように思う。

星野氏が増幅してみせるエロチシズムの世界の鮮度も芭蕉のほのかなそれとの対比を示して興味深い。「田一枚うへてたちさる柳かな」の、藍より硬くて新鮮な乳房や腰のまぶしい弾力、「一家に遊女もねたり萩と月」ではグラマーの切り通しの起伏をくだって西行の江口の里のまぶしい儀式へと思いをはせる。「小萩ちれますほの小貝小盃」では、浜を女性の唇に喩え、小貝に蘇芳色のせんさいな部分を連想し、風景そのものを艶なる肉体に化せしめる。「京にても京なつかしやほととぎす」では、「言語連想による架空の女人、女人へのエロスの羽搏きをひさびさに経験」させるのも新鮮な視点である。

イメージの面での自ら娯しむごとき大胆な跳躍はその語り口においても読みとることができる。氏の文体はもともと重厚で粘っこいが、時には流れるように円滑でリズミカルになったり、「たぶたぶ」とか、「ばくばく」とか、「さやさや」といった同語反復による音韻イメージを娯んだりしている。それは散文の形をとりながら句読点を取り去った表記と照応したリズムを奏でている。

私は『芭蕉四十一篇』が芭蕉への共感なり親縁感なしにはありえないと書き、一方では氏が反芭蕉的世界を対置させたと書いた。その辺のところをどのように解すべきだろうか。私自身一方で俳句を書き、欧米の詩の影響下にあって散文形式の詩を書いている。私は私自身のなかに表現を求めるカオスをもつ反面、救いの方向として東洋的な放下滅却への指向を意識している。かつて朔太郎は年をとるごとに枯淡に惹かれていく自己へのやるせなさを語った。それは年令を加えるごとに増す血の誘惑である。星野氏の芭蕉詩は私には血の誘惑に対する葛藤であり、存在証明として措定された対決のように思えてならない。星野氏のなかの東洋はまだまだ豊饒で血腥い若さを臓している。

『芭蕉四十一篇』の試みは、繰り返し述べたように、芭蕉の句を反歌とし、その句によって触発された星野氏独自のイメージの世界を長歌として対置させ、その緊張関係において全体が一つの詩を主張しようとするものである。長歌は芭蕉の経験として語られながら実は星野氏によって経験された芭蕉である。芭蕉的なものと星野的なものを組み合わせることによって第三の詩的時空を造っているわけである。そのような観点からみると、連句の付合のようにさまざまな照応をなしている。親句であることによって成功しているものもあれば、疎句であることによって成功しているものもある。両者の関係が充分な詩的緊張を生んでいないものもあれば、やや冷淡にそっぽを向いているものもある。しかし、私はこのような難しい試みを独自な詩的空間として成功させた星野氏の力倆に敬服する。そして、実にユニークなもう一人の芭蕉を創造せしめた記憶さるべき業績であると確信するのである。

「方舟」'77年9月20号

晴と褻と——星野徹詩集『今様雑歌』に寄せて

『梁塵秘抄口伝集』に、「待賢門院うせさせ給にしかば、火を打けちて、闇の夜に向ひたる心地して、くれふたがりてありしほどに、五十日過し程に、崇徳院の新院と申し時、ひとつ所にわがもとにあるべきやうに仰られしかば、餘りまぢかくつゝましかりしかども、好みたちたりしかば、其後も同じやうに、夜毎に好み歌ひき。」という記述がみえる。母である待賢門院をなくしたまだ十八才の雅仁親王（後の後白河院）の悲嘆のさまがうかがえるが、長兄である崇徳院（一説には白河法皇と待賢門院との間に生まれたとされる）のもとに引き取られた親王は、あまりに身近で気がひけ憚られたけれども、毎晩のように今様を歌いあかしたというのである。口伝集によれば後白河院の今様好きは、「十餘歳の時より今に至る迄、今様を好みて怠る事なし」とあるように、「昼はひねもすうたひ暮し、夜はよもすがら唄ひ明さぬ夜はなかりき」という執心ぶりであった。鳥羽上皇の寵が藤原得子に移り、崇徳天皇は退位させられてまだ三歳の近衛天皇が践祚する。しかし、近衛天皇は夭折して、今様狂いの遊び人と罵られていた雅仁親王のところへ皇位がめぐってくる。崇徳上皇方との肉親相食む保元の乱に勝ってからは退位してからも五代の天皇に君臨して源平興亡の間を後白河院は院政を敷いた。法住寺殿の御所で十五夜も続けて今様合わせを催されるようなことが可能となったのである。考えてみると後白河院の今様狂いが『梁塵秘抄』の編著者として結果的にいかに貴重な遺産をわれわれに提供してくれているか計り知れないものがある。しかも、残されているのは十巻の秘抄のうちの第二と第一の一部という状態であるにもかかわらずである。

今様は神楽歌、催馬楽などの古様に対する今様であって。いわば流行歌である。晴の歌に対して褻の歌である。雅仁親王は肩身の狭い思いをしながら今様に狂い、晩年には罪滅ぼしのように遊女乙前らから異常な執念をもって厖大な歌を記録していったのである。

星野徹氏の詩集『今様雑歌』は、前回の詩集『玄猿』と平行した時期に書かれたものだという。私が最初に今様の歴史をくどくどしく書いたのも今様がそうであったように、『今様雑歌』が星野徹氏にとって褻の部分で書かれた歌であるということをいいたいからであった。

今様は芸人や遊女などの賎民によって拡げられていったけれども、神楽歌や催馬楽がそうであるように古代にあっては歌は祭など宗教的儀式と結びついていた。遊女は呪詞を伝える歩き巫女と関係があるし、傀儡や侏儒などは芸能と結びついた巫祝の徒であった。『梁塵秘抄』も残されているものの大部分は法文歌、神歌であることも、そういう古代の名残りといってよい。宮中の公儀の宴で歌われる大歌に対して今様のような民間に伝承する小歌がひろがってくると次第に生きた民衆の声が聞かれるようになる。『梁塵秘抄』では神歌のなかでも生活を直截に反映した雑の歌がとりわけ精彩を放っている。星野徹氏が『今様雑歌』と名付けたのも雑の歌に惹かれた故であろう。『梁塵秘抄』から中世末の『閑吟集』、近世初期の『隆達小歌』に至ると、衆の開放された場での歌ではない閉鎖的な場の淫靡な頽唐のリズムが出始める。

神楽歌や催馬楽、あるいは短歌や長歌と今様の関係はまた、五七調に対する七五調といってよい。七五調はまた八五、八六のリズムをも考案した。五七調の長歌や催馬楽の重重しく優緩たる調べからすると、今様は軽快なリズムをもっている。一日歌い明かすに相応しい、人を歌狂いにさせるリズムを持っているのである。「そのころの上下、ちとうめきてかしらふらぬはなかりけり。」（『文机談』）というように身体まで踊っているのである。

『玄猿』は存在と言葉と実存について執拗に追求し、緻密に構成した星野氏の堅牢な散文詩である。正面から取り組んだ重厚な文体の形而上詩によって多くが占められている。そのような作業の一方で詩の寛ぎのような形で『今様雑歌』は書かれているのである。『後書』で星野徹氏はこのことを、「どちらかと言えば重苦しい思考を綴る散文詩と、同じくどちらかと言えばライト・ヴァースに近い詩篇群とを同じ時期に書き継いだことについては、一方の衝動に対して異質の衝動を対置させ、そうすることによってあるいはおのれの心理的平衡を保とうとしたのかもしれない。」と書いている。そして、「これらの作品を書き継ぎながら、わたしの脳裏を去来する一つの調べ、むしろ調べの影のごときものがあるのに気がついた。塚本邦雄氏の次のような歌の放射する頽唐のリズム感覚であったろう。

つね恋するはそらなる月とあげひばり　柊　ひとでなし　一飾切《ひとよぎり》

（歌集『感幻楽』）」とも書いている。氏の褻の部分がどのようなものであるかかなり明瞭に浮彫りされてくる。それは思索とは対極にある原始体験としての肉体と結びついた歌への郷愁であり、頽唐への指向としてのほのかなエロスの解放である。『芭蕉四十一篇』では、星野徹氏はいくつくかの芭蕉の作品のなかで肉感的なイメージを駆使して官能の解放を試みた。そのような部分を今度は、『今様雑歌』によって『梁塵秘抄』の今様のリズムのなかに書き分けたのである。

塚本邦雄の歌は『隆達小歌』の、「尺八の、ひとよぎりこそ、音もよけれ、君とひとよは、寝もたらぬ」によっている。これは『千載和歌集』の、「難波江の蘆のかりねのひとよゆへ身を尽くしてや恋ひわたるべき」というような歌の伝統と響きあっている。『今様雑歌』十二は、この『隆達小歌』のパロデイとして書かれた作品であるが、その後半部を引いてみる。

尺八の／ひとよぎりこそ／音もよけれ／思ひのあまりの／占あはせ／鳥占　辻占／すげなの占や／うわのそらなる／ひとよぎり／流されるってば／流される／早瀬　激つ瀬

これをみても物は尽くしならぬ語呂合わせの玄妙な詠み口が快く伝わってくる。論理の筋目をたてた文章の展開でなしに、「即興的な風趣をなるべく生かそうと試みた」（後書）という星野氏の意図は充分に成功している。このような縁語、懸詞を縦横に駆使する発想は、西鶴がそうであるように日本の散文においてさえ愛用されてきている手法である。もともと日本語はこのような口調にたよる非論理的な面が強いのである。千載の歌にしても、仮り寝を導くために「蘆の刈り」が置かれているのであり、難波江があるために「澪漂《みおつくし》」から「身を尽くし」の詞が導かれるのである。塚本邦雄の、「あげひばり　柊《ひいらぎ》　ひとでなし　一飾切《ひとよぎり》」も頭韻合わせの快さである。星野氏もこのような技巧を随処に楽んでいるようにみえる。詩の曖昧性はある意味で詩の魅力の大きな部分を占めているのである。

私は最初に『隆達小歌』の頽唐のリズムをあげてしまったが、『今様雑歌』は星野氏が触れているように、『梁塵秘抄』を主として、『閑吟集』『田植草紙』『隆達小歌』などを本歌としたパロデイからなっている。各篇とも古典の詞がさまざまな形で交じっているから正確とはいえないが、主題となっている本歌からみると、「田植草紙」が三篇、『隆遠小歌』が二篇で、他の十篇は『梁塵秘抄』によっている。そして、雑の「舞へ舞へ蝸牛」に始まり、同じく雑の著名な歌、「遊びをせんとや生れけむ戯《たはふ》れせんとや生れけん」で締めくくっている。『梁塵秘抄』の雑の歌が当時の風俗を詠んだ流行歌だといっても、『閑吟集』や『隆達小歌』の閉ざされた頽唐のリズムはない。後白河院は御所で連日今様合せを催したくらいだから朗朗と歌われたのであろう。後白河院は三十四回の熊野詣をされたところからもうかがえるように信仰心厚い中世の帝王であった。『梁塵秘抄』はこういう帝王のもとでの信心深い中世人の一途で純朴な心が詠まれている。星野徹氏は雑の歌のなかに人間の業の悲しみといったものを捉えながら全体を中世庶民のこの純朴なリズムで仕上げているのである。『今様雑歌』が褻の庶民の歌を現代に再生したものでありながらいかなる意味においても卑俗さとは無縁であるということはこの辺のところに起因していよう。それはまた星野氏の詩精神の厳しさと潔癖さを証ししている。

私は『今様雑歌』は、『玄猿』とは全く違った意味で現代詩に魅惑的な問題を投げかけているると思う。というよりも現代詩のユニークな達成の一つであるといいたい。星野徹氏は今様や小歌のパロデイを作ることによって、現代時にもっとも欠けていた歌の要素を復活したのである。日本語に本来備っていた歌を、語と語法の古い伝統を駆使して実現したのである。私は緻密な論理構成をエネルギッシュに積み上げる批評家としての面を持つ星野氏が、縁語、懸詞、物は尽くしなど非論理的な即興性を自在に駆使した詩を書いたことに改めて瞠目する。そして、氏のパロデイを新しいものとしているのは、氏が「頽唐のリズム」といっているところの人間にとって永遠に変わらない官能とエロスへの焦がれを歌っているからであろう。それは決して卑俗さに触れることはない年令の浄化を経たあえかなるエロスといいえようか。最後に星野氏は歌っている。

遊びをせんとや／戯れせんとや／うなじ傾け／笹舟一つ／ほそく／くらく／法華の／ほてる／花芯へ

この笹舟は彼岸への精霊船でもあろうか。花芯はほそく暗い悟りの門の彼岸にかいまみられる浄化されたエロスの象徴としてほてっている。

政田岑生氏の瀟洒な装幀になる『今様雑歌』はまた塚本邦雄氏の妖麗な題簽に飾られていることも言い添えておきたい。

「方舟」'80年10月26号

日常の幻像《まぼろし》——中崎一夫詩集『幻化その他』を読む

中崎一夫さんから『幻化その他』の批評の依頼があったのは締切が大分近くなってからであった。私は『H・Eの生活』では跋を書いてもらっているし、『木魂集』の批評も私の属する俳誌に書いてもらったりした経緯があるからとても断る立場にない。それに一度は中崎さんの詩について書いてみたいと思っていたのでむしろ指名して頂いたことを喜んだのであった。それにしても依頼が遅かったことが気になったので最初に決めていたであろう意中の人が誰であったかを聞いてみたところ、「実は田村英之助の名前で自分の批評を書いてみようと思っていた」とのことであった。私は内心しまったと思ったがもう遅い。英文学者田村英之助の中崎一夫評は得難い文献となったに違いない。その機会を私が奪ってしまったのはなんとも残念であるが、いずれまたその機会は訪れるであろう。そう諦めるより仕方がなかった。

中崎さんの多くの詩は二重にも三重にも自己のなかの他者との会話で成り立っている。実名の田村英之助が仮名の中崎一夫を批評するというような発想は中崎さんならではのものであるし、いわば自家薬籠中のものであろう。しかし、考えてみると田村英之助にしたところで英文学者であるという以外は不確かな自我の記号に過ぎないし、中崎さんの詩自体に田村英之助はつねづね顔を出しているはずである。田村英之助がヴェールを脱いで改まって中崎一夫と対峙するというようなことは詩を書く以上に難しいことかもしれない。私はむしろ中崎さんが二つの名前を使い分けることにそれほど必然性を感じなくなってきていることがヴェールを脱ぐ気持を起こさせた大きな理由ではないかとふと思った。しかし、田村英之助氏の批評はやはり一度は聞いてみたいと思う。

私は中崎さんの詩は二重にも三重にも自己のなかの他者との会話で成り立っていると書いた。自己のなかの他者との会話へと繰り返し降りていくのは中崎さんの詩が自我の不確かさ、不安、傷みへの問いとしてたえず書かれるからであろうと思う。自我をどこまでも対象化しながら意識の印画紙を克明に丹念に現像していく作業はよほどの強靭な知性なくしてできないことである。中崎さんの詩のある種の優雅さとさりげないユーモアはこの強靭な知性の産物に違いない。

中崎さんの處女詩集『鳥獣戯画その他』は昭和四十一年に出されているが、次の『ヴイジョンズその他』は昭和五十六年であるからその間随分長い年月が経っている。しかし、その後は『視差その他』が五十九年、今度の『幻化その他』が六十二年というようにほぼ三年おきに出るようになった。『鳥獣戯画その他』は端正な静物画の趣をたたえながら自我への切れこみの鋭さが彫りの深い陰翳を作品に与えていて魅力的であった。巧緻で丹念な織物を思わせる文体はすでに確立されている。『ヴイジョンズその他』では、「口はもと傷だったに違いない」と歌われるような存在の傷みへの問いがさまざまな試みのうちに多彩に歌われていた。『視差その他』では自分のなかの三人称としての「かれ」がしきりに登場する。「かれ」とは、「かれはときに　手管を行使して自分を他人のようにみつめている　もうひとりの自分に気づくのだ」（「エデンの東」）というような幾重にも他者のように見られている不確かな存在としての自我である。

今度の『幻化その他』で気がつくことは、ごくさりげない日常を舞台として存在への問いがなされていることである。中崎さんは日常にふと顔を覗かせる不安や恐怖を何気ない寛いだ会話のうちに取り出してみせてくれる。「電話のかけ方 i・ii・iii」とか、「砂」という詩は子供との会話の形で詩が書き進められているが、これは中崎さんの詩を理解する上できわめて象徴的である。子供はある面でイノセントな世界を映す大人にとって鏡であるといえるかもしれない。しかし、中崎さんの場合はそれが家庭的なアンチームな雰囲気を出す上でも欠かせない道具立てとなっているのである。さりげない日常に顔を覗かせるが故に異次元の世界の詩的インパクトは一層効果的である。

自我への問いは今度の詩集では、「わたしがわたしである―／この自明な答は／誰の／どのような不可知の問の／その果ての／結論なのか」（「石」）というように深められ、それはさらに、「もしかしたら　わたしは無いはずのわたしなのではないか／誰かが幻覚している　虚構の肢体なのではないか／誰か　ひそかにわたしを夢みている　未知の／恋びと　それともわたしを探している　見知らぬ神が──」（「幻覚肢の主題による」）というように恐ろしいまでに深められる。手足を何等かの理由で切断された人が、無いはずの手や足をあるように意識することがあるそうである。それが幻覚肢といわれるものであるが、そのような幻覚をきっかけとして自己の存在自体の不確かさへと問いは深められる。この現実は夢ではないのか、夢が現実ではないのかというような問いは荘子の蝶以来繰り返されてきていることであるが、中崎さんのように、「誰かが幻覚している」「誰かひそかにわたしを夢みている」というように自分自身を意識する自分が実は全く自分とは別の誰か他者ではないのか、というところまで深められたことはかつてなかったことではないのか。自分だと思っていたものが虚構に過ぎなく、自分は実は他人によって生きられている存在ではないのか、というように問わねばならない存在の深淵に立つことは私には怖ろしい。私達はそこに神をもってきて救われてあることを期待する。果てしない不安の前にいつまでも立ち尽くす強靱さを持っていない。中崎さんはありふれた日常においてそういう問を問い続けるのである。「山」という詩では、現在からみると過去が幻像であるように、未来の果てから投げかける影のもとにたてば現在のあらゆる事物は幻像《まぼろし》と化するというような形の幻化の思想が歌われている。

今度の詩集でとりわけ身につまされるような胸をしめっけられるような思いを抱かされたの

は始めてはっきりとした形で登場した死のテーマであった。冒頭の詩、「衣服についてⅰ」はその意味で衝撃的である。

急の旅に／出ようとして／あわただしく脱ぎすてた／ふだん着が／／　帰宅したとき／脱ぎすてたままの輪郭で／ぬけ殻のように／折れかさなっていた／／　いつか／帰らぬ旅に出るとき／魂があわただしく脱ぎすてる／着古した／肉体のように

第二連のぬけ殻のように着古した衣服は練り返し歌われてきたテーマである。しかし、それを魂が脱ぎすてた着古した肉体のようにというように飛躍させることによってこの詩ははるかに次元の高い戦慄を生み出した。「衣服についてⅲ」では、「やがて魂がこの肉体を脱ぎすてるとき」というような行がみえ、「いつか帰らぬ旅に出るとき」という行と照応する。魂が肉体から離れ、帰らぬ旅に出るというような死を身近に据えた発想は「山」では八回の転居を述べたあと、

これからさき　何回移転するのか　じぶんにも分らない／がすくなくともいちどは　否応なく　せざるをえない　ただひとりだけの　ひそやかな転居を―

という章句となって表れる。死をこのように魂のひそやかな別離として捉えたところは切なく

美しい。ごく平易な言葉とごく日常の事実に託してこのように深い思いを表現し得るところが中崎さんの凄さであると思う。

　中崎さんはこの詩集の出る少し前に原因のはっきりしないかなり危険な病を経験した。詩集のあとに発表された「疾病の光冠《コロナ》」（「方舟」40号）はその時の発作とそのあとの不安を歌っているが、そこにも「有と非有のあわい」の水か空のように透きかけた純粋存在が表れる。さらに「ボー」XVに発表された「天使のかぞえ方」では銀河ステーションの窓口で氷のような蒼い声で「おとな一体　こども二体」といって切符を注文するみえない主《あるじ》が歌われる。死への昵懇が年齢とか病の経験によって加速されるのは当然としても、仲間としてたがいにそういう年齢になってきたことを思うのはやはりさびしい。しかし、中崎さんが存在への新しい視座を獲得したことは間違いないことで、中崎さんの詩はさらにはるかな未知の領域へと拓かれていくに違いない。私達はいよいよ中崎さんの詩から眼が離せなくなったという思いが深い。

　私は中崎さんの詩の偏ったテーマを取り上げ過ぎたかもしれない。魂の焦がれである「コバルト・ブルーの故郷」「透きとおった木立の聖域《サンクチュアリー》」を歌った「鳥」はとりわけ私の惹かれる美しい詩である。この詩は「ひとが空を翔べないのは　何の欠落　それとも過剰の　せいなのか」と歌い出される。ひとに翼がない故なのか、ひとがごろんとした重たさだけの塊まりに過ぎない故なのか、しかし、内には飛翔を願う思念の鳥がいて内側からノックするのだ。この詩は「方舟」39号に「空」として発表されたものであるが、中崎さんは今回の詩集収録にあたって多くの作品にかなりの手を加えている。そこに中崎さんの潔癖さ、丹念さ、衿恃をみるのだが、まだ詩集未収録の作品も多く、こういうことが書誌学的課題として残されていることを付け加えておきたい。『鳥獣戯画その他』『視差その他』に続いて今度の詩集も著者の装丁になっている。表紙のクレーによるヴァリエーションはいかにも幻化に相応しい。中崎さんはどんな細かなことにも繊細な神経を行き届かせないではすませられない妥協を許さぬマイスターでもある。

「方舟」'88年3月41号

嗜虐と被虐――『鏡と街』粕谷栄市の世界

　随分以前のことになるが、現代詩文庫の『粕谷栄市詩集』を読んだ時の衝撃を私は忘れることができない。それまで断片的に読んでいたとはいえ、この経験が私にとって粕谷栄市との最初の出会いといってよいものであった。一貫した非情ともいえる文体が織りなす残酷で奇怪な世界は、現代に生きる人間の、卑小で悲哀に満ち、ねじ曲げられた姿を描いて異様なほどに鮮烈であった。日常からの断絶の手際と展開の意外性は水際立った出来映えを示していた。しかし、私の衝撃はこのような詩の出来具合ばかりによるのではなかった。粕谷氏はミショーとの出会いを語り、ミショーに触発されて書く自信を得たと書いているが、私自身も小海永二訳の『アンリ・ミショー詩集』に呪縛されて、まがりなりにも『H・Eの生活』という詩集を出していたのだ。同じミショーに触発されながらも、私がみじめに現実を這いずり廻っているだけなのに対して、氏はなんと見事に現実を突き抜けた非現実の世界を構築していることだろう。氏の詩を私に近付けたもうひとつの理由は、氏が決して大学教授などではなく、私と同じように自営の実業に携わる人であるということであった。私は結果的に実業から身を退くことになったが、氏はさわやかに二重の役割をこなしているようにみえる。実人生においても私は氏の敵ではないようにみえる。私のショックは大きくならざるを得なかったのである。

私にとってこのように神話的存在であった粕谷栄市はしばらく私の視界から遠ざかっていた。思えば氏はその間十数年の沈黙を守っていたのである。そして、三年前の八九年にいきなり『悪霊』が私の前に出現した。『悪霊』をみると、そこに収める四十六篇が三年足らずの間に書かれたことが分かる。そして、追い討ちをかけるように、今年の三月『鏡と街』四十二篇の上梓である。私には、なにか蔵のなかの大樽に長い年月寝かされていたものがようやく醗酵熟成し、一気に蔵出しされて製品化されたような目覚ましい印象をうける。

『悪霊』を読んで受けた私の最初の印象は、粕谷栄市は健在だったということであった。徹底的に同じ文体、同じやり口で自らの領土を深く耕し、拡げようとしているようにみえる。そのこと自身、ミショーとくらべても驚くべきことに映る。ミショーは、『わが領土』から『プリュームという男』『試練・悪魔祓い』というような詩集においても、かなり柔軟多彩な世界を切拓いている。私は粕谷栄市の世界の狭さを云々するよりも、そういう限られた世界での変容の多様さに驚いたのである。

粕谷栄市は処女詩集『世界の構造』の時期、「ロシナンテ」の石原吉郎と従兄の粒来哲蔵以外詩壇の付き合いはもとより詩人との交流もほとんどなかったと書いている。粕谷栄市の世界の一貫性を思う時、私は純粋培養という言葉を思わないわけにはいかない。粕谷栄市は純粋培養された毒草のように妖しいのだ。石原吉郎によって人間存在へのぎりぎりの問いを学び、粒来氏によって作品としての虚構空間の構築を学んだのではなかろうか。ミショーによって開かれた門を二人に導かれて進み、自らの領土を築いたのである。自らの領土が変えようがなく堅固なのは当然である。

粕谷栄市の詩を特徴づけているものは、この世界との限りない違和であり、そこから密室や独房や檻といった幽閉された空間のイメージが現れ、一方では奇形の世紀、模造の世界、糞尿の時代、偽りの青空の時代というような告発が語られる。こんどの詩集でもこの世界との違和は、突然現実が不可解なものになる「厨房にて」とか、浴室にいる鋭い歯を剥き出した口だけの男を描いた「浴室にて」にも露わである。孤独な幽閉された空間を主題とした作品に至っては大半がなんらかの形で関係しているといってよいほどである。「血だらけの虚無の雄鶏」も「白鳥」も「迷路から」も「半ば潰れて消えかけた顔の男」も「独房」も直截それを扱っている。この世界にいやおうなく組み込まれ、羽交い締めされた精神はまた犬のように生きねばならない。すでに大野新が、『犬』を尾ける」という粕谷論で、石原吉郎の「犬を射つ敵」という詩とか、カフカの『審判』の末尾に出てくる犬を引いて的確な指摘を行なっているが、こんどの『鏡の街』でも「犬の精神」が表れる。「今日、冷たい偽りの青空の街で、私たちは、誰もが、犬の顔をしていなければ、生きて行けない。」(「犬の精神」)という断定には、この世界にそしらぬ顔をして生きていかねばならない詩人の苦汁に満ちた認識がみえる。

粕谷氏の詩には随処に殺戮があり、血塗られた風景があり、また自殺が語られる。こういう殺伐で残酷な風景は、たぶん瀕死の状況に追いつめられた詩人の魂を贖うための儀式、いわば悪魔祓いなのであろう。世界が鋼鉄の残酷さを持つとすれば鋼鉄の残酷さを持って立ち向かわなければ平衡は得られない。被虐の恍惚は嗜虐の恍惚なのである。この狂った世界からの脱出がかなわないとすれば、そこでは無名性に徹するか、虚無に真向かう外はない。『悪霊』で、かの『外套』のアカーキィ・アカキビッチ氏を「偉大な」と呼んだ無名なるものへの共感は、こんどの集でも形を変えていろいろと語られる。百五十年同じような商いをしている「死んだ餅屋」などは、そのまま自らの日常への挽歌なのではないか。「鏡と街」では、一人の老婆が成人した若い男を乳母車に乗せて通るのを、鶏の首を切り落とし料理している孤独な男が、深い憎悪の表情で窓から見詰める状況が書かれている。この二人の男はなに者なのか、その謎は、「赤い鶏冠のある死が、生き生きと戦慄に満ちて、血を流している、その無慈悲な無名の世界で、人間が、解答を知るものである」という。この厨房の料理人とは誰なのか、乳母車の、成人した厳粛とも言える真面目な顔をした男とは誰なのか。読者はこの凍りついたような世界の戦慄を読みとればよいのかもしれない。しかし、私にはこの二人の男は、一人の男の二つの断面のように思える。受難者としてしかあり得ない詩人の自画像ではないのか。

氏は初期の文章において、いささか韜晦をこめて、自らを「有能な商人」であると書き、「健全なる肉体の保持者」であると書いている。氏の作品の狂気と残酷の世界は、この偽りの世界のもとにおいて「有能なる商人」を演じ続けるために血祭りにあげられた、生犠として構築されたといえるのかもしれない。日常から断絶した戦慄的美に満ちた全き虚構を構築することによって作者は作品の外に身を隠す。そのようにして語り手の精神は作品の外であくまでも強靱なくらいに健全であるように見える。

『鏡と街』は全体が二部に分かれており、前半は粕谷氏一流の血だらけの虚無が語られ、殺戮につぐ殺戮が語られ、暗い血の紙幣の街が語られているが、後半にこれまでの氏とは違う世界が見え隠れする作品があるように私には思えた。私はそのことを「こんにゃくと夜」と「安眠」の二作品を取り上げて眺めてみたい。「こんにゃくと夜」は、ひとり茅屋にこんにゃくについて考えている男の物語である。男はこんにゃくについて考えたあげく、「怪しいと言えば、この世の遠い木枯しのなかで、どんなこんにゃくより、人間は怪しいこんにゃくだ。」という考えに導かれる。そして、こんにゃくについて考えることは、「つまり、途方もなく長い年月、幾たびも、こんにゃくのようなものを泣かせて来た。人間の全ゆる悲しさについて考えることだ。」という結論に至る。男はとめどなく考え続けて、最後は巨きな桶に沈んで眠っている。最後に女が訪ねてきてこんにゃくがぎゃあと叫んで腰を抜かすという落ちがつくが、この意外性の面白さはここでは問わない。ここには暗く遠い時代からの日本人を視野において生の意味を問おうとする詩人の姿勢がみえてくる。

「安眠」では、深夜一人の男が寝室で大きなあくびをすると、庭に積まれた土管達も大きなあくびをするのである。睡眠という状態が、深い口を開けて積まれている土管と対比されるところは粕谷氏らしいイメージであるが、「一度だけ、その一つを抜けて、一匹の猫のすがたをした天使のようなものが、小さなあくびをしてから、尻尾をたてて、どこかへ、永遠に消えて行った。」という最後が鮮かに何ものかを捉えている。天使のようなものが粕谷氏の眼にふととまったのである。

最後に並べられた「毛銭」「へちまと天国」「霊験」の三篇には風狂の世界が垣間見られ、古典が匂ってくるが、粕谷栄市が古典的な詩美の世界とどのように交差していくか、これからの作品にスリリングな期待を抱かせる。また白い一輪の蘭を持って墜落していく男を書いた「幻花」は、ミショーの「啓示」と好一対をなす秀作と思った。しかし、この集にある「幻花」にしろ「曲馬」にしろ、「白鳥」にしろ、すでに同じ題で別の作品が発表されている。やはり「幻花II」というようにするべきではなかろうか。

私はどうやら自分に引きつけて粕谷栄市のある断面を眺めただけであるかもしれない。粕谷栄市の詩は批評を越えて無類に面白い。読者は直接触れるに限るのである。ともあれ、粕谷栄市の成熟した最近の二冊の詩集に触れ得た歓びを記して、私の粗雑な筆をおきたい。

「泥水」'92年6月13号

（付記）〝ポエム通信〟「泥水」の市原正直氏の縁で粕谷栄市氏らと遊行柳に遊んだことが懐かしい。

甦る失われた日々――小島俊明著『シャルトルの翡翠』に触れて

小島俊明氏は、私にとって『アンリ・ミショー』詩集の翻訳者として、強烈に印象付けられた詩人であった。氏はそれ以前にミショー詩集『試練・悪魔祓い』を出していて、ミショーブームに火をつけている。この詩集の装丁担当は瀧口修造であった。その後氏は、『高貴なるデーモン　フランス現代詩の旗手たち』などの評論や、池田満寿夫の挿絵で詩集『シネ・クァ・ノンの孤独』を出すなど目覚しい存在であった。その後時代が移り、氏は『星の王子さま』の翻訳者として脚光を浴びる。その間、地味ながら氏は多彩な歩みを続けてきている。本書は「あとがき」で、「私の『失われた時を求めて』でもあります」と書いているように、氏の半生記の形をとった俳文集として読める。

タイトルの「つながりを求めて」と副題の「シャルトルの翡翠」は、この本の性格を巧みに表現しているので触れてみたい。シャルトルはパリから列車で一時間ほど離れた地方都市で、大聖堂がある。氏はカトリックの特別招聘留学生として、半年ほどその地で過ごす。その地で美しい翡翠と出合う。二つの遠く離れた土地に生きる美しい翡翠、その翡翠に象徴される美に日本とフランスとのつながりを求め続けた歩みが、本書の主調音といってよい。

つながりという点では、巻頭に掲げられている「霊触れて膜が溶けあふペンテコステ」という俳句を挙げなければならない。氏は飯田龍太の俳句に惹かれ、句作を始めるようになり、龍太に見てもらったりしている。縁あって十年ほど前から氏は私の句会に顔を出すようになったが、二年ほどして『花桐』という句集を出すまでになっていた。それから二年ほどしてフランスの友人の計らいで仏訳か出ることになり、イヴ・ボヌフォフの巻頭言でフランスで出版された。本書はこの十年ほどの間にまとめられたと思われるが、文中括るような形で俳句が登場するのもこのような歩みを伝えている。そして最も日本的な俳句という詩形をフランス語に移し、東西の架け橋的な役割をも果たしたのである。

氏のフランスでの生活はカトリックへの理解を深める歩みであったが、二十世紀のボードレールと呼ばれたほどの詩人、ピエール・ジャン・ジューヴの門を叩き、師事したことは特筆されねばならない。氏は渡仏以前にジューヴの詩集『血の汗・その他』を訳しており、運命的な出会いであったろう。以前、日本でバルテュスの展覧会かあったが、ジューヴはバルテュスの良き理解者、庇護者でもあったようで、偏見の多いバルテュスにも多くの筆を割いている。リルケは少年バルテュスの画集に序を寄せており、バルテュスへの言及は卓見に充ちている。『星の王子さま』では以前、比喩的に読み解いた『おとなのための星の王子さま』を出していたが、岩波書店の版権が切れたため『新訳星の王子さま』を中央公論新社から出した。他社からも、七種類ほどの新訳が出たが、小島訳の評価が高かった。その後、対訳本、仏語によるCDブック、英対訳本、朗読CDブックなどが続けて出て、フランス語、日本語を学ぶ両国の人にも読まれているという。

カトリック関係では、その神学を禅思想をからめて深化させた奥村一郎神父への言及が熱い。禅思想をカトリック神学と結びつけるところは、まさに東西のつながりに通じる。中村草田男をカトリック俳人の面から取り上げ、またその弟子のカトリック俳人宮脇白夜も取り上げられており、良き理解者による精彩を帯びた鑑賞は目を見張らせる。

氏は十七歳の時、プルーストの『失われた時を求めて』に魅了され、フランス文学専攻の道に入ったと述べているが、それだけにプルーストの生地でもある「マルセル・プルースト記念館」を訪問した時の記述は実に印象深い。プルーストの求めた失われた時を自らへの問いとして深めている。

私はこれまで氏の文学面での歩みばかりを取り上げてきたが、この随筆集に繰り広げられる世界は眩いばかりに多彩で豊饒である。現地で体験してきたクラシック音楽との出会いも、精彩を帯びて伝わってくる。氏の厳父は能や茶道を嗜む趣味人であったようであるが、この本には能や狂言、浄瑠璃などの邦楽から落語までの体験が語られ、その蘊蓄ぶりには驚かされる。抜群の記憶力や感性の豊かさは生得のものであろう。また、これまでの歩みを通じて交流した人たちの多彩さも、この本を貴重なものとしている。とりわけ、小島信夫との関わりは興味深い。ともあれ、その多彩な歩みを濃密な俳文集として上梓されたことを心から喜びたい。

「図書新聞」'16年9月10日

思い出すままに——村野四郎先生を偲んで——

先生の入院の知らせを聞いたのは療養中の病院においてであった。十二月の始め、退院直前に見舞いにうかがった山口ひとよさんから先生の病状をお伺いした時、パーキンソン病で、こちらの話は分かってもらえても先生のおっしゃることはよく聞きとれなかった、とのことで病状の進行に暗い気持を抱いた。三月に入って陽気がよくなったら御見舞いをと思っていた矢先、突然の訃報に接しねばならなかったことはなんとしても心残りでならない。

もう一昨年のことになるが、胃の具合が悪いとのことで御見舞いをした時、金井直さんや宮本むつみさんも同席しておられたが、先生は、胃に穴があいていて仕事を半分に減らせといわれている、仕事が出来なくなったらさっさと死んでしまった方がよい、この齢でもまだ傑作が書けそうな気がするので生きているだけで作品の書けない人生なら生きるに値しない、という意味のことをいわれた。私には死について少しの感傷も交えずに日常茶飯のことのように語っておられる先生の態度が衝撃的であった。それは強がりであったかもしれないが、私には村野四郎の強靭なニヒリズムと熾烈な作家魂を目の当たりにして身が引き緊まる思いであった。先生にとって詩作は心の支えであり生きる意味であった。「一日といえども詩を思わない日のない私は、日々宗教における求道と同じ苦悩と法悦にめぐまれているような気がする。現代では神の不在を信ずることも、一つの信仰であろう。」とも先生は書いておられる。

思えば全く幸運な出会から先生とお付き合い頂くようになって随分長い年月が経った。昭和二十八年頃のことであるが、まだ現代詩に暗中模索で、たまたま読んだ先生の『今日の詩論』に大変な衝撃と洗脳を受けていた。勤め先の国民金融公庫新宿支所貸付課の窓口で融資決定先の書類の中に村野四郎という名前をみたのはそんな時だったのである。窓口に手続に来た人に半信半疑尋ねてみるとまさしく詩人村野四郎その人であった。先生の方も熱心な読者が変なところに現れてびっくりしたらしく、その後は毎月の返済にみえられるごとに窓口で詩の雑談をしていかれた。まだ文学の卵以前の私には眩し過ぎる思いだった。その後、私は俳人の瀧春一先生の家に下宿していた関係で俳句に熱中するようになり、先生に勧められながらも詩作の方になかなか手がまわらなかった。それでも三十四年前後は俳句関係の書いたものを読んでもらったり、「無限」に投稿を始めたり、手紙のやりとりをみても一番熱心に接していた時期のように思える。その頃の先生は午後だけ会社へ出ていたようで、午前中と夜はいつも家にいるから遊びにくるようにといっておられた。四十年に勤めを辞めてからは巣鴨に会社があったので先生の邪魔にならない程度にお伺いした。

先生はもともと俳句出身で、川路柳虹のあとを継いで「東京タイムズ」に短歌、俳句の鑑賞を毎日載せていたので俳句関係の事情には実に詳しくよく眼を通しておられるのには驚かされた。だから私との会話はもっぱら俳句のことに終始することが多く、そういう会話を楽んでおられるようだった。いわゆる前衛俳句にはかなり辛辣な意見を述べておられたが、新しいものでも良いものは詩人らしい理解を示してくれたと思う。秀句鑑賞で私の「滑らかな石くれとなり下流に覚む」「不能《インポテンツ》絢爛とある王の墓」のような句を取り上げてくれたり、句集の出版記念会の時「けもののごとく吊るされてある重たさよ」という句を取り上げて頂いた時には、良い悪いは別として分かってもらえたという嬉しさが先立った。

先生の傾倒しておられたハイデッガーやシュペルヴィエルの話もよくでたが、ハイデッガーの『ヒューマニズムについて』という文庫本を何十円かで買って、今時こんなに安くてこんなにためになる本があろうかと自慢されたり、シュペルヴィエルの訳は堀口大学のものに限るが、その文庫本が絶版でどうしても見付からないとこぼされたりした。鈴木大拙を読むように勧められたことがあるが、それがきっかけで私は大拙の禅に興味を抱くようになり、「無限」に載った「禅とシュルレアリスム」という文章を書くことにもなった。少し横道にそれるが、四十年頃加藤郁乎の出版記念会がお茶の水の「コペンハーゲン」であったとき、吉田一穂が着流しで出席し、私も三時間ばかり親しく話を聞く機会を得たことがある。その時一穂が村野四郎に対する敵意を剥き出しにしていて驚いたことを覚えている。「自分は職業についたことがなく詩だけで食ってきたが、川端や横光の十倍の原稿料をもらった。詩は精神の上で帝王でなければならない。詩を書こうと思いたって五十年、生皮を剥ぐような貧乏を続けてきたが、一日だって詩を忘れたことはない。」というような話から、「小野も村野も西脇も駄目だ、エリオットも嫌いだ。村野は理研コンツェルンの村野だ。」という調子の怪気焔をあげた。先生もある時、口を極めて吉田一穂を批難したことがあった。詩で食うなんて思い上がりも甚だしい。詩を生活の手段にすることは詩の冒瀆だ、金銭や俗事から詩は切り離すべきだ、という趣旨だった。「生いたちの記」にも、詩は無償の行為で、実業は食うための有償の行為である、詩を有償の行為としての生活の手段とする時必ず退廃する、という意味のことを書いておられる。詩人は俗事から超脱すべきなのか、生活なくして詩はあり得ないのか難しい問題であるが、先生の態度はいわば良い意味のアマチュアリズムといってよいかもしれない。これは先生の表現行為を理解する鍵ともなるであろう。

日常的な金銭面でも先生は実に几帳面で、ルーズさを嫌ったようだ。私も同じ慶応の経済の出で、多少なりと経営に携わっていた関係で先生の態度は身近に共感できた。八重洲地下街に食堂を出した時には、真っ先に仕事は上手くいっているか、仕事は大事にしなければいけない、というようなことを顔を見る毎にいわれた。詩人といえども生活の基盤を固めることが先決だというのが先生の信念だった。それにしても、詩人としてあれだけの仕事をしながら立派な経営者であったということは、私には想像を絶する超人的のことのように思える。

平井照敏氏が「村野四郎の彼方へ」という文章を発表し、先生の「モナリザ」という詩「どうぞ其処を退いてください／あなたが居るので／風景が見えない」という一節をもじって先生を批難した時はかなり堪えていたようだった。顔をみる毎にこういうことを書いたものがいるといって内容を話し、憤懣をぶつけておられた。そのことは、その後平井氏が書いた「無限」の「わが村野四郎」という文章にも敏感に受け止められているが、平井氏があげているように、先生の「私は無実だ」という詩はたしかに先生の受けた打撃の深さを語っているように思う。先生は疑いなく若い者には一時期現代詩の権威そのものとして君臨していた。もちろん批判がなかったわけではなく、たとえば、『抽象の城』の解説にすらそういう声は紹介されている。それらの批判を乗り越えて『亡羊記』から晩年の高みに迄達し得た先生にはそれなりの強烈な自負があったのだ。平井氏の文章は若い世代の正面きった最初の叛旗だったかもしれない。晩年には平井氏に対する先生の感情的なしこりはすっかり氷解したようであるが、私には、いつかは乗り越えられ、第一線を明け渡さざるを得ない作家の孤独というものを強く印象づけられた。そういうことがあってから、若い詩人に対して批判的になり、論のたつ者ほど詩は下手だということをよく語っておられた。終始かっていたのは田村隆一の詩で一頃はよく面倒をみていたらしく、生活が出鱈目なものに限って詩がうまいのだから困ったことだといっておられた。

私が詩らしきものを書いてみてもらうようになったのは「無限」が出てからである。「無限」の発刊がスローペースだったので忘れた頃書くという調子だった。「無限」の選は厳しくて辛うじて二回ばかり載せてもらったが、今からみると没になった作品はいかにも貧しい。先生から直接作品を批評して頂いたり褒めてもらったことは殆んどなく、どうみても見所のない弟子だったに違いない。ある時先生から「芸術生活」の詩の選をしているが、載ると五千円になるから松林君出せといわれた。投稿して大分たってからお伺いすると、岩手にすごく上手なのがいて、その男が投稿してきたので君のは後廻しだといわれた。先生がそんなに惚れ込む詩人は誰かと思って「芸術生活」みると村上昭夫の名前があった。先生は後に、この詩人の詩集『動物哀歌』の序文をも書いておられるが、人生派ともいえるこういう詩人の詩に惹かれるようになった先生は、やはりモダニストから正統へと回帰していったのではないかと思う。私は最初に強靭なニヒリズムというい方をしたが、「最近の私には、ニヒリズムというものは、どんな意味においても詩の窮極とは思われない、それは一つの過程だと思うようになった」（「萩原朔太郎さんと私」）という言葉はいつわらない感想であろう。喜怒哀楽をストレートに表現しなかった先生にとって、ニヒリズムは美学であり、作詩法なのかもしれなかった。

こういう回帰は俳句の好みにもみられ、虚子の花鳥諷詠の世界を評価するようになった。晩年は他人の作品にも随分寛大になった感じで、書くことのなかった序文類も気軽に書くようになったようだ。私も詩集を早く出せといわれるようになったが、なかなか決心がつかなかった。一頃は何もかも見透かされている感じで恐くて詩集どころではなかったのだから、随分変わったと思う。それにしても生前とうとう一冊の詩集すらもみてもらうことができなかったとはなんとしても寂しい。とりとめない思い出を書いてきたが、終わりに先生の御冥福を切にお祈りしたい。

「方舟」'75年10月16号

「詩人村野四郎記念館」を訪ねて

五月十三日、府中市の郷土の森博物館に、この二月開館した「詩人村野四郎記念館」を訪ねてきた。この博物館の辺りは多摩川の堤に添っていて、いこいの森や市民健康センターなどの広大な緑地が広がっている。この博物館自体も広大で、昔の由緒ある民家や町役場、小学校などがゆったり復元移築されており、縄文、弥生時代以降の府中の歴史を示す展示もスケールが大きかった。

村野四郎は多磨村（現府中市）の由緒ある旧家の四男として生まれている。家は酒類の他、食品や建築資材までも扱う裕福な商家であった。記念館は四郎の生地に誕生したのである。

記念館は、移築された昭和十年頃の小学校の一部があてられていた。展示物は詩誌や詩集、書、愛用のペンなど地味なものばかりであったが、各コーナーの説明書が実に簡明的確にその歩みを記していて、この詩人の歩んだ道の全貌が分かるようになっている。四郎は晩年まで詩人と会社経営の二足の草鞋であったが、実業人としての面はこれまであまり知られていなかったのではなかろうか。先客は一人だけで、ガラスケースにひっそりと収まった私にはなじみ深い詩集などに感慨ひとしおであった。

私がショックを受けたのは、一九七五年没、七十三歳という表示を見た時であった。思えば私も今七十三歳なのである。四郎は長いこと戦後詩壇に君臨し、『亡羊記』では読売文学賞を受賞、全詩集を出すなど詩業を全うしたといってよい。私は同じ歳に達しながらその歩みの貧しさに愕然とする他なかったのである。年齢を加えることはなるべく意識しないように気持が働いているのであろう。それを突き付けられた感じであった。

展示には「わが孔雀は永遠に飢えた里」という色紙があった。この箴言風の短詩は四郎がもっとも気に入っていたものであったろう。四郎の没後、お焼香に訪れた折、奥さんから記念になるようなものは何もありませんが、この中から一枚選んで下さいと云って差し出されたのが、半紙に書かれた数枚のこの短詩であった。私はその中の一枚を頂き、今は表装して大切に飾っている。四郎は孔雀、いわば美の象徴である孔雀に託して、自らを美の永遠の探求者と位置づけたのだと思う。私は以前、詩誌「方舟」に「孔雀の飢え」と題してこのことに触れた小論を書いている。四郎は戦後の昭和二十年代、「詩学」の投稿作品の選を担当していて、谷川俊太郎や大岡信など多くの詩人を世に送り出している。美を見分ける感受性にはとりわけ鋭いものがあったと思う。

四郎と接していて私がもっとも強烈な印象を受けた言葉は、いまどきどうして神などが信じられるだろうか、という趣旨の言葉であった。四郎はきっぱりと神を否定していた。幾分ふんぎりのつかなかった私には素っ気ないくらいに思える口調であった。今思うと『実在の岸辺』『抽象の城』『亡羊記』などに見事に結実した四郎のニヒリズムの深さは、この神の否定の強さから導かれた世界だと思えてくる。四郎は庇護するもののない人間実存の不安を歌い続けたのである。

ニヒリズムとは別に、晩年には芭蕉に対する関心を強めてゆき、「おくのほそ道」をテーマとした「心の旅路——日本の風土に寄せる序曲」というラジオ放送のための邦楽台本も書いている。巣鴨で開いていた「方舟」の同人会に、文京区千石の自宅から下駄履きで顔を見せ、私との会話がもっぱら芭蕉についてだったのを覚えている。最初の私の評論集『古典と正統』の序文は栗山理一氏であったが、四郎は「無限」の四十一年春季号「芭蕉＝蕪村」特集で山本健吉、寺田透等と共に栗山理一を交えた座談会をもっている。そのあと栗山理一と会ったよ、面白い人だ、と印象深げに語ってくれた。「無限」のこの号には私の詩も載せてくれている。始めて投稿でない詩が載ったのである。

私は国民金融公庫の貸付の窓口で、たまたま借入申込みに来た理研電解工業㈱専務取締役村野四郎と邂逅した。昭和二十九年のことである。その頃私は村野四郎の『今日の詩論』という本に衝撃と洗礼を受けていた。その本は、これからの詩は音楽ではなくイメージの美を表現したものでなくてはならないと徹底的に主張するものであった。申込書に同姓同名のその名前を見てはっと思った私は、おそるおそる詩人の村野四郎かと聞いた。そうですと応える四郎も驚いたらしい。あとで奥さんから聞いた話では、四郎はその日、「ばれちゃった、ばれちゃった」と家人におどけてみせたらしい。思わぬところに伏兵がいたのである。四郎に辱知を得たきっかけはそんな奇縁であった。

私は昭和四十九年から五十年にかけて病院で結核の療養生活を送っていた。四郎が亡くなったのは私が退院して間もない三月二日であった。暖かくなったら見舞いをと思いながらそれも果たせず逝ってしまわれたのである。駒込吉祥寺での葬儀の長い列にいて、折からの強い東風にひときわ寒さの身にしみるのを覚えた。

「こだま」'03年5月号

詩の縁——田村隆一さんのこと

一月号で、詩人村野四郎先生との奇遇ともいうべき出会いについて触れた。詩人田村隆一さんとの奇遇もその延長に生まれたもので、あまり知られていない詩人の一面に触れると思うので書いておきたい。

私が公庫の新宿支店から御徒町の本店（まだ大手町の公庫ビルは出来ていなかった）に移っていた三十年代半ばだったと思う。私の部屋に粗末な服装の大きな男が入ってきて私の前に立ち、田村隆一ですといきなり挨拶をしたのだ。私はあの「荒地」の花形的存在であった詩人田村隆一の名前が過ぎり、呆気にとられて詩人の田村隆一さんですかと問い返した。詩人はそうですと答え、村野四郎先生から金融公庫の松林という者のところへ行けば融資して貰えるかもしれないから行くようにと言われたという。そういえば四郎師から田村隆一がよく来て困ったものだ、金融公庫から融資を受ける見込みはあるだろうかというような話を聞いたことを思い出した。隆一は困ると四郎師のところへ金の無心に顔を出していたらしい。私は零細企業でも事業資金なら融資は可能である旨答えていた。そんなことが甦り、詩人が私の前に立つわけが見えてきた。

私は事業資金が融資の対象で、それ以外は融資出来ないが、どのような事業をしているのかと尋ねた。詩人はアパートを経営していてそのための資金だと言う。アパート経営は意外であったが、それが事業として認められるかどうか実態が分からないので判断をしかねた。詩人は一度見に来て欲しいと言う。私は日を改め、誘われるままにアパートのある十条を訪れた。二階建ての数戸のアパートで、父親が経営していたらしい。その改修費として融資を受けたいという。記憶も定かでないが、父親と一緒に食事を頂きながら融資の申し込みの方法などを話したり、詩のことなど話したと思う。

私は融資にタッチしていないので経過は分からないが、無事融資を受けたらしい。三十六年に頂いた美しい年賀状には、しばらく松本に滞在したことや、昨年から保谷に移ったことなどが書かれ、「お世話になったままますっかりご無沙汰していました。一度お目にかかって詩の話などをしたいと存じております。」とあった。それからどのくらい経っていたか定かでないが、遊びに来ないかという連絡があった。教えられた所は谷中の公園の一部のような場所で、立派な屋敷であった。素敵な美人が出迎えてくれたが、それは詩人の岸田衿子さんで、なんと隆一の奥さんになっていたのだ。その家はかつての岸田國士の家であった。詩人は早速ウイスキーを注文する。私は強いのは駄目で違うのを頼んだと思うが、話は弾むはずはなかった。衿子さんは、この人はウイスキーが入らないと良い人なのに入ると人が変わってしまうとこぼしていた。ウイスキー漬けの田村隆一は始まっていたのだ。そこには二人の間の赤ん坊がいた。道という名で、北海道の旅を記念して道とつけたのだという。隆一の『緑の思想』に、「未知くんへのメッセージ」と「未知くん病気」の二篇の詩がある。表記は未知が正しいかもしれないが、早世したらしい。

考えてみれば詩の話をしようにも私にはまともなことを言える資格は全くなかった。その頃は俳句に熱中している時期で、三十九年に出た『古典と正統』の文章に励んでいた。詩に興味を持ち、詩らしいものを書いていたが発表する場もない。たまたま村野四郎師が、草野心平、西脇順三郎との三人で編集発行することになった詩誌「無限」に投稿を始めたのが出発である。ようやく三十七年の「無限」12号に詩「電流」が載った。「無限」は豪華な詩誌だけに投稿は厳選で、草野心平の選をパスしたとの速達が届いた時は嬉しかった。その年には「禅とシュルリアリズム」という文章も載せて頂いた。村野四郎師から鈴木大拙は良いから読むように言われ、大拙を読み漁り、禅に踏み込んで書いた文章であった。

隆一詩人とはその後加藤郁乎の出版記念会で顔を合わせているが、荒れ狂うウイスキーの狂騒の中で私など霞んでしまったに違いない。村野師は詩人から融資を受けたという報告を受けたらしく、その後会った時田村は返せるだろうかという懸念を聞いたが、その後は会うごとに田村は返したか返したかと聞かれた。焦げ付いた様子はなく、私は返したと思うと答えていた。

隆一は転居を繰り返しているからアパートは手放したかもしれない。

ペンギン版で英訳の『日本詩選』が出て、現代詩の新しい詩人として田村隆一や谷川俊太郎までが取り上げられている。たまたま田村氏と会った時に祝意を述べると訳された「三つの声」に出る罪という言葉が、sin でなく crime と訳されていることに強い不満を述べていた。私はそこに詩人の吟持を感じた。この訳書については、「海程」20号に私は詳しく取り上げている。最近岩波の「図書」に、池澤夏樹氏が「詩のなぐさめ」という文章で、「勇を鼓して例を挙げれば、田村隆一はやっぱり悪い人ではなかったか」と、ねじめ正一氏の『荒地の恋』を読んだ感想として書いていた。この悪人説に踏み込む気持はないが、私にとって田村隆一は義理人情に厚く、礼儀正しく温かい人という印象ばかりが強い。

十九年秋の朝日新聞に田村隆一の特集が載っていて、そこに岸田衿子氏の、「私を含めて奥さんは何度も代わったけれど、いちいち入籍したのは根がまじめだからです。過激で素っ頓狂な冗談で笑わせますが、女性には小学生のように品行方正でした。」という言葉があった。妻は五人まで代わり、五妻と呼んで愛した五番目の妻悦子氏は、「純粋で誠実で清らかで、品位のある人でした。無頼ではありません。「僕の詩を読んだら分かるやつには分かる」ともらしていました。」と語っている。私には二人の言葉がとてもよく分かる気がする。

「こだま」'14年12月号

北山泰斗さんのこと

北山泰斗さんが亡くなったのを奥さんから報されたのは九月の始めだった。体調を崩していることは聞いていたが、そこまでとは思っていなかったので突然で驚かされた。病気は食道癌で、昨年の十一月から入院していて、亡くなったのは七月だったという。

北山さんとのお付き合いは随分古いことになる。私が昭和三十九年、『古典と正統』を出した時、角川の「俳句」へ、飯島耕一さんに書評を書いてもらった。そんな関係で、飯島さんが紹介を書いている北山泰斗さんの個展の案内が届いた。早速見に行ったことはいうまでもない。その絵は紐のような管のような異様なもので、私を強く惹き付けるものを持っていた。四十一年、私は句集を出すことになり、挿画にどうしても北山さんの絵が欲しくなった。その頃北山さんは王子のアパートに住んでいて、私はそこを訪れた。北山さんは快く引き受けてくださったばかりでなく、三十枚ほど書いてここから撰んでくれという。二人であれこれ相談し、欲張って句集に十枚使うことにした。そんなわけで、さまざまな形や色の紐からなっている斬新な絵で句集『方舟』は飾られることになった。なおこの句集には瀧春一先生の序文があり、金子兜太さんからは長い跋文を寄せて頂いている。ちょうど同じ四十一年、私は星野徹、中崎一夫氏等と詩誌を創刊することになった。表紙の絵を北山さんにお願いしたのはいうまでもない。詩誌の名前までが「方舟」となったが、これは私の句集からとったのでないことは、創刊号の星野徹氏の方舟に触れた評論が教えてくれる。

「方舟」は平成元年まで44号続いたが、その間八回にわたって表紙を書き換えてもらっている。私は「方舟」に、北山さんの絵に触発された「管」という詩も書いた。

北山さんはその後、玉川大学芸術学科教授となり、一陽会の常任委員を務めるようになっていた。立派なアトリエを備えた新居も、町田市鶴川にお建てになった。一度だけその新居に伺わせて頂いたことがあったが、私も仕事に忙しく飛び回るようになり、直接お会いすることはほとんどなくなった。それでも毎年案内を頂く一陽展には欠かさず足を運んだことはいうまでもない。奥さんは東北大学を出た才媛で、同じく一陽会に属して、画家名中島マミとしてずっと一緒に出展していた。北山さんの絵はその後変貌を続けるが、海から海底へと向かい、そこから泡が生まれ、さらに水玉となり、晩年は「丹水のモノローグ」とも題されたように、画面一杯に眩しい赤の水玉で埋め尽くされるようになっていた。奥さん中島マミの絵は、北山さんとは違って、終始一貫鮮やかな点描画を追求しているところが私には興味深かった。

奥さんの報せの翌日、都合がよかったらと連絡があり、早速弔問にお伺いした。盛大な葬儀も一段落した後で、アトリエはすっかり片付けられ、ささやかな仏壇が設えられていた。私には傍らにあった若い頃の自画像が印象深かった。その日はモダンアート協会の出水徹氏も来て、三人で故人を偲ぶ時間を持った。私には家庭での北山さんの芸術家らしい日常がとりわけ興味深かった。墓地は近くにあり、出水氏のジャガーに乗せてもらって墓参を済ませた。

今年の一陽展は、いつも二室目に周囲を圧するように飾られていた北山さんの絵はなく、例年通り物故者のコーナーに、故人の略歴を添えて北山さんの絵がひっそりとあった。一つの時代が終わったという痛切な感じとは別に、中島マミさんは新しい境地を開くのではないかとふと思った。

平成八年、東京国際美術館で北山泰斗展があって、その図録に宗左近さんが小論を寄せていた。その宗さんもこの六月、お亡くなりになった。

「左岸」39号には大勢の方々が追悼文を寄せておられて、改めてお人柄が偲ばれる。

北山さんは昭和六年、私も飯島耕一さんも昭和五年と三人は若かった。飯島さんの決定版『萩原朔太郎』には、私の『古典と正統』に触れた文章があって懐かしかった。飯島さんも体調を崩しているらしい。今年は飯島さんの詩集『アメリカ』がいくつか文学賞をとるなどブレークした。戦後詩の最終ランナーを自認する飯島さんにはまだまだ頑張ってほしいと願うや切である。

池田二十世紀美術館から2007年のカレンダーが送られてきたが、そこには北山さんの、「青空の中の青空」と題した美しい絵があって懐かしさのこみ上げるものがあった。

「こだま」'06年12月号

井本農一先生を偲んで

十月十日、越谷で「石塚真樹さんを偲ぶつどい」があった。真樹さんと同じ職場にいた縁もあって私も出席したのだが、その席には現俳協の役員の方も何人か見えていた。ちょうど三日前、私は虎ノ門病院に井本農一先生を御見舞し、眼の離せない状態になっていたことを知ったばかりだったので、役員の方に状況を話し、『現代俳句四賞集成』の早く出来上がるのをお願いしたりした。四賞集成には大賞の井本農一先生の事績などについて私は書いていたので、出来上がった本を先生に見て欲しかったのである。

家に帰ったその日の十時過ぎ、澁谷道氏から、先生がお亡くなりになった旨のお電話を頂いた。覚悟はしていたとはいえ、あまりにも早い死にショックは大きかった。

思えば先生に親しく接して頂けるようになつてもう二十年を越える歳月が流れている。学問の場にいたわけでもなく、俳人としてもさしたる名前もない私が先生の辱知を頂けたのは偏に先生の暖かい包容力とお人柄以外のなにものでもなかったとしみじみ思う。

昭和五十年、一年程の療養生活のあと退院した私は二、三年軽い勤務の期間を持った。時間に餘裕を得た私はやみくもに古典を読み漁り始め、「芭蕉と其角」なる長文の文章を書いて先生のところへ持っていったのである。お住まいの近いこともあったし、以前『古典と正統』という本を出した時、一度遊びに来なさいと言われていたことが頼りであった。先生は大学院生の卒論に眼を通すくらいの気持ではなかったろうか。簡単な感想と其角関係の分厚い本を貸して下さった。次は「等類・非等類の論」なる百枚近い文章であった。先生はこれは面白いから綜合誌へ話してあげましょうということであったが、長過ぎるということで断られたという。それではということで先生の主宰する「俳文芸」の十号・十一号に載せて頂くことになった。

この時期私を感激させた出来事があった。先生の最初の句集『遅日の街』が昭和五十二年上梓され、その出版記念会があって私も出席した。出てみて驚いたのは出席者二十名という数の少なさとその顔振れである。教え子で会の世話役でもあった鍵和田釉子氏が送って下さった当日の写真を見ると、大野林火、岸風三樓、安住敦、加倉井秋を、西垣脩、上村占魚などすでに故人となられた方をはじめ、清水基吉、沢木欣一、藤田湘子、皆川盤水、鈴木真砂女、川崎展宏など錚々たる人達ばかりである。学者はおらず、村松友次氏は俳人紅花として招ばれたのであろう。改めて先生の人脈とその奥行の深さに驚かされると共に、私が出席しているのが不思議な気持だった。当日の記憶があやふやなのは緊張に上の空になっていたせいかもしれない。

その後私は再び忙しくなり、生原稿を見て頂くことは少なくなったが、同人詩誌や発表した文章のコピーを送ると必ず感想を頂いた。まさに打てば響くような几帳面さであった。これが私だけでないことは、先生を知る人が共通に口にすることだから確かである、まして先生のような御多忙の身での行為なのだから驚く外はない。

一番嬉しかったのは平成二年の『芭蕉——愛執と求道の詞花』の上梓である。それまでにあちこちに発表した芭蕉に関するものを整理し、本にしたいとお話したところ、即座に賛成して下さり、角川書店の小島欣二氏に紹介して頂いた。序文まではばかられたので、題字をお願いしたところ快く引き受けて下さった。この本には「等類・非等類の論」はもとより、凡兆を論じた「みつの枕」も原稿を見て頂いた文章である。この原稿にはいくつか意見、感想が書かれていて、大幅に書き直し、「暖流」に発表したところ、随分よくなったといわれ嬉しかった。

先生の学問は書誌学的、実証的研究に基盤を置く地味な立場を崩さなかったが、一方で文学が対象であるということを常に強調された。芭蕉のように多角的に研究が進むと、勢い眼は埋もれた資料の発掘や事実の細かな詮索というところへ入って、文学を読むという基本を忘れがちになる。そういう自戒が先生の現実の文学への参加を促したのではなかろうか。とりわけ『遅日の街』上梓以後、たんに現代俳句を論ずる批評家であるばかりでなく、実作者としての意欲を強くしていったようである。

学問の場でもそうであるが、現代俳句の面でも先生は実に広く目配りをしていて、その判断は正確で偏りがなかった。傾向の新しい現代俳句協会の作家をも積極的に理解しようとしていた。以前東京新聞で俳壇時評を担当されたことがあったが、好評だったと思う。そういう視野の広さがまた多くの人材を集めたオルガナイザー的な業績をも可能にしたのだと思う。

先ほど私は序文ははばかられたと書いたが、昭和三十九年、『古典と正統』という本を出した時の序文は栗山理一氏であった。金子兜太氏が頼んでくれて実現したことで、栗山理一は序文を書かないことで有名だということを後で知り、恐縮した思い出がある、無名の若造への序文は意に反したことだったのか、とうとう門を叩くこともできずじまいだった。そうはいっても先生に序文を頼める筋合いではなかったのである。学問の上でも栗山理一と井本農一は対照的であった。日本浪漫派に参加していたことのある栗山理一氏は実証的であるよりも大上段に文学論を展開した。指導者であるよりも芸術家肌の学者ではなかったろうか。それに引きかえ井本先生の学問や指導者としての歩みには人を包みこむ大きさがある。その懐の広さ、知的領域でのタフネスさには改めて敬愛の念を強くする。

考えてみればこれまでたどたどしくも文章を書いてこれたのも井本農一先生という最高最善の一人の読者の存在があった故ではないかと思えてくる。ここ二年ほどの間も芭蕉についての四百枚ほどの生原稿を見て頂いたが、こんな無謀なことができたのも先生の存在故であった。そんな大きな支えがなくなり、今はいいようのないさびしさを覚える。

七月始め、先生に呼ばれお伺いすると、先生は酸素吸入器をつけておられ、愕然とする思いであった。以前からしきりに息が切れるといっておられたが、肺の機能が急速に衰えてきていたのである。その時、私が差し上げてあったものなど、これからどう紛れてしまうか分からないからと返して下さった。先生は身辺を整理しておられたのである。私はなんともいえない粛然とした思いにかられた。あとで知ったことであるが、その時期先生は第三句集や自註句集などあと三冊出さねば死ねないと時間との壮絶な格闘をなさっていたのである。

最期にお見舞した時にはもう身動きもできない状態になっていた。一言二言申し上げたあと、私は思わず先生の手を二回ほどかたく握りしめた。その手は父上から農一と名付けられたそのままに大きくがっしりした手であった。帰路、秋雨に打たれながら先生の温顔と手の感触がいつまでも心に灯り続けるのであった。

今はひたすら御冥福をお祈り申し上げるばかりである。

「現代俳句」'98年11月号

勝原士郎さんと歩んで——句集『薔薇は太陽』を読む

勝原士郎さんは平成九年の九月、初めて木魂句会に出席されている。この句会には山口正三さんの縁で島田節さんが顔を見せるようになり、節さんと「伐折羅」を出しておられた士郎さんも、節さんの縁で出席したのだった。平成十年は断続的に顔を出されていたが、バックナンバーを調べてみると、十一年の夏頃からほぼ皆勤に近く常連となっておられる。

句会に顔を出すようになって、士郎さんから句集『鈍行にて』を頂いた。この本は昭和四十九年に出版されているが、その中の反権力的な立場の思想性の強い作品に私は強い感銘を受けた。「俳句人」の編集を担当されたことがあるとお聞きし、むべなるかなと思ったりした。しかし、中村汀女の「風花」にいたことをお聞きしたりして、士郎さんの歩みに繫がらない部分が多く、もどかしい思いもあった。今度上梓された『薔薇は太陽』には長文の俳句に関わった回想記が添えられている。この文章は私の年来のもやもやを一掃してくれて嬉しかった。『鈍行にて』に載っていた「血の日曜日」と題する、

メーデーのぶっ倒されし手に手錠
メーデーの血が頬をながれ少女なり

の句は、栗林一石路の推輓で「新日本文学」に載ったものであることもこの文章で知った。

この回想記の山はなんといっても汀女のもとを離反するまでの「風花」時代のエピソードである。東大の学生時代には「風花」の表紙画を花森安治のところへ受け取りに行ったり、石田波郷のもとへ原稿の依頼に行くというような、汀女の全幅の信頼ぶりが伝わってくる。

士郎さんの「風花」訣別は直接にはメーデーの句が「新日本文学」に載ったことで、汀女から一石路か汀女かどちらを選ぶかを質されたことが引き金になったようであるが、俳句に対する態度そのものにおいて既に「風花」俳句との違和は醸成されつつあったようである。それはホトトギス的なものの変革という志向であり、俳句に生活なり社会意識を取り込むということであった。離反は士郎さんや渡辺倫太氏ら十名連袂という形で実行され、同人誌「地平」を創刊している。驚くことはこの離反劇を、朝日新聞に似顔絵を連載していて人気のあった清水崑が取り上げていることである。巨大な汀女の膝あたりの処に、士郎さんらしき青年が反旗をかついでいるところが描かれている。当時の士郎さんの颯爽とした若武者ぶりが彷彿する。清水崑は波郷など俳人との付き合いも多く、私も仕事のことで品川の崑さん宅を何回か訪ねたことがある。

士郎さんの作品でとりわけ際立つことに、社会の動きから眼を反らさない思想性の強さということがある。平和を乱すような社会的な現実を直視しようとし、権力に虐げられた弱者に温かい眼をそそぐことを忘れない。私は当初そのことを、敗戦を経た進歩的知識人に共通する態度というように受け止めていたのであるが、士郎さんと接しているうちに、それはそんな生やさしいものでない筋金入りのものであることを知るようになった。とはいえ、知的エリートでもある士郎さんをそこまで突き詰めさせたものが何であったのか、もう一つ釈然としないものがあった。しかし、そのことは今度の文章で氷解した思いである。

士郎さんの十歳も年上の長兄は慶応時代、左翼運動で投獄され、出獄しても特高に付け狙われていたようである。そして敗戦直後に急死したという。母上も戦中にお亡くなりになっている。父上は齢八十を数える直前まで労農運動犠牲者救援会の仕事に打ち込んでいたという。士郎さん自身、学生生活を戦中から戦後にかけての窮乏時代に送っている。松本高等学校時代は瀕死の重病を経験したり、京大時代は厳しい飢寒を経験した。終戦直前の徴兵で軍隊生活も経験した。弱者へ眼を向け、社会の不正を告発する視座は原体験そのものとして士郎さんを方向付けていたのである。

殺《あや》めあふ正義はふたつ冬日ひとつ
慰安所へ五十年後の日傘さして
小鳥来るなして地雷のカラフルに
劣化ウラン弾百万猫のみ敏く
弾痕壁に遊びせむとや蹴るボール

こういう作品は士郎さんでなければ出来ない貴重な時代の証言であろう。成熟した出来を示していることにも感心する。大方詩人は私を含めて自分ばかりの夢や悲しみを詠むことに耽っている。社会的正義ということに関心の薄い私など反省させられることが多い。

士郎さんから「風花」時代のことを聞くにつけ、私など汀女のもとに残っていたらなどと語ったりしたが、今思えば士郎さんは汀女のもとで作家生活を続け得なかったろうことは明瞭である。しかし、それは汀女に見込まれた叙情詩人としての士郎さんの資質がそこで花開いたであろうことを否定するものではない。今度の句集には薔薇を詠んだ句が沢山あり、それは叙情詩人としての士郎さんの明るさへ向ける眼そのものといってよい。しかし、薔薇もさまざまに屈折して現れる。

照り陰《かげ》る定年後の薔薇リズム狂ひ

百歳を描きて薔薇の薔薇の薔薇
男《お》の薔薇を無明《むみょう》の涙声が呼ぶ
悪夢ばかり匂ひ袋に薔薇詰めても
薔薇は太陽黒点といふ病持ち
アンネの薔薇ならずや玻璃の内曇り

太陽には黒点があり、薔薇には棘がある。しかし、燃え続ける薔薇は生命の炎でもあろう。玻璃の向こうの薔薇にアンネを見る眼は士郎さんの優しさそのもののように美しい。優しさという面では、フランシス・ジャムの添え書きのある、

露地いちご今朝は詩人となりパンに

の句に私は惹かれる。ジャムは驢馬と一心同体のようなやさしさに溢れた詩人であった。

『薔薇は太陽』には旅ばかりでなく、演劇や画展などを題材とした句がかなりある。こういう題材は直接触れていない読者に感動を伝えるのであるから難しく、力量が問われるのであるが、

ひとつ青く描かれ白寿の烏瓜
緑涙あふる一つは斜め下の眼に

前者には津田清楓展、後者にはピカソ展と前書のあるこのような句は充分成功していると思う。
終りに私のとりわけ惹かれた句を挙げてみたい。

魔の踏切葱さきだててゆけば寧《やす》し
死後に読む書を蒐《あつ》めをり秋風に
豆腐笛夕焼裾濃《ゆうやけすそご》に吹き変り
薬包紙鶴になりかけ秋逝けり
野葡萄の虫喰ひの葉にそそぐ雨
焔《ほ》となりし線香頒《わか》つ秋風に

これらの中には吟行で拝見した句や、「木魂」に取り上げた句もあって懐かしい。
士郎さんにはこれからも木魂句会を盛り立てていって欲しいと切に願っている。

附記

勝原さんは有斐閣に長く勤めておられて校正の神様的な存在であったという。私が次々と本を出版出来たのも勝原さんの校正があったからこそと思う。

「こだま」'05年3月号

詩人囲碁会のこと

詩人囲碁大会が満二十年を迎えるということで、今年は銚子で一泊の会が催されることになり、案内があった。この頃はすっかり詩の方から遠ざかっていて、なんとなく肩身が狭いのであるが、過去三回の優勝経験があって、誘われる習わしになっている。ずっと世話役を務めている日本詩人クラブ会長の天彦五男氏が体調を崩されていて、今期限りの交替の話もあり、区切りの会なので私も出席することにした。ちょうど妻も旅に出ていて留守だし、冬の犬吠岬も魅力であった。常連の『評伝金子光晴』を書いた原満三寿氏やペン一本で生きる勝負師郷原宏氏と手合せできるのも楽しみである。

詩人囲碁会は昭和五十八年に第一回が行われている。その時は、那珂太郎、北村太郎、飯島耕一、加島祥造、天彦五男、平出隆各氏等十六名が参加しているが、飯岡亨、山田今次、北村太郎、北一平氏という人たちが今は鬼籍に入っている。私は中途から参加しているが、那珂太郎氏や飯島耕一氏とは何回か対局を持った。飯島耕一氏は、私の『古典と正統』の書評を「俳句」に書いてくれているし、那珂太郎氏には私の現代詩人会入会の推薦人になって頂いた。しかし、碁についてだけは私の方が上で、そんな優越感が楽しい。もっともこういう才能と芸術のセンスとは全く相容れないようである。

その日の十一月二十三日、ちょうど年内に出る予定の本の「あとがき」の校正が、前日受け取れず、その日の午前中の配達を頼んでおいたので足留めをくってしまい、朝の電車に乗れないことになってしまった。校正をファクスで送り、なんとか東京発一時過ぎの特急に乗ることが出来た。犬吠岬の「ホテルニュー大新」に着いたのは三時を過ぎていた。当然トーナメントは不戦敗であるが、勝敗は最初からどうでもよいことであった。

当日の参加者は十四名と少なく、地元の千葉詩人会の人たちが半数近くを占めていた。一泊で碁を打ちに出掛ける粋狂な詩人がそういなくて当然である。郷原宏、天彦五男、原満三寿氏等と久しぶりの対局を楽しむ。郷原宏氏とはかなりの局数をこなした。韓国の詩を訳しているという地元の飯島武太郎初段に六子を置かせ、二たてを食わせた時は相手もさすがにショックを受けたようであった。碁は奥が深くて、上には上がおり、私などアマチュアの遊びに過ぎない。優勝は初参加の「地球」同人の新井友次四段がさらった。翌年の世話役は郷原宏氏が引き継ぐことに決まる。

夜は、天彦氏持参の地酒から酒に話がはずむ。天彦氏は酒がご飯代りというものの、病気あがりで痛々しかったし、うわばみ級の原氏は心臓が悪く、ドクターストップがかかっているということで、いつもの痛飲は見られなかった。郷原氏の縁結び出雲男児らしいH談義に座が一辺にゆるむ。

翌日は朝少し対局を楽しんだあと、地元詩人のマイカー二台に分乗して銚子を案内してもらう。最初に地球の丸く見える丘展望台に寄り、国木田独歩の文学碑と竹久夢二の「宵待草」の碑に廻る。独歩の碑は以前「こだま」の吟行で私は見ているが、自然の岩に彫られた日夏耿之介書の「山林に自由存す」の詩碑には一同感銘しきりであった。やはり詩人の血が沸き立つのであろう。そのあとポートタワーに行き、タワーの上から岬一体とその前に広がる太平洋を見た。好天のもとに広がる海はいつまで見ていても飽きない。そこで買物を済ませ、駅まで送ってもらう。皆で食事をしたあと、特急に乗った時は二時を過ぎていた。

「こだま」'02年12月号

ありしながらの——母を送るの記——

母の密葬も一段落して静かになった明くる日、たまたま開けられていた土蔵に何年ぶりかで入ってみた。電気がないので窓を開け放つと刺すように冷たい信州の二月の北風が吹きこんでくる。一度見たいと思っていて果たせないでいた祖父の彦五郎の書箱を手当り次第にかきまわしてみた。祖父は歌が好きだったが私は祖父がどんな歌を作っていたかを知る機会もなく過ごしてきたのだった。書箱の大部分は地方史関係の資料であったが、『古今集序文』や貫之筆の『堤中納言家集』の石摺本、宣長の『大祓詞後釈』、広重の『東海道風景図会』などに混じって、筆で清書した祖父の歌集『松園集』四冊、「松林翁歌碑建設芳名録」という一帖が出てきた。祖父は私が小学校六年の時に亡くなったが、神宮や諏訪大社の献詠をたのしみにしていて、晩年は自分の歌碑建設を志し、そのための石まで用意していたことを私は母から聞いていた。「芳名録」はまだ大部分が白紙で発起人を少し上廻るくらいの寄附者の署名があるだけであった。

私がこの「芳名録」を懐かしく感じたのは、祖父の歌碑となるべき石が今、窪田空穂の歌碑となって松本を見下ろす城山公園に建っているからである。祖父の志が空穂という郷土の誇るべき歌人のモニュメントとして生かされているのである。数年前になろうか、空穂の歌碑建立を企図していた関係者が石屋に保管されていた祖父の石を見出して譲渡の申し出があり、譲ってやったことを母から聞いた。石碑のような一種の顕彰は周囲の盛り上がりによって本人の意志如何にかかわらず建つものであろう。祖父は歌人として一アマチュアのすさびの域を出なかったのであろう。私はいずれゆっくり読んでみたいと思っているが、『松園集』には、

余寒月

阿わ雪のとけし雫もさえかへり軒のたる氷の月ぞきらめく

諏訪湖氷

里人は神のみわたりまちぬらん氷りつめたる諏訪のみづうみ

というような歌が記されており、典型的な堂上歌壇の流れを引いている。「芳名録」の趣意言には佐々木了綱、橘道守に師事し、大正十年には一条実輝の中央歌道会の評議員となった旨が記されているが、私には未知の名前である。明治から大正にかけて松本平に「アララギ」の

島木赤彦がおり、土屋文明がいたが、このような新しい流れとは無縁であったのであろう。母は松本高女で土屋文明の教えを受けたことを誇りにしていた。

私は残ったもの達が祖父の志を遂げてやらなかったことを残念に思うよりも、空穂の歌碑としてそれが生かされたことを素直に嬉しく思う。とりわけそこに刻まれに空穂の歌に私は強く惹かれるからである。歌碑に刻まれた空穂の歌は次のような作である。


鉦《かね》ならし信濃の国をゆきゆかばありしながらの母見るらむか

この歌を何かで読んだのは大分以前のことで、「ありしながらの」という表現に心を打たれたのであったが、歌碑に刻まれた歌がこの歌であったということはつい最近歌碑をみて始めて知ったのであった。空穂は二十一歳で母の死にあっている。この歌は処女歌集『まひる野』の、「母の死にませる頃を」と題した追想の連作の一首で、他に、「面影は深くも胸に刻みたり空しき墓よ苔むさば蒸せ」という歌もみえる。

たまたま『源氏物語』を読んでいて、「帚木」の巻に、「いとかく憂き身の程定まらぬ、ありしながらの身にて、かゝる御心ばへを見ましかば……」とあるのを発見して嬉しかったことを覚えている。源氏に夜這いをされた伊予の介の妻が当惑して、「つまらない現在の身分にきまってしまう前の、昔のままの身でこのような愛情を頂きたかった」という件りである。この部分について定家の『奥入』は、「とり返すものにもがなや世の中をありしながらの我が身と思はむ」という藤原尹行釈の歌をあげている。当時「ありしながらの」というだけでこの歌が引かれるくらい知られていた歌だったのであろう。そういえば和泉式部にも、

親など言うことありければ、忍びてはらからどもなど、昔ありしやうにて物語りする、
あはれに覚ゆれば
いにしへのありしながらにある人も心がなしに物ぞ悲しき

という歌があり、「ありしながら」が、昔と少しも変わらないとか昔のままという意味で使われていることが分かる。『万葉集』ではやや意味が異なるが、昔と変わらない若さを願うことを次のように歌っている。

吾妹子は常世の国に住みけらし昔見しより変若《を》ちましにけり
我が盛りまた変若《を》ちめやもほとほとに奈良の都を見ずかなりなむ

この「変若《を》ち」は他にも「変若水《をちみず》」など数例みえる。当てられた漢字のとおりの若返るという意味であろう。若く美しい青春への願望はいつの時代でも変わらないのである。

空穂は老いたものが若い時を回想する意味で用いた「ありしながら」の本歌をとって、亡き面影の母の姿に巧みに転化した母への美しい恋慕の歌としたのである。

＊　　＊

十ヵ月程病院にいて退院した明くる年、もう一昨年の春のことになるが、母はなずなを沢山摘んで東京へ送ってくれたことがあった。なずなは懐かしい信州の土の香を想い出させてくれた。その時私は、

なづな摘むありしながらの母ならむ

という句を作ってみた。老いた母も若い娘の時のような気持で摘み草をしたのだろうかと思いやった句である。本歌の意味で使ってみたのである。しかし、私はどうしてもこの一句では物足りなくてあまり作ったこともない歌に託してみた。

みこもかる信濃の春を届けんと母が摘みきし七草なづな
老いし母一日《ひとひ》を春の野にいでて子の苞《つと》にせむとなづな摘みけん
常念の雪嶺颪に磨かれしさみどり匂ふなづな一盛り

懐かしさがこんな拙い歌を私に作らせたのである。母の私に対する小言といえば健康に関することばかりであったが、今はそれもなつかしい。

今年の一月、母は二人の孫の成人式を祝うために上京した。私の長女の成人式のために晴れ着を作り、その日の来るのを楽しみにしていたようであった。晴れ着姿の孫と写真に収まり、成人式に送り出して母は肩の荷を下ろしたような安堵を浮かべていた。疲れも一辺に出たようであった。そして二月六日母は倒れた。

信州の二月は寒気のきびしい晴天の日が多く、雪を頂いたアルプスの峻険を望むことができる。病院に見舞にいった時、二回ともアルプスは雪におおわれた美しい全容を見せてはくれなかった。二回目は比較的元気で機嫌よく言葉を交わしたのであったが、何か心にわだかまるものがあった。そして、不吉な予感そのままに、二十一日容態が急変し、私か東京を発とうとした時はもう帰らぬ人となってしまった。

半身不随の母を見舞って

うごかざる母の右手をいくたびもさすりし肌のぬくみし思ほゆ
うごかざる右手をさすりわかるやと問えばうなずきぬ母し忍ばゆ

母は城山の山ふところにある火葬場で二十三日荼毘に付された。

枯芦原に雪汚れ凍つ母がりへ
冬日をさぐるうつろな眼《まなこ》あを見給う
かなしきまで雪舞い雪敷き故山美《は》し
こんこんと寝る母冬雲垂れこめて
母よ寒夜の死を安らかにいね給う
寒一夜母と臥し母は動かざりき
きさらぎの棺冷たかろさびしかろ
底冷えて母の間母のなき炬燵
春光の瞼にしみてさびしかり
通夜明ける外《と》の囀りは変わらねど
北風澄んで母焼く煙われに降れ
うつろにして骨拾う箸動かせり
くまなく晴れて母なき母郷雪嶺《ゆきね》澄む

母は晩年、松本民芸手まりといわれている、さまざまに染色した糸で刺繍した手まりを沢山作ったり、紙人形を作ることを楽しみにしていた。自分で作った手まりや人形を親戚や知人に今から思うと形見のようにくれて歩いたようである。私の家にも手まりや人形がいくつかあって無造作に置かれてあった。母の死を聞いた時、私はそれらを自分の書斎に急いで安置した。それは母の魂そのもののように大切なものに思えた。

たらちねの母巻き賜《た》びし花手まり玉と輝きわが前に座す
ははそはの母が作りし紙ひひな或る夜しずしすと歩みきませり

母春光院の本葬は花も終わった五月六日松木市内の安立寺で行われた。松本はライラックやからたち、木瓜、木蓮などの花盛りであった。

うれいなくさくらは咲けり母亡きに
花あやめ亡き数に入る御母よ

母は私にとっていつまでもありしながらの母である。

「暖流」'78年10月号

あとがき

　昨年、遅まきながら詩集『初時雨』を出すことが出来た。誌詩「方舟」を終刊した後は詩から遠ざかっていたので、この時期にともかくまとめることが出来たことは幸運としか言いようがない。詩集を出してみて、改めてこれまで書いてきた詩に関わる文章が甦ってきたが、これまで何冊かの評論集を出してきたものの、それらにはほとんど収録されていない。量も少なく時代も移り変わっているので止むを得ないことであった。しかし詩集を出してみてやはり残しておきたい気持ちが強くなった。これまで書いてきた古典関係や韻律論関係のものなど未収録のものがいくつもある。これらを詩の関係の文章とをまとめて一本とすることを思い立ったのだった。年齢的にも限界にきているので、これまでの歩みを通じて深く関わって頂いた人達に触れた随想も加えてともかくまとめてみた。

　最初に置いた文章は私の出発である『古典と正統』（１９６４）の冒頭に置いた文章の一部で、この問題意識は現在でも変わっていないので敢えて収録することとした。また評論の中には１９６４年と１９６５年に俳誌「暖流」に載せた文章も収めている。私の出発ともいえる詩心の所在が出ているかと思う。しかし、ともかく時代は移り変わり戦後は遠くなってしまった感じが強い。古典関係は幾つかの本にまとめているが、手作りの俳誌「こだま」に興味の赴くままに書いてきた未収録のものもかなりあり、一応時代順に並べてみた。韻律については『日本の韻律』を出しているが、その後論争があり、それに加わる形の月刊「言語」に載った文章などを載せた。書評類は「方舟」に載せた文章を中心に、詩の関係だけに絞って載せている。

私の出発は瀧春一宅に下宿した関係で始めた俳句であった。春一師については『瀧春一鑑賞』という本に縷々述べている。また詩は村野四郎師にすべてを負っているといってよく、詩誌「方舟」が拠点であった。古典関係では井本農一先生の存在が私の支えであった。随想ではこれら私を支えて下さった方たちについて書いた文書をまとめている。

曲折のあった戦後の長い歩みであったが、この間に書いてきたものを読み返しながら熱い時代の甦るのを覚えた。しかし多くの方が泉下に赴き戦後は遠ざかるばかりである。家庭的には妻に支えられてこれまで歩んで来たことに感慨を覚える。幾たびか互いに病むことはありながらともかく元気で私を支えてくれていることにこの場を借りて感謝を捧げたい。

出版については『和歌と王朝』など三冊も出して頂いている鳥影社百瀬精一社長にお願いしたところ快く引き受けてくださり嬉しかった。編集、校正などについては北澤康男氏にご尽力頂いた。ここに記して謝意を表したい。

松林尚志

〈著者紹介〉
松林尚志（まつばやし しょうし）
1930年、長野県生まれ、慶應義塾大学経済学部卒業。
現代俳句協会、現代詩人会の各会員。
俳誌「木魂」代表、「海程」同人。
著書：句集『方舟』1966（暖流発行所）
『冬日の藁』2009（角川書店）
『山法師』2019（ふらんす堂）
詩集『H・Eの生活』1976（(株)無限）
『木魂集』1983（書肆季節社）
『初時雨』2020（砂小屋書房）
評論『古典と正統　伝統詩論の解明』1964（星書房）
『芭蕉　愛執と求道の詞花』1990（角川書店）
『日本の韻律　五音と七音の詩学』1996（花神社）
『瀧春一鑑賞』2001（沖積舎）
『子規の俳句・虚子の俳句』2002（花神社）
『現代秀句　昭和二十年代以降の精鋭たち』2005（沖積舎）
『斎藤茂吉論　歌にたどる巨大な叙情的自我』2006（北宋社）
『芭蕉から蕪村へ』2007（角川学芸出版）
『俳句に憑かれた人たち』2010（沖積舎）
『桃青から芭蕉へ　詩人の誕生』2012（鳥影社）
『和歌と王朝』2015（鳥影社）
『一茶を読む　やけ土の浄土』2018（鳥影社）

詩歌往還
遠ざかる戦後

定価（本体2000円＋税）

乱丁・落丁はお取り替えします。

2021年11月 1日初版第1刷印刷
2021年11月12日初版第1刷発行
著　者　松林尚志
発行者　百瀬精一
発行所　鳥影社 (choeisha.com)
〒160-0023 東京都新宿区西新宿3-5-12トーカン新宿7F
電話 03-5948-6470, FAX 0120-586-771
〒392-0012 長野県諏訪市四賀229-1(本社・編集室)
電話 0266-53-2903, FAX 0266-58-6771
印刷・製本　モリモト印刷

ISBN978-4-86265-930-9　C0095